棄婦超搶手 4

風文創 1172

瀟瀟清泉 著

風文創 1172

目錄

第三十一章

飯後，累著的老太太午歇去了，孟辭墨被幾個男人拉去外院書房聊天。

江洵還想跟江意惜去灼園說悄悄話，被江三老爺硬叫過去。

「你下個月底就要下場，該多聽聽有用的大事。」

江意慧母子、江大奶奶母子及江意柔、江意珊都去了灼園，連江意言都勉為其難地去了，沈寂的灼園立即喧囂起來。

江意慧悄悄跟江意惜說，老太太和江伯爺都讓她想辦法把孩子的生母收拾了，怕譚姨娘不會善罷干休，以後弄出什麼事來。

江意惜說道：「祖母和大伯擔心的對，那個女人性子囂張，留下來後患無窮，也因為她囂張，應該好找機會。」

江意慧溫柔善良，但並不蠢，身邊的嬤嬤也厲害，前世被陷害，是因為她不能生育，娘家又無能，而今生郭子非緊貼孟辭墨，她有倚仗，形勢便不一樣了。

未時末，午歇的老太太起來了，又把女眷、孩子們請去如意堂說話，直到申時，兩家女兒、女婿告辭回家。

孟辭墨沒騎馬，而是坐進江意惜的馬車一起回府，馬車上，他納悶道：「我怎麼覺得郭捷那孩子長得像什麼人呢？不像郭子非，可一時又想不起像誰。」

江意惜嚇了一跳，難不成那孩子的生父不是百子寺的和尚，而是百子寺背後的人，孟辭墨還認識？

江意惜附在孟辭墨耳邊講了江意慧和郭捷的生母都曾去百子寺上香並住宿過的事，又補充道：「我大姊去那裡帶的人多，又出身勛貴，那些壞人自不敢打她的主意，不過那個小婦……」

孟辭墨苦笑道：「我知道那孩子像誰了，像趙元成，不是一點點相像，而是非常像。」又搖了搖頭，嘆道：「聽說趙元成的妻妾生了四個閨女，就是生不出兒子，非常著急。想必他不知道他其實有個兒子，還這麼大了，那個壞胚子，跟他爹一樣壞。」

江意惜只見過趙元成一次，還是在李珍寶跟他們打架的時候，幾乎已忘了他長什麼樣。

兩人又是一陣唏噓，百子寺不知「送了」多少像郭捷這樣的孩子，但也有江意慧這種沒被占便宜又沒有孩子的，還有沒被占便宜後來又生了孩子的，此事若鬧出來，所有去百子寺求子的人都會被懷疑，不知牽扯出多少家庭，影響多少女人和孩子。

郭捷這事必須要瞞下來，還是那句話，世上相像的人有的是，除了做虧心事的人會懷疑，其他人都不會想這麼多。

郭家雖然也有爵位，卻跟江家一樣沒落了，鎮南侯府不會跟他們有所來往，孩子又小，趙元成應該沒有看到他的機會。

江意惜低聲罵道：「趙元成像極了趙互，又壞又好色。」

次日，孟辭墨本想去莊子裡看望老爺子，聽說孟辭羽今天去明天回，他就決定明天再去。

二月初，老爺子的心情平復下來，又回了成國公府。

天氣漸暖，春回大地，樹枝上吐出嫩芽，許多花草都從暖房搬了出來。老爺子不僅上午來錦園拾掇花草，下晌也來。

江意惜的肚子更大了，避香珠不離身的同時，也把花花看得更緊，隨時都在注意牠的珠子有沒有掉。

二月初六這天下晌，孟辭墨突然回府了，他先去給正在錦園的老爺子見了禮，說他去都督府辦事，辦完提前回來了。

老爺子看他瞥了一下浮生居，心有靈犀點點頭。

孟辭墨一進浮生居，臉色就沈了下來。

江意惜把丫頭打發下去，親自奉上茶，問道：「你怎麼了？」

孟辭墨輕聲道：「打探消息的人回來了，等祖父過來再說。」

看他的臉色，江意惜知道肯定不是好消息。

一刻多鐘後，老爺子在銅盆裡淨了手，去浮生居喝茶歇息。他每天都是這樣，上午會去喝一陣茶，下晌也會去喝一陣茶。

老爺子進來，江意惜出去給水香和臨香使了個眼色，兩個丫頭把其他丫頭打發走，水香走去院門附近，臨香站在上房附近守著。

江意惜倒上茶，孟辭墨親自端去老爺子旁邊，說道：「一些事有了些進展，祖父不要太激動。」

老爺子輕喝道：「不要囉嗦，怎麼回事？」

孟辭墨輕聲道：「我們派去南通州找賈婆子的人回來了，當年那些人現在只剩她還活著，她親口證實，付氏真的跟趙互有私情，而且實情更不堪，那年付葭從鎮南侯府回家後，居然懷了身孕……」

為了查清付氏和趙互的舊事，他們一直在找付氏出嫁前貼身伺候的丫頭和嬤嬤，但畢竟時隔多年，一些人都死了，最後好不容易才尋到一個賈婆子。

賈婆子那年只有十一歲，是負責燒水看門的小丫頭，貼身服侍的事根本輪不到她，她跟去鎮南侯府，幾乎不出小院，也沒見過趙互，只是聽過兩個大丫頭私下議論，說趙世子如何俊朗無雙，鎮南侯府如何潑天富貴，她們姑娘如何得鎮南侯夫人喜愛……還記得付葭早先在鎮南侯府住得高高興興的，但離開的時候並不高興，還哭過。

回付家的半個月後，有一天下晌賈婆子困乏，躲在多寶格後睡著了，突然一陣哭聲把她驚醒，她聽出哭聲是付葭的，嚇得趕緊用手捂住嘴，接著響起的是付葭乳娘李嬤嬤的聲音。

「姑娘莫怕，偶爾月事拖延幾天也正常，老奴去請大夫來把把脈，若姑娘真得了什麼病，得趁還沒嫁人前把病調養好。」

付葭哭著說道：「嬤嬤，不是病，應該是、是那個了……我在鎮南侯府的時候，大表哥說我溫柔美麗，很是心悅我，還說會娶我當繼室，我就信以為真，跟他、跟他……」

她壓抑地哭了幾聲，又道：「我們有過兩次，可之後他再也沒說過要娶我的事，表姑就把我送了回來……嬤嬤，我該怎麼辦？」

李嬤嬤嚇得魂飛魄散，哭道：「天哪，妳就這樣被人哄進去了？趙互那個壞胚子，妳是他的表妹啊，他怎麼能這樣對妳？還有那兩個死丫頭，她們隨時跟著妳，姑娘被人騙著做那事，她們肯定知道，怎麼會沒有阻止，還沒來告訴我？」

付葭不好意思說她們阻止了，是自己沒聽，還不許她們告訴別人。

她說道：「嬤嬤，若我爹知道這事，肯定會打死我，妳們也跑不了，能不能給我弄點通房們吃的墮胎藥，我們私下把這事處理了？」

李嬤嬤想了想，咬牙說道：「沒來月信也不都是懷孕，改天姑娘找個藉口出府一趟，悄悄去老奴家，請大夫確認，若真懷了孕，就悄悄處理了，姑娘嫁人也不用怕，到時帶點雞血過去，再假裝疼痛難忍……」

兩人商量好就走了，還在原地的賈婆子嚇壞了，回家立刻跟父母悄悄說了這件事。

賈婆子的父親是付府外事房管事，屬於有權的下人，否則也不能把小閨女弄進府給二姑娘當丫頭。她父母聽聞這事也嚇了一跳，心想這事若鬧出來，曾隨付葭一起去鎮南侯府的下人都是死路一條。

賈婆子的娘年輕時是付二夫人的陪嫁丫頭，她趁著事情還沒鬧出來前去求了付二夫人，說大女婿給小閨女找了個良民後生，想把小閨女贖出去嫁人。

付二夫人出面，賈婆子很順利出了付府，去了大姊家，賈婆子的大姊嫁了個小地主，家在離京三百里之外的鄉下。

因為賈婆子那時歲數小，不曾貼身服侍過付葭，付家人也沒有太過注意她，就這樣，賈婆子一直待在鄉下姊姊家，沒有再回過京城。

有一日賈大姊探望爹娘後回來，跟她提起了剛得知的消息，付葭突發重病，付老爺大發雷霆，以下人們沒照顧好主子為理由，下令把服侍她的乳娘和兩個大丫頭打死了。

這幾個被打死的下人都是跟付葭一起去鎮南侯府的人。

她爹也曾說過自己慶幸早把小閨女弄走，否則她也活不成，而且因為爹管著外事房，對付府的人情往來知道得比較清楚，也透露那之後的一段時間內，鎮南侯夫人和趙互來過幾次付府，不僅送了重禮，還跟付葭的爹娘兄長密談，並見了付葭。

更奇怪的是，一年後，付葭沒嫁進鎮南侯府，卻嫁進更富貴的成國公府，賈婆子的爹娘還莫名得急病死了。

賈婆子一直懷疑爹娘不是病死的，而是付家人為了以防萬一把他們滅口了，後來，她的大姊、姊夫也因為害怕，急著給她說了門親事，嫁給一個家在南通州的行商……

如今賈婆子已來到京城，住在京郊一處秘密別院。她之所以肯來，不僅因為她收了五百兩銀子，還因為她恨付家害死了她爹娘。

孟辭墨親自見了賈婆子，聽她說了她所知道的實際情況，轉述給老國公時也說得非常詳細，連李嬤嬤教付葭如何應對新婚之夜的事都一字不漏地說了，說得不僅他紅了臉，老國公也紅了臉。

他們知道，孟道明就是這麼被付氏騙的，奶奶個熊，丟人！

江意惜倒沒臉紅，又不是她丟人，暗道，這就是好姑娘與壞姑娘的差別。扈明雅也做錯事婚前失貞，但她知道這樣是不對的，羞愧之餘走投無路選擇自盡；而付葭，則是偷偷打胎妄想隱瞞這件事，再假裝處子騙人。

她又想到了另外一件事，思索著說道：「當時付葭歲數還小，又嬌氣，會突然病重不尋常，肯定是吃那種藥造成大出血，乳娘和她不敢再隱瞞，這才不得不告訴家人實情，若是這樣的話，傷了身子，之後可不容易懷孕……」

孟辭墨也想明白了一件事，拍了一下茶几說道：「付氏說為了全心照顧我們姊弟，她可以推後幾年要孩子，這麼看來，不是她不想要，根本是傷了身子生不出來。小時候我聽林嬤嬤說，她有頭昏的毛病，犯病了就會吃幾副藥，看來那藥不是治頭昏的藥，而是治不孕的藥，若治好了，她就能生孩子，若治不好，她是為我們姊弟耽誤了生孩子的最佳時期，不僅我們要感激她，我爹和長輩們也要感激她……」

孟老國公再也聽不下去了，一掌把桌上的茶碗掃在地上，咬牙罵道：「孟道明那個蠢貨！招惹了那麼個不要臉的貨色，害死了好好的媳婦，還把她當個寶！」

他攥成拳的手都在發抖，極力壓抑著胸中的憤怒，否則，他會提著刀把付氏和孟道明都殺了。

孟辭墨勸道：「祖父息怒，這事不宜洩漏，別忘了我們最大的敵人不是付氏，而是她背後的鎮南侯府和趙貴妃，我們想要知道他們請番烏僧來的目的，或許透過付氏能窺探一二，到時再收拾付氏不遲，而且『那個丫頭』的爹娘哥哥已經攥在我們手裡，她不敢不為我們所用。」

「那個丫頭」是指付氏的大丫頭雲秀。她是外邊買回來的，穩重機靈，十分得付氏看重，孟辭墨半個月前就找到了雲秀的家人，拿捏著她家人的性命威脅雲秀為他們辦事，雲秀雖然不會知道付氏與鎮南侯府的勾當，但付氏的行蹤和一些有用的事總會知道。

江意惜想起花花講的丁二夫人同付氏的對話，說「那個人」被請來後，會讓付氏做一件事，這也是要她做的最後一件事。

這說明，番烏僧來了，付氏肯定會有所行動，監視付氏就能知道更多的事情。

她說道：「祖父，孫媳也覺得應該後一步再收拾付氏，先查清他們請番烏僧來的目的最重要。」

老爺子又握了握拳頭，他表情十分痛苦，還打了個乾嘔，說道：「我不想看到他們，一看到他們，就會覺得一個是大便，一個吃大便，噁心！」

孟辭墨和江意惜心裡都討厭成國公，他吃大便也不關他們的事，忍不住笑起來。

老爺子正在氣頭上，又找不到人出氣，見孟辭墨笑得開懷，氣得大巴掌往他頭上甩去，罵道：「老子打死你！老子都那麼難受了，你還笑得出來。」

孟辭墨和江意惜嚇得都止了笑，站起來。

老爺子見江意惜挺個大肚子站在那裡，怕把她嚇著，緩聲說道：「孫媳婦坐下，我罵的不是妳，是這個小王八蛋。」

「王八蛋」是經常被用來罵人的話，老爺子就愛罵，但此時說這三個字就意義特殊了，因為孟道明的確是「王八」，孟辭墨也就是「王八」的蛋，他罵對了。

老爺子更生氣了，激烈地咳嗽幾聲。

孟辭墨趕緊躬身道歉。「是孫兒不好，祖父莫生氣。」

老爺子又道：「你扶我去雙鹿院，就說我突然覺得不適，要去那裡靜養幾天。再待在這裡，我怕我看到那兩個人，會忍不住提刀殺人。」

雙鹿院在外院東南邊一隅，緊挨孟家祠堂，少有人去，非常清靜。

孟辭墨扶著老爺子走了。

他們一走，躲在椅子下面的花花爬出來，笑得在地上直打滾，邊打滾邊喵喵笑道：「祖祖說得對，那付婆子就是大便，孟傻帽還天天吃得香，孟傻帽是成了精的大王八，番烏僧應該吃他。」

這個比喻把江意惜也逗樂了。

此時已經申時，江意惜帶著花花和丫頭去了福安堂，在院門口遇到付氏和孟華。

付氏打扮得非常光鮮，沒有一點之前的低迷和頹勢。她穿著紫紅色妝花緞褙子、淡碧色馬面裙，滿頭珠翠，妝容精緻，看著只有三十歲左右，優雅貴氣中帶了些許撩人的嫵媚。

成國公喜歡的就是這種雅和媚兼而有之的女人吧，美和媚，有些男人就是更喜歡後一種……

江意惜如今跟付氏連面子情都沒有，她沒有打招呼，緩下腳步等付氏母女先進門。

若有外人在，付氏會大度地、盡可能地跟繼兒媳保持良好的關係，若沒有外人在，付氏也懶得裝了，先進了垂花門，孟華還翻了個白眼，輕「哼」一聲。

付氏皺眉捏了捏孟華的手。現在她最後悔的就是把太多心思用在孟月那個蠢丫頭身上，沒把閨女教好。

那一群人進去了，江意惜才慢慢走進。

老太太正在屋裡著急，見江意惜來了，問道：「剛剛有人說老公爺身子不適？」

江意惜說道：「祖母莫急，祖父沒有大礙，就是聽大爺說起營中練兵的事高興，起身起急了，頭暈。祖父年紀大了，以後做任何事都不能著急，要慢。」

江意惜懂醫理，聽了她的話，老太太也就放了心。

她說道：「極是，都六十幾歲的人了，一時一刻也閒不住，做事風風火火，像個毛頭小子。」

江意惜笑說：「以後孫媳會多勸勸他老人家。」

孟華冷哼道：「慣會馬後炮，早知道為何不早勸？」

付氏皺眉道：「華兒，再著急也不能口不擇言，做事說話要向妳大嫂多學習，什麼該說、什麼不該說，要仔細思量。」

江意惜一看付氏裝模作樣就噁心，恨不得抽她一嘴巴。

她壓住氣說道：「愧不敢當，太太過譽了。」又對黃馨招手笑道：「今天怎麼沒跟太外祖父去錦園？啾啾都想妳了，一直在喊馨馨。」

黃馨笑彎了眼，跑去江意惜面前，不敢靠在她身上，就靠在她旁邊的椅子扶手上。

「真的嗎？啾啾真的那麼想我？」

黃馨喜歡啾啾比喜歡花花多一些，特別愛逗牠，還教牠說「馨馨」。啾啾也喜歡黃馨，學會了說「馨馨」，說這兩個字的次數僅次於「佳人」。

江意惜笑道：「當然了。」

黃馨道：「今天我和三姨、四姨陪了太外祖母一整天，還聽她老人家講她小時候的事。」

孟華一聽孟嵐和孟霜在福安堂待了一天，卻沒叫上自己，非常不高興，手裡使勁扭著帕子。

若是以前，她肯定會嗔怪那兩人，她們說不定還沒等自己嗔怪就先賠不是。可自從母親和她被罰，江氏當了家，她們的眼睛就都長在額頂上了。

她強壓住火氣。母親說「忍」字頭上一把刀，有時候必須要忍，忍過這一時，等母親徹底翻上去，這個家她照樣是頭一份。

除了對孟辭墨和江氏，她對誰都能忍。

孟嵐和孟霜都看到了孟華的表情，對視一眼，又心照不宣地笑了笑。

這時，外院的婆子來報，國公爺、二老爺、世子爺、二爺、三爺都會在外院陪老國公，不回福安堂吃飯了。

老太太說道：「爺兒們都在外院吃，咱們娘兒們就自己吃。」

孟照安不願意了，嘟著小嘴說：「太祖母說錯了，我也是爺兒們，不是娘兒們。」

說得眾人大笑。

老太太笑道：「是，是太祖母說錯了。」

又說了一陣話，眾人正想去東廂用餐，就看見國公爺和二老爺走進來，國公爺的前額赫然有一大塊青痕，特別醒目，眾人嚇一跳。

老太太問道：「大兒，你怎麼了？」

付氏的眼淚都心疼出來了，哽咽道：「老爺，您是摔著了嗎？」

成國公「唉」了一聲，先對老太太說道：「娘，我沒事。」他的目光又轉向付氏，笑道：「莫急，我沒摔著，是、是……唉！」

成國公脹紅了臉，不好意思往下說。

孟二老爺說道：「大哥進去看望父親的時候，父親正在罵那幾個不成器的孫子，往他們臉上砸茶碗，那幾個臭小子不知後面有人，一偏頭，茶碗砸在了大哥頭上。」

原來是砸錯人了！老太太皺眉道：「剛還在說老公爺年紀大了，不能著急，以後要勸著他些。」

二夫人扶著老太太向東廂走去，以前這個活計是付氏的，自從她討了嫌，孟二夫人就把這個美差搶了過去。

眾人跟在後面，孟霜扶著三夫人走在最後。

二老爺等到三夫人走上前，才低聲說道：「辭閱這段時間公務繁忙，請不了長假去老家，弟妹再耐心等幾個月，年中就去。」

之前說好年後孟辭閱去老家找個小男孩給三房當嗣子，但這段時間家裡事多，許多事要孟辭閱親自帶人處理，只得把這件事推後。

三夫人也正在著急，但聽了也只能說道：「公務要緊，等辭閱有時間了再去。」

二老爺目光滑向前面的大哥和付氏，他們在小聲說著話，付氏應該在嗔怪他不小心，大哥也應該在保證以後會謹記夫人的話。

哼，老父哪裡是不小心，明明就是故意的！他的老臉有了絲紅暈。

年輕的時候，他沒少在心裡羨慕嫉妒大哥，羨慕嫉妒的當然不是大哥的爵位，這是與生俱來的，羨慕嫉妒不來。

他羨慕嫉妒的是，大哥為什麼豔福不淺，好命地先娶了「二曲」之一的曲氏，後又娶了美麗賢慧又處世圓滑的付氏，而爹娘給自己說的閔氏，除了家世不錯，本人條件實在不突出。

不過現在才知道，萬事不能光看表面，閔氏是個好女人，不裝模作樣，沒有歪心思，一心一意對待夫君和婆家；而賢名在外的付氏，不僅不賢慧，居然還是個失貞的破鞋，大哥糊塗，才會被付氏蠱惑了，最可憐的就是曲氏和她的一雙兒女了……

江意惜看到成國公和付氏的膩味勁就噁心得不行，沒有一點胃口。

老太太吃飯的時候最關心的就是江意惜，見她沒怎麼動筷子，就讓人給她舀了一碗鮑魚小米粥。

「妳現在不能餓著，把這碗粥喝了。」

江意惜看看眼前黃黃的東西，再看看付氏，胃裡一陣翻江倒海，趕緊用帕子捂住嘴。

老太太也不敢硬讓她吃粥了，趕緊道：「不吃就不吃吧，快回去歇著。」

走出垂花門，一陣略帶寒意的涼風迎面撲來，江意惜才覺好受些。

她深吸幾口氣，空氣清新乾燥，又看了看西邊天際的晚霞，才把腦子裡那些不好的畫面驅散。

江意惜剛回到浮生居，孟辭墨就回來了。

她問道：「你沒陪祖父？」

孟辭墨道：「孟辭羽在陪他。唉，他老人家越討厭付氏，也就越加憐惜孟辭羽，覺得那麼好的孫子，怎麼會有那麼不堪的母親。」

江意惜道：「祖父可不要讓孟辭羽看出點什麼，讓付氏有所覺察。」

孟辭墨笑道：「祖父久經沙場，這點定力還是有，他不僅是心疼孟辭羽，想給他一些體面，主要還是做給付氏看，不讓她察覺什麼異樣。」

江意惜想到那張清秀乾淨的臉龐，遲疑地說道：「孟華長得像成國公，一看就是他的女兒，而孟辭羽，他長得一點也不像成國公，他會不會……」

孟辭墨聽出了她話裡的弦外之音，笑道：「我們也想到了這點，已經查了付氏嫁進成國公府以後跟趙互有沒有單獨見過面，特別是懷孟辭羽和孟華的那兩個時間段，但沒查到一點蛛絲馬跡，或許是怕之前的關係被發現，他們刻意迴避，兩人之間應該是透過親戚和下人送信或是遞話。至於孟辭羽長得不像我爹……呵呵，他的四個兒女，除了孟華像他，另三個都像各自的娘。」

江意惜看看俊美白皙的孟辭墨，的確跟成國公一點也不像，不光是五官不像，氣質也完全不一樣，孟月當然就更不像了。

孟辭羽也很像付氏，付氏和趙亙是表兄妹，這樣一想，他哪怕跟趙亙有些許相像也屬正常。

若是有花花說的另一個世界的什麼「地恩談」，能一下看出有沒有血緣關係就好了，或許是因為自己和郭捷的秘密身世，她有些草木皆兵了。

孟辭墨又道：「雖然我很討厭孟辭羽，卻也不希望他是那個人的種，否則怕祖父和祖母會受不了，特別是祖母，家裡這麼多兒孫，她最疼愛的就是孟辭羽，我小時候最羨慕孟辭羽的就是他能時時坐在祖母懷裡……」

想到那些不快的往事，孟辭墨沈默了。小時候，孟辭羽不愛搭理他，他也不愛搭理孟辭羽，反倒是現在，孟辭羽一直在討好著他，想緩和他們之間的關係……

江意惜不想再說那幾個人，扯開了話題。「膠海生子灣那邊還沒傳話回來？」

孟辭墨搖搖頭，他也等得心焦。

「鎮南侯府應該還另有準備，我們發現他們的人一直在西山深處的青狼山附近活動，甚至連趙世子都去過幾次，目前還沒打探出具體情況。妳放心養胎，我們準備了幾套應對方案，不會有事的。」

江意惜點點頭。

番烏僧和玄雕來到京城，她最擔心的是花花和自己。

前世紅頭龜自盡，鎮南侯府沒能如願把紅頭龜獻給番烏僧，晉和朝表面上沒有大變化，英王沒被封太子，鎮南侯和趙貴妃也沒得到特別的好處，不知是不是因為番烏僧沒得到紅頭龜的關係……

突然，江意惜一下笑起來，摸著肚子說：「動了，又動了。」

孟辭墨趕緊掀起她的衣襟，看到肚子左邊鼓起一個小包，他把大手覆蓋上去，不一會兒，肚子右邊又鼓起一個大包，他的大手又移到右邊。

直到沒有胎動後，兩個人才心滿意足地和衣睡下。

次日江意惜醒來，孟辭墨已經走了。

二月初十，江洵來探望，江意惜喜出望外。

「快下場考試了，緊張嗎？」

江洵笑道：「不緊張，先生說若我正常發揮，過的希望非常大。」

他心裡還是有些緊張，不願意告訴姊姊。

江意惜又道：「我讓人給你送的補湯，你一定要喝完。」

姊弟兩個正說著話，老爺子來了，江洵長躬及地，他今天來，不僅想看姊姊，還想在下場之前再次請教曾經的孟大元帥。

江意惜非常感動，老爺子裝病幾天沒進內院了，今天倒因為江洵病好了。

一老一小去東廂討論「策略」，江意惜親自去小廚房煲湯。

自從知道番烏僧快來了，江意惜一直沒弄眼淚水出來，怕眼淚水和自己手腕上的避香珠分離，被玄雕聞到了，也捨不得一拿出來就趕緊用掉，還有四個小銅筒沒裝，她不想浪費任何一滴，光那一小筒，換的消息都可以救命。

不過這次，江意惜偷偷取了一點眼淚水出來，她要讓弟弟以最好的狀態去考試，同時也給老爺子補補身體。

午時初，鄭婷婷又領著鄭晶晶來玩了。

鄭婷婷已經訂親，後生是長寧侯府的二公子李饒，也在京武堂上學，定於後年成親。聽江洵說，李饒長相頗佳，文武雙全，已經是武秀才，就等著明年考秋闈。

江意惜打趣了鄭婷婷幾句後，讓人去請孟嵐、孟霜、黃馨、孟照安來陪客，怕老爺子嫌吵，把他和江洵請去了後院廂房。

鄭婷婷出去給老爺子見了禮，老爺子問：「鄭璟今年也要下場？可惜了一棵好苗子，若是武考，他沒有一點問題。」

鄭婷婷笑道：「璟哥學問也非常好。」又向江洵笑道：「祝江公子蟾宮折桂。」

江洵抱拳笑道：「承鄭姑娘吉言。」

不多時，請的人都來了，浮生居前院熱鬧起來。

三個孩子逗著花花和啾啾，幾位姑娘和江意惜玩撲克，正玩得高興，孟華的一個丫頭來了。

「三姑娘、四姑娘，我家二姑娘有急事，請妳們過去一趟。」

江意惜沒言語，這是不高興自己沒請她，來拆臺了。

孟嵐搖頭道：「現在不行，晚些時候再去。」

孟霜也道：「讓三姊姊不急，下晌我們過去。」

丫頭只得走了。

鄭婷婷也看出了門道，冷笑道：「那孟華真不知所謂，明目張膽拐帶人來了。」

鄭家姊妹玩到申時初才走，走的時候還要了兩盒點心，一盒給大長公主，一盒給鄭夫人。

老爺子留江洵吃完晚飯才把人送走。

江意惜把二人送出院門外，江洵又向老爺子躬身作了揖，才向前院走去。

江意惜看出老爺子又瘦了一些，覺得他是被孟道明氣的，至於付氏，老爺子已經不屑於生她的氣。

江意惜說道：「望祖父保重身體。」

老爺子望著天邊的晚霞出了一會兒神，目光才滑向江意惜。

小媳婦挺著大大的肚子，穩重、沈靜，披著金色霞光，望向他的眼裡滿是關切……能把這個家順利交給辭墨和她，是多麼幸運的事。

老爺子嘆了一口氣，說道：「妳和辭墨都是好孩子，特別是辭墨，我沒有時間教導他，老太婆沒有精力關心他，他老子看不見他，還有人使足了力氣想要教歪他……能長成這樣，實屬不易。唉，我們對不起他，也愧對他的母親，修身齊家治國平天下，真正要全部做到何其難。」

他沒回福安堂，背著手向外院走去。

江意惜突然發現，老爺子的背有些駝了。前幾天還坦然面對一切的老頭，兒媳婦失貞這件事就把他打萎了？不至於吧。

江意惜猜測，或許還有讓老爺子更傷心的事，只是自己不知道。

她回頭看看浮生居，綠意已經爬上樹枝，枝頭已有鮮花綻放，鳥兒們唱著歡快的歌，沈暮靄罩上一層金輝……她似乎又看到幾個孩子在院子裡來回穿梭，連她的耳畔都響起了孩子們的歡笑聲。

這是她和辭墨、孩子們的家，他們的孩子必須在安全的家裡快樂成長……

這時，外院的一個婆子被人領了過來，江意惜認識她，是孟辭墨安插在外院的人伍婆子。

伍婆子小聲稟報道：「大奶奶，世子爺回來了，正好跟老太爺遇上，去了外書房議事，世子爺讓老奴來跟大奶奶說一聲。」

江意惜立即眉開眼笑走回院子，趕緊讓水珠和吳嬤嬤去小廚房做幾個下酒菜。

小半個時辰後，孟辭墨回來了。

他說道：「營裡有急事，我明天得出趟公差，妳記得晚上給我找兩套換洗衣物。」

這時候出公差？

即使再重要的公事，孟辭墨都不可能在這個時候出去。既然要出去，肯定是去膠海辦私事。

孟辭墨看到小媳婦眼裡的了然，把下人打發下去。

兩人坐上炕，江意惜給他斟了一杯酒，又給他碗裡挾了些他愛吃的菜。

「餓了吧，先填填肚子。」

孟辭墨喝了杯中酒，又吃完碗裡的菜，才小聲笑道：「紅頭龜已經找到。」

江意惜一喜。「真的找到了？」

「嗯，聽連山說，那傢伙有面盆那麼大，還會流淚。牠是脖子受傷被卡在岩石縫裡，無法去海裡，才會被他們找到，怕出意外，他們不敢擅自帶出生子灣，我得親自去一趟。平王說，若是我們先抓到紅頭龜，不如就把牠送給番烏僧，請番烏僧幫我們辦件事。」

江意惜微皺起眉，她不知道平王想請番烏僧辦什麼事，但絕對不能讓他們把紅頭龜送進番烏僧的嘴裡，這不是她提供線索的本意，若紅頭龜因此而死，他們兩人就是原凶。

她連忙說道：「辭墨，萬萬不可，在我的夢裡，紅頭龜就算死都不願意就範，牠是靈物，上天藉由牠給我們示警，若我們把牠獻給番烏僧，豈不是跟趙家人一樣逆天而行嗎？」

孟辭墨知道，她最後一句話是說給平王聽的。

他垂目沈思片刻，再抬眼看看江意惜挺著的大肚子，鄭重說道：「好，我先去見平王說服他，再去生子灣，若是能夠，我會放生紅頭龜，為我們的孩子和親人祈福。」

江意惜提醒道：「見到平王，只用他和天下作託辭，不要提到我和孩子。」

孟辭墨笑道：「妳以為妳相公那麼傻？」

他又說了一下王先譯的長輩同江家議親的事。

王先譯是孟辭墨手下的一個七品把總，家族在軍中頗有威望，之前原本在跟江意柔議親，直到聽說江大夫人連姪女的嫁妝都敢貪墨，這家風不正的觀感讓王家中止了議親。

如今在孟辭墨的撮合下，王家又開始跟江家三房接觸，雙方目前為止都非常滿意，王家已經請好了媒婆……

能讓江意柔擺脫前世悲慘的命運，江意惜很開心。

她知道，孟辭墨可不單單是幫江意柔的忙，而是把這兩家拉進了平王一黨，特別是王家，孟辭墨很費了些心思，還請孟老國公出面。

還有平王，並不像表面看起來那麼簡單，遠在皇陵，卻心繫皇宮……

次日，天剛矇矇亮，江意惜就把孟辭墨送出門外。

她還想跟出去，被孟辭墨攔了。「晨風大，莫著涼。」

看到那道修長的背影消失在院門後，江意惜才回屋裡。

花花已經醒了，牠跟著江意惜進了臥房。

「我好想去把紅頭祖祖帶回家，就像那一世把熊大姊帶回原主人家一樣。」

江意惜道：「紅頭龜的家是大海，把牠帶回家是害了牠。」

花花道：「不帶回來，跟牠交個朋友也好啊。」

「你現在敢去嗎？」

花花搖搖頭，別說去那麼遠的膠海，就是昭明庵後的大山，牠現在都不敢去。

盼望中，日子很快來到了三月初，江意惜的肚子更大了，腿也腫得厲害。

或許因為有光珠護體的緣故，肚子裡的孩子長勢非常好，肚子也比同期孕婦大得多，像馬上要生了。有人懷疑是雙胞胎，御醫說只有一個，只是孩子長得大。

江洵的縣試已過，成績靠前，府試又快開始了。

這麼久了，付氏沒有一點行動，既沒設計身體最禁不起害的江意惜，也沒跟府外任何人來往，甚至停止了為孟華說親，對老太太更是極盡孝順，老太太生了兩天病，她就拉著孟華在福安堂服侍了兩天，還親手餵羹湯。

江意惜覺得，付氏應該是在等那個特別任務，在執行那個任務前，她不能出一點點差錯，鎮南侯府那邊也怕她這時被抓住把柄，不敢有所動作。

李珍寶派人送信來報平安。她的身體好多了，每天只需要泡三個時辰的藥浴，已經能在屋裡隨意走動。

還說她又長高了一些，比之前漂亮了，眼睛居然變成了內雙，一往下瞧，就成了雙眼皮，等回京後，一定要讓江意惜和鄭婷婷好好瞧瞧！

蒼寂住持說，看她現在的身體狀況，四月初就能回京了，還讓江意惜一定要「挺住」，等她回京再生孩子……

另附帶一張畫，畫的是一雙眼睛，眼皮垂著，上面有一條淺淺的線，的確是雙眼皮，眼型很漂亮。這應該是小珍寶現在的眼睛了。

江意惜笑出了聲，她今年已經十四歲了，還像個小孩子。一想到那個頗具特色的面孔，江意惜的心裡就溢滿快樂，只一點讓她不舒服。

在付氏和孟華的努力下，孟月對付氏的恨沒有那麼強烈了，或者說，之前的恨也沒有那麼強烈。

黃馨偷偷跟她說，林嬤嬤不在的時候，付氏跟孟月說話，孟月雖然態度淡淡的，還是會答個幾句。

孟月還特別囑咐黃馨，不要告訴大舅、大舅娘和林嬤嬤，說畢竟付氏一手養大了她，給了她母親該給的，不過多走動，面子情過得去就行……

這讓江意惜極度無語。害死了她親娘，差點害死她親兄弟，只差一步就把她送進東宮的人，還要給她面子情？

趙元洛進東宮只有三個月就得病死了，不知是被她娘家人整死的，還是被東宮的人整死的，若沒有江意惜和孟辭墨，死的就是孟月，說不定連三個月都活不了。

糊塗的人不是那麼容易能清醒的，誰說她不像成國公？糊塗起來一個樣。

怕孟月不高興黃馨，江意惜還要裝作不知道這事。

初八這天下晌，江意惜去福安堂，想多走點路，她往東繞了個彎。

天氣正好，不冷不熱，一路花紅柳綠，鳥語花香，腳邊的花花喵喵叫著，讓江意惜的心情極是愉悅，遠遠望到北柳湖，翠柳繞堤，波光粼粼。

突然，江意惜看到遠處一個亭子裡站著幾個人，三個主子、三個丫頭，主子正是孟月和付氏、孟華。

因為愚和大師的那個卦，江意惜一直不敢靠近湖邊，但既然遇到了她們，她就想走近些，畢竟這是她親眼看到的，而不是黃馨告訴她的。

若換成自己有這麼拎不清的親姊妹，江意惜才不會去多事，但那個女人是孟辭墨的唯一胞姊，孟辭墨又一心想護好這個姊姊，她也只得跟他一起護著。

之前是水香一人扶著江意惜，水靈見她往湖邊的方向走，趕緊又扶著她的另一隻胳膊。

水香不願意江意惜靠近付氏，勸道：「大奶奶，咱們去福安堂吧。」

水靈說得更直白。「不要靠近大夫人，誰知前面有沒有陷阱，崴著腳怎麼辦？」

亭子裡的幾個人也看到江意惜了，孟月想走，被孟華硬拉著說話。

既然孟月看到自己了，江意惜也不願意離她們太近，她停下腳步，站在原地靜靜看著孟月。

孟月使勁掙脫孟華的手，快步來到江意惜面前。

她面紅耳赤，很不好意思，囁嚅著說道：「弟妹，我、我在亭子裡看風景，是太太和三妹妹找我說話的，我也不想搭理她們，可她是長輩……」

若不瞭解真相的人聽到，還以為是付氏和孟華得罪了江意惜，江意惜硬不許這個大姑姊跟繼婆婆來往呢。

江意惜真的生氣了，冷冷說道：「大姊，不求妳跟我們同仇敵愾，但那個人害死了妳的親娘、我的親婆婆，是妳哪門子長輩？她主動親近妳，說不定又挖了什麼坑要讓妳跳，到時妳連怎麼死的都不知道。」

這話說得直白，可不說直白怕孟月聽不懂。

孟月長這麼大，娘家人還是第一次這樣說她，她的淚水都湧了出來。

「謝弟妹提醒，我又不是傻子，我也氣她心腸歹毒，只不過住在這裡不硬氣，不願意太過得罪她而已。」

江意惜氣道：「這個家又不是她的，現在是祖父的，將來是我家世子爺的，他們都明確表態這裡也是妳的家，妳怎麼住得不硬氣了？大姊，我再說一遍，付氏不是好人，妳遠著她些。」

她直接越過了成國公，若這話被成國公聽到，可是大逆不道。

她不想再多說，說完便帶著丫頭去了福安堂。

孟月看到那個大腹便便的背影，委屈得流出了眼淚，心裡暗道，娘家的飯果真不是那麼好吃的，連弟妹都騎在了自己頭上，還是搬出去住的好。

她也不想去福安堂了，帶著丫頭春分回了自己院子。

亭子裡的付氏聽不到她們說什麼，但看得出江氏那個賤人非常生氣，心想最好氣死她，氣不死摔個跤也好，來個一屍兩命。

她眼裡滑過一絲遺憾。可惜了，一切要為那件事讓路，現在不能動手，趙互特地提醒過她，否則，這時候是下手的最佳時機，還是不省心的大姑姊害的。

她看看一臉幸災樂禍的孟華，皺眉說道：「娘跟妳說過多少次，心裡的事不能放在臉上……」

這時，孟月已悶悶不樂地回到自己的院子。

林嬤嬤見孟月這個時候沒去福安堂，眼圈還是紅的，明顯哭過，忙問道：「喲，姑奶奶怎麼了？」

孟月沒言語，坐去炕上生悶氣。

春分小聲說道：「剛才大夫人和三姑娘硬拉著大姑奶奶說了一陣話，被大奶奶看到了，大奶奶不高興，說了姑奶奶幾句……」

平時她不敢跟林嬤嬤說大姑奶奶跟大夫人說話的事，今天卻不得不說了。

林嬤嬤給孟月倒了一杯茶，勸道：「大姑奶奶，不是誰說的話好聽，誰就沒有惡意，誰的話不好聽，誰就在欺負妳。良藥苦口利於病，忠言逆耳利於行。」

孟月抹著眼淚沒言語，林嬤嬤又道：「大夫人說的話好聽，可做的事沒一件對妳好，不說別的，就說給妳找的老黃家就不行，若妳和馨姐兒沒回來，早已經被那個老虔婆搓磨死了。大奶奶的話不好聽，卻是在點醒妳，她對馨姐兒有多好，姑奶奶別說沒看到，凡事要看結果……」

吃飯前，孟月還是來了福安堂。

江意惜知道是林嬤嬤暫時把孟月說通了。孟月今生有福，一心為她考慮的弟弟還活著，又尋回了忠心的奴僕……

再不喜歡這個人，為了孟辭墨，她還是要繼續教，或者繼續護。

夜裡下起了大雨，雷雨交加，是入春以來最大的一場雨。

早上，雨依然下著，只是比夜裡小些，早飯剛擺上桌，福安堂那邊就來給江意惜傳話，老太太說路不好走，讓她今天不用去請安了。

江意惜坐在炕上縫嬰兒衣裳，小窗開著，窗外啾啾不停地唸著情詩，花花不能出去玩，無聊地在廊下翻跟頭。

突然，籠子裡的啾啾撲搧起來，大叫著。「馨馨、馨馨、馨馨、馨馨……」花花也興奮起來，喵喵叫著。

江意惜往窗外看去，雨霧中的碧池旁出現了兩個身影，一個是揹著黃馨的婆子，一個是打著傘的丫頭。

江意惜立時心情舒暢，不自覺地抿嘴笑起來。

黃馨進了屋，非常鄭重地給江意惜行了個福禮，就站去江意惜身邊，從懷裡取出兩張帕子。

「這是我給大舅和舅娘繡的兩方帕子，每一針都是我自己繡的哦，舅娘別嫌棄。」

月白色大帕子上繡的是一竿翠竹，淡粉色小帕子上繡的是兩片荷葉、一枝荷花。針腳很粗，又不勻，一看就是她親手繡的。

小姑娘又說道：「在我心裡，大舅是竹子，有氣節，是好人。舅娘是荷花，美麗，沒有壞心思。」聲音又低下來。「我一直知道，對我娘最好最好的是大舅和舅娘，這份情，馨兒一直記著的。」

說完，眼圈都紅了，吸了吸鼻子，把眼淚壓下去。

小姑娘一定是覺得娘親讓舅娘生氣了，所以用這樣一種形式來哄江意惜高興。

她只有七歲，懂事得讓人心疼。

小姑娘失去了爹，娘又不聰明，跟孟辭墨小時候一樣，迅速長大了。孟月如今又多了一個護著她的小閨女。

江意惜把她摟進懷裡，低頭親了親她的前額，笑道：「小嘴兒蜜甜，把舅舅和舅娘誇得這樣好，妳娘和舅舅是一母同胞，是最親近的人，舅舅和舅娘當然要對她好啦。」

黃馨吸了吸鼻子。「在我心裡，舅舅和舅娘就是這樣好，我還知道良藥苦口，不是說我好的人就是對我好。」

江意惜笑道：「馨馨是最好的孩子，也是最聰明的孩子。」

江意惜留小姑娘吃了晌飯，還在這裡歇了晌，醒來後雨沒停，江意惜不方便去福安堂，小姑娘自己去了。

下雨天黑得早，剛吃完晚飯天就黑了，聽到外面滴答滴答的聲音，江意惜又想到了孟辭墨，不知他事情辦得怎麼樣，有沒有順利把紅頭龜放生……

突然，外面傳來一陣凌亂的腳步聲，丫頭把外院的伍婆子領來了，原來是孟辭墨讓伍婆子先來報訊。

「稟大奶奶，大爺剛剛回來了，他和老公爺在外書房議事。」又補充道：「看大爺的表情，是很愉悅。」

這表示事情辦得順利？

江意惜歡喜起來，讓人賞了她一個荷包，笑道：「辛苦伍嬤嬤了。」

吳嬤嬤已經回家，江意惜讓水珠和水香去小廚房做幾道下酒菜。

亥時末孟辭墨才回來。他衣裳褲子都有泥，一看就是爬牆爬的。

孟辭墨笑得燦爛，舉起髒手後退一步躲開江意惜的迎接，示意別弄髒她了，又看了江意惜的大肚子兩眼，他才進淨房沐浴。

江意惜讓人趕緊去把飯菜熱好端來，又找出乾淨的衣褲鞋襪，放去淨房的門邊。

沒一會兒，孟辭墨披著濕髮坐上炕，酒菜已經擺好在桌上。他在外院已經吃過飯，但此時又餓了，還想再喝兩杯。

把丫頭打發下去，孟辭墨笑道：「事情辦得很順利，那隻紅頭龜真是成精了，我們治好了牠身上的傷，划著船去了遠海把牠放進水裡……」

紅頭龜下了水後，久久不願意離去。牠繞著小船游了幾圈，把頭伸出水面看著孟辭墨，又流下了眼淚。

孟辭墨笑著向牠揮了揮手，說道：「保重身體，好好活著，以後有機會我會帶著我的妻子一起來這裡，若是有緣，說不定我們還能相見。」

紅頭龜聽了，才沈下水遠去。

孟辭墨又道：「先前我跟平王提要放生時，平王也支持我這麼做，他同意妳的說法，說那隻龜是靈獸，得上天眷顧，不該拿來交換利益，說我提議的對……」

之後江意惜跟他說了一些家裡的事和近日付氏的情況，孟辭墨沈吟道：「付氏沒出手，不符合她的個性，想必是她下一步要做的事更重要，不急著現在收拾妳，最大的可能是在打祖父的壞主意。

「現在我還沒有完全成長起來，若祖父不在了，這個家就完全掌控在我爹和付氏的手裡了，那時再收拾我們容易得多，不過妳別擔心，安心養胎，祖父和我做了萬全準備，如今又先一步把紅頭龜放生，他們從番烏僧那裡得不到好處。」

江意惜又想到前世，老國公突然暴瘦的身材和佝僂的脊背……他應該不是得了什麼重病，最大的可能是被下了毒或是蠱。

有機會給老爺子下毒或是蠱的，當然是家裡人了。番烏僧到來，付氏就要完成一件任務，這個任務難不成就是給老爺子下毒或蠱？

因為是番烏僧的東西，那種毒或蠱沒人識別得出來，老爺子的身體就慢慢變差，病死都不知道什麼原因。

江意惜提醒道：「付氏會不會下毒？若是番烏僧帶來的東西，中原的大夫可能都無法解，也看不出來。」

孟辭墨道：「我們也想到了這個可能……」

兩人談這事談到了深夜，次日，天剛朦朦亮，孟辭墨又離開了。

雨已經停了，房簷和枝葉上不時滴下幾滴雨水，直到那個身影消失後，江意惜才回屋。

第三十二章

三月二十八早飯後，江意惜被水香扶著圍著碧池散步，此時陽光不烈，晨風涼爽，花香陣陣，很是宜人。

她的預產期快到了，前幾天起老太太就不讓她去請安了，連晚飯都不用去。

這時，老國公來了，他沒有去錦園，而是直接來了浮生居。

「我渴了，先給我倒盅茶喝。」

看老爺深沈的眸子，應該是出了什麼大事。

回到屋裡，江意惜親自倒茶，幾個下人自覺退下，兩個人在外面站崗。

老爺子說道：「早上接到線報，番烏僧和玄雕昨天下晌就到了西郊，他沒有進京，而是去了西郊一帶除報國寺外的幾個寺廟，除了我們知道他是番烏僧，很多人只當他是一般番僧。」

偶爾也會有番僧來到中原，若是拿著本國的文牒找去寺廟或是官署，都會得到禮遇接待。

若是不出意外，鎮南侯府的人會安排巧遇番烏僧，再以什麼名目請番烏僧去侯府做客，同侯爺趙互論禪。

老爺子喝完了茶，去錦園侍弄一會兒花草，就去了前院。

因為這個消息，江意惜的心一下提了起來，她看看碗上的手串，捏了捏那顆避香珠，出門找花花。

「花花，花花……」

水香趕緊過來把她扶住。「奴婢剛剛看到花花跑到外面了，水靈跟去了。」

江意惜道：「快去把牠找回來，我想牠了。」

臨梅聽了，趕緊帶著小丫頭和婆子出去找，小丫頭去福安堂，她和婆子分頭找。

花花不好找，但水靈跟她在一起，目標就明確了。

找了一陣，臨梅終於在離外院不遠處的一棵櫻花樹下看到水靈，趕緊跑了過去。

「水靈，花花呢？大奶奶想牠了，急著找牠。」

水靈聽了，朝著樹上喊道：「花花，快下來。」

櫻花已經凋謝，枝頭的花朵不多，花花正抓著粗樹杈盪秋千玩。

小東西聰明，聽說娘親找牠找得急，想著一定是出了什麼事，快速滑下樹，被水靈抓住牢牢抱在懷裡。

水靈氣喘吁吁跑回浮生居。「大奶奶，我把花花帶回來了。」

坐在炕上的江意惜一臉波瀾不驚。「哦，放在炕邊，我想牠了。」

水香拿著一塊濕帕子走過來，把花花身上擦乾淨，才把小東西放在炕的另一邊。

丫頭下去了，江意惜才跟牠說道：「番烏僧和玄雕來了，現在起絕對不許出府，不許出內院，不要離開我和水靈的視線，更不許把避香珠弄丟。」

花花知道這一天遲早要到來，如今真的來臨了，還是心慌不已，瞪著大圓眼睛看江意惜。

若是娘親沒懷孕，牠會時時刻刻趴在娘親的懷裡。

江意惜再次確認牠身上的避香珠還在，又檢查了一遍繩子。

花花回過神，又問道：「娘親，我還要去偷聽付婆子說話嗎？若付婆子出去，我要跟著她嗎？」

江意惜想了想，道：「若是有外人來找她，你沒事就去聽聽，至於她出去，這事你就別管了。」

江意惜若有所思地坐在炕頭，看著窗外的日頭慢慢西斜，花花也異常老實，趴在炕尾打瞌睡。

而另一邊，如老爺子所料，這天上午，番烏僧已在一間寺廟裡遇到了前往為亡母祈福的鎮南侯世子趙元會，兩人相談甚歡。

番烏僧沒有隨著趙元會進京，而是在趙元會的帶領下進西山看風景。

番烏僧身材高大，高鼻深目，臉呈紫紅色，穿著紫色僧袍，拿著一根禪杖，會說中原話，只是不太標準。

他的頭頂盤旋著一隻體型碩大的黑雕，大雕目光如炬，「嘎嘎」叫著，時高時低。

他們來到深處一座又陡又高的山峰前停下，候在那裡的有二百多人及幾十條獵狗，一個小頭頭向趙元會躬身抱拳道：「稟世子爺，靈獸未出山。」

趙元會指著那座山峰說道：「靈獸不知藏在那裡何處，我們的人未找到，只得在山外把守著。」

番烏僧的臉上有了絲笑意，對落在他肩上的玄雕指了一下那座山峰，吹了一聲口哨。

玄雕得到命令，展開大翅膀向山峰飛去，牠先在山峰上空盤旋半刻多鐘，突然一頭衝下沒入山林。

大概兩刻多鐘後，大雕從山峰飛了出來，即使大雕飛得很高，地上的人也能清晰地看到牠銜著一隻梅花鹿，鹿足足有二百多斤，鹿角又長又伸展大開，身子扭動著，還是活的！

大雕飛到番烏僧的上方，嘴一鬆，梅花鹿掉下來。

站在番烏僧身旁的人都嚇得往後退去，只有番烏僧紋絲未動，直到梅花鹿快落地時，伸手接住，一口咬在鹿脖子上。

鹿不停地掙扎、嘶吼著，還流著淚，半刻多鐘後，鹿停止掙扎，腦袋垂下。

番烏僧吸完鹿血，把還沒死透的鹿扔在地上，接著玄雕落下地享受美食。

見到這種畫面，即使是見過世面的趙元會也乾嘔了幾下，趕緊掏出帕子捂住嘴。原來番烏僧是要喝靈獸的鮮血，怪不得他要求送上的必須是活物。

番烏僧用手背擦去嘴邊的鮮血，表情不太滿意。

「老衲萬里迢迢來這裡為的是千年紅頭龜，這頭鹿沒有太多靈氣，不過多活了百餘年罷了。」

趙元會十分慚愧地說：「我們兩年前就發現了千年紅頭龜蹤跡，但是一直抓捕不到牠，那頭老龜實在狡猾，我們的人在牠出沒的生子灣和長中島找了一年多，至今未找到。」

他又形容了一下紅頭龜的樣子，讓番烏僧極為嚮往。

番烏僧不想放棄紅頭龜，說道：「你帶老衲去那裡，若是老龜還在，玄雕定能捉住牠，只要捉住老龜，我許你們的條件都會兌現，若沒找到嘛……」他看了一眼地上已被玄雕吃得屍骨不全的鹿。「那兩件事恕老衲不能滿足。」

趙元會心裡極是沮喪，先前差一點就把那隻老龜捉住，不料又被牠跑了，英王和貴妃娘娘非常生氣，幾次訓斥老父和他辦事不力。

以為還有一頭百年靈鹿送得出手，可神僧明顯不滿意……

聽聞番烏僧想親自去尋，趙元會又懷抱起希望。看玄雕剛才的表現，不是一般的厲害，只要老龜還藏在那兩個地方，肯定能找到。

他抱拳說道：「在下就帶神僧走一趟，不過此時已晚，請神僧回寺廟歇息一晚，明天先進京，我父久仰神僧，一直想與您論禪，後日出發去膠海。」

番烏僧搖頭道：「先去尋紅頭龜，再說其他事。」

次日下晌，老爺子又來浮生居喝茶，跟江意惜說了最新的線報，趙元會今天上午已經親自陪番烏僧去膠海看風景了。

老爺子滿臉含笑。「番烏僧應該不滿意靈鹿，否則也不會親自去膠海尋紅頭龜了，呵呵，還好我們早一步把牠放歸深海了。」

他們的人不敢靠太近，但還是看到了玄雕叼著梅花鹿在天上飛的情景。

聽說番烏僧和玄雕暫時離開京郊了，蹲在一旁偷聽他們說話的花花終於放鬆下來，小身子一下伸得筆直。

這兩天牠都躲在屋裡，連門都不敢出，睡覺也不敢睡死，有一點動靜就嚇得跳起來，先用爪子摸摸避香珠，再鑽進床底下。

江意惜依然不能放鬆，眉毛微皺，眼裡盛著擔憂。

老爺子很無奈，孫媳婦就快生了，他不想讓她多擔心，但有什麼新消息若不告訴她，又怕她多想對身子更不好。這次是由辭墨親自帶人悄悄跟蹤番烏僧去了膠海，根本不敢說……

他安慰了她幾句。「不要想太多，我們有幾套應對方案，那個女人也在我們監視範圍內，咱們家會平穩過去……」

江意惜摸摸大肚子，點點頭，神情仍若有所思。若是番烏僧沒找到紅頭龜就放棄，直接回老家就好了，辭墨昨天休沐日沒歸家，她猜測他肯定跟蹤番烏僧去了膠海，此番任務艱鉅，跟近了會被發現，跟遠了起不了作用……

唉！

老爺子走了，接生婆又來給江意惜檢查身體，幾天前，兩個接生婆就住進了浮生居的後罩房。

接生婆摸了摸江意惜的肚子，說道：「胎位正，胎兒長得也非常好，就是長得太快了，大奶奶要多走動，少吃一些，胎兒太大不好生……」

這些天，江意惜一直在多走動，少吃些，可胎兒就是長得快，大肚子挺老高，走路連腳尖都看不到，腿也腫得厲害，還睡不好覺，翻個身都要人幫忙，如今吳嬤嬤一直睡在她的臥房裡。

她知道，她生產肯定會遭一些罪。

她問過花花前主人的事，花花說前主人生了五個孩子，個個超過八斤，每次生孩子都疼得鬼哭狼嚎，但有光珠護體，大小平安。

她不怕生孩子會出意外，但害怕生孩子時會有意外找上門，更擔心孟辭墨的安危。

等待的日子難熬，日子還是來到了四月中，離生產日期越來越近，孟辭墨還未回來，也不知道番烏僧會不會進京，江意惜的心越來越慌，哪怕不住地告訴自己，愚和大師說過，只要戴著避香珠就能泯然於眾，小東西和她肚子裡的光珠不會被發現，孟辭墨也不會有危險，他說過他會護好妻子兒女及他想護的人，他不可能去涉險，不會離番烏僧太近……

可她就是心慌。

十六上午，江意惜由吳嬤嬤扶著在廊下散步，突然感覺肚子一陣劇痛，她「哎喲」一聲，抓緊吳嬤嬤的手。「嬤嬤，我怕是要生了。」

吳嬤嬤趕緊道：「大奶奶莫慌，咱們去產房。」

她扶著江意惜慢慢向後院走去，又讓人去叫接生婆，再去通知老太太和二夫人，還要請御醫。老太太先前交代了，江意惜的肚子太大，必須有御醫來守著。

產房是後院西廂南屋，早已經收拾好。

江意惜不放心花花，忍著痛對吳嬤嬤說道：「花花呢，把牠找回來。」

小東西現在不敢走遠了，只在浮生居或錦園、孟二奶奶的院子裡活動，連福安堂都不去。

江意惜之前交代過小東西，自己生產時，牠必須待在產房外的那棵杏樹上，杏樹在產房的小窗外，離產床一丈多距離。

她不想在她行動受限的時候，又是這個關鍵時期，花花離她太遠。

吳嬤嬤納悶大奶奶為何要生孩子了還惦記著那隻貓，但還是答應著讓小丫頭去把花花找回來。

江意惜躺上產床，感覺沒有剛才那麼疼了。

接生婆過來看了一下她的下身，說道：「宮口還沒打開，早著呢，大奶奶不要緊張，若是可以忍住，下床走走，再吃點東西，喝些參湯，生孩子才有勁，還有，把簪環鐲子取下……」

江意惜把身上的所有首飾取下，包括右手腕上的玉手鐲，只留下左手的念珠。

她已經跟吳嬤嬤交代好，吳嬤嬤會一直在產房內陪她，還會保護她手腕上的念珠。她的說詞是，這是愚和大師開過光的，會保佑母子平安。

她怕有人在她不清醒的時候把手串拿下，或是自己不注意時抓扯斷。

吳嬤嬤也知道這串珠子不尋常，自是滿口答應。

不久，就聽到窗外傳來老太太和孟二夫人、孟月、孟三奶奶的說話聲，居然還有付氏的聲音。

幾個生過孩子的女人都在窗外安慰著江意惜——

「不怕，生孩子都是這樣。」

「是啊，我們都是這麼過來的。」

付氏溫柔的聲音最為刺耳。「辭墨媳婦不怕，我們在這裡陪著妳。」

喧鬧聲中，聽到了花花的聲音，小東西已經趴在杏樹上了。

到了下晌，接生婆說宮口已經打開兩指，或許晚上會生。

到了晚上，陣痛加劇，也越來越頻繁，江意惜的慘叫聲不時響起，接生婆說孩子太大，不好生。

眾人勸老太太回去歇息，老太太已經精神不濟，便強拉著還想繼續留在這裡的付氏走了。孟二奶奶也回去照顧兒子，只留下孟二夫人和孟月在浮生居看著，她們不敢去給她們準備的後院東廂歇息，斜倚在西廂廳屋的羅漢床上，睏了就歪著頭打個盹。

兩個善婦科的御醫歇在東跨院。

夜裡，江意惜更加陣痛，不僅是肚子下身痛，頭發暈，還有短暫的暈厥。她清醒後，都會抬抬手，看看手腕上的珠子是否還在。

吳嬤嬤幾乎一直握著她的左手，安慰她的同時護著手腕上的珠子。

過了一宿，天光大亮，江意惜還沒順利生產，她的聲音已經嘶啞，聽起來極恐怖，花花一直趴在杏樹的一根粗樹杈上，聽到這個恐怖的聲音，都流淚了，卻依然不敢離開。

老太太和付氏又來了，連從不管這些事的孟三夫人都過來了。老爺子天亮就去了錦園，一直等在那裡。

江家那邊也收到了通知，江大夫人曾氏和江三夫人、江洵都急急趕來了。

曾氏是江伯爺三月中娶回的繼室，二十五歲，因不能生子而和離再嫁。那時江意惜懷孕沒有親自去參加他們的婚禮，只送了賀禮回去。

江洵昨天剛考完武科院試，還沒放榜，他一來就被人領去錦園，同老爺子一起在那裡等。

江洵聽說姊姊生了一天一夜還沒生下來，偶爾還能聽到隱隱的慘叫聲，也急得不得了。

時近晌午，花花透過枝葉縫隙突然發現天空飛著一隻大雕，這麼大的雕，又是這時候出現在京城上空，肯定是玄雕無疑了。

花花嚇得抱樹枝抱得更緊，喵喵叫了一聲。「玄雕來了！」

外人聽是一聲貓叫，正好江意惜此時清醒，聽出來牠是說「玄雕來了」。

江意惜立即反應是抬起左腕一看，確認念珠好好的套在手腕上。

看來番烏僧和玄雕還是進京了，孟辭墨也該回來了。

又是一陣劇痛襲來，接生婆順著她的肚子，江意惜一陣慘叫。

午時，孟辭墨風塵僕僕趕了回來，他一進門就聽門房說大奶奶正在生產，還難產了，嚇得用跑的回浮生居。

來到後院，他還想往屋裡衝，被老太太和二夫人一起拉住，老太太說道：「男人不能進產房，有話在外面說。」

孟辭墨只得來到小窗下。「惜惜，對不起，我回來晚了，妳怎麼樣？」

江意惜說道：「你回來了，我……肚子痛，好痛……」

聲音嘶啞，一點也不像她的聲音，卻能感覺到她的無助和痛苦。

孟辭墨道：「好，妳等著，我去陪妳。」

他想進屋，卻看見老太太讓人將一把大椅子堵住門口，她坐在椅子上。

老太太知道這裡除了自己，誰都管不住壞脾氣的孟辭墨，但她沒有力氣，只得以這種形式不許孫子進去。

孟辭墨無法，又回到小窗前輕聲安慰著江意惜。他的話肉麻，卻遠比不上他爹成國公，成國公在付氏生孩子的時候抱著腦袋哭。

老太太覺得，這個孫子還是有一點像他爹，就是臉皮厚，當著這麼多人的面什麼話都說得出口。

斜陽西墜，孩子還沒生出來，難過不已的孟辭墨一抬頭，突然發現一隻大雕在天空盤旋著，正是玄雕。

他心裡一緊，玄雕怎麼會飛來這裡？

樹上的花花已嚇得魂飛魄散，抱著樹枝的小身子抖成一團。

產房裡傳來產婆的大叫聲。「大奶奶，醒醒！快，使勁，孩子要出來了！」

江意惜處於半昏迷狀態，聽到接生婆說「使勁」、「孩子要出來了」的話，一下清醒過來。

她拚盡全身力氣，下身使勁的同時，上身和雙手也使著勁，由於疼痛，她下意識掙脫了吳嬤嬤的手，吳嬤嬤著急地去抓她的手，抓扯中不經意扯斷了念珠。

隨著江意惜的一聲大喊。「啊——」

裡頭傳來嬰兒的哭聲，及吳嬤嬤的驚呼聲。「珠子……」

珠子滾落地下，彈跳著四處滾，吳嬤嬤知道那串珠子的重要性，大驚失色道：「珠子、珠子……」立即跪在地上撿珠子。

剛輕鬆下來的江意惜聽到吳嬤嬤的叫聲，抬手看見空空如也的手腕，驚恐地睜大眼睛，張大嘴說不出話來，玄雕就在外面，她要被發現了……

一個接生婆高聲叫著。「恭喜大奶奶，是個哥兒！」

另一個接生婆笑著喊：「好胖的小子。」

兩個接生婆都搞不懂吳嬤嬤是怎麼了，大奶奶和哥兒可比什麼珠子重要多了，她怎麼只顧找珠子？

她們看到江意惜驚恐的表情，還以為這位大奶奶痛得反應不過來了，又對她笑道：「大奶奶，妳生了個哥兒，好漂亮的小子。」

外面的人聽到這一陣哭聲及喊聲，都歡呼起來。

老太太笑道：「一聽聲音就知道哥兒壯實。」

她站起身，下人趕緊把椅子挪開，等著接生婆把嬰兒抱出來瞧瞧。

幾乎所有人都沒注意到，就在這時，上空的大鳥正往下飛衝而來。

正關注著玄雕的孟辭墨嚇了一跳，他不知道這裡有什麼玄雕感興趣的東西，只能一手摸著腰間的匕首，準備同大雕搏鬥。

另一邊只見黑影一閃，花花從樹上跳下來，衝進西廂，牠快速躲過下人的阻攔，衝進產房，再跳上江意惜的床。

一個接生婆在洗嬰兒，另一個接生婆在幫江意惜收拾，突然見一隻貓跳上床，嚇得尖叫一聲，抓住貓要把牠扔下地。

花花一口咬下，接生婆痛得「哎喲」一聲縮回手。

江意惜一隻手把花花摟緊，說道：「不要動牠，讓牠陪著我。」

接生婆看看那隻凶狠的貓，沒敢再動牠。

跟進來想抓花花的婆子聽了，也退了出去。

花花緊貼在江意惜胸側，江意惜感受到了那顆小珠子跟她緊緊貼在一起，她提起的心落了下來。

花花來了，也就有了避香珠，她身上的「仙氣」不會散出去了。

江意惜側頭看看花花，眼裡流出淚來，嘴上卻笑起來，無聲地說了三個字。「謝謝你。」

花花也溫柔地回望著她，喵了一聲。「我要喝奶。」

牠慫了慫鼻子，真的聞到了一股無比好聞的奶香味。

江意惜哭笑不得，看向接生婆手裡的兒子。

她不知道的是，天上的玄雕終於嗅到了一絲特殊味道，一記俯衝向下飛來，下到一定高度，那股似有若無的氣息卻突然消失了，牠不死心，又盤旋一圈，依然沒聞到，只得飛上天際去別處尋找。

一直在遠處觀察玄雕的番烏僧看到玄雕俯衝而下，原先還有些欣喜，玄雕一進京就盤旋在那片宅子的上空，應該是有什麼發現，可見玄雕飛下去又飛了上去，去到另一處天空盤旋，讓番烏僧頗為失望……

看到玄雕飛走，孟辭墨也鬆了一口氣，抬腳想進屋，一個婆子攔住他。「裡頭正在幫大奶奶清理，等大奶奶去了北屋，世子爺再去看她。」

孟辭墨無奈，只得又向著小窗叫道：「惜惜，妳怎麼樣了……」

裡頭響起江意惜虛弱的聲音。「我很好，無事。」

很快的，接生婆用小紅包被裹著孩子走出來。

「哥兒重八斤半，哎喲，是老婆子接生這麼多年最胖的小子，也是最漂亮的小子。」

老太太笑瞇了眼，伸手想接，身旁的孟二夫人趕緊抱了過去。這麼重的孩子，怕把老太太累著。

剛出生的嬰孩渾身通紅，又胖，還在閉著眼睛大哭。

老太太笑道：「存哥兒，太祖母的重孫孫……」

老爺子早給孩子取好了名兒，若是小子，就叫孟照存。若是閨女，就叫孟茵。

孟三夫人笑道：「這孩子真漂亮，像辭墨多些。」

孟月也笑道：「極是，像弟弟。」

江三夫人笑道：「還有些像我家惜丫頭。」

孟辭墨也激動得不行，想從孟二夫人手裡接過孩子，老太太極其不客氣地把他的手拍開。「這麼埋汰，不許碰孩子。」

孟辭墨看看自己不潔淨的衣裳和雙手，再看看孩子和小窗，趕緊跑去上房洗手換衣。

錦園裡的老國公和江洵方才也看到了大雕。

看那大雕的個頭，還有這個時間出現，老國公確定那隻大雕是玄雕無疑。但他弄不明白，玄雕怎麼會在自家上空盤旋，難不成又是趙互在搞鬼？

江洵倒極為興奮。「那隻雕真大……」

等到大雕漸漸遠去，老國公才放下心。

這時一個丫頭跑來報信。「老公爺、二舅爺，大奶奶生了，生了個大胖小子，八斤半。」

江洵一聽，抬腳跑向浮生居的月亮門。

老爺子聽說是大胖小子，哈哈大笑幾聲，也跟著江洵跑去。

來到偏廈，看到接生婆正抱著孩子要進屋，老國公急道：「等一等，我還沒看。」

江洵看著小外甥直樂。「存存長得像我。」

老爺子不敢抱這麼小的孩子，圍在一旁問道：「他怎麼一直在哭？」

老太太急道：「看完就讓孩子進去，他定是餓了，黃民家的，快給我的重孫孫餵奶。」

黃民家的，叫的是乳娘黃嬤嬤，二十幾歲，長得白皙清秀，是成國公府護衛隊副管事王浩的妹妹，和兄長一樣都是值得信任的人。

孟辭墨乾乾淨淨來到西廂的時候，江意惜已經被抬去北屋。老太太等人走了，西廂廳屋裡，孟二夫人和孟月陪同江大夫人、江三夫人、江洵說著話。江洵惦記著姊姊和小外甥，眼睛不時瞥向北屋，又不好意思過去。見孟辭墨來了，江洵站起身行了禮，在孟辭墨開門的時候，他快速瞥了眼躺在床上的姊姊。

江意惜安祥地睡著了，左手摟著花花，手腕上戴著那串念珠。花花老實地趴在她的胳肢窩裡，四肢抱著她的胳膊，小腦袋卻扭著朝後，鼻子和臉埋在胸部側面那個位置。

孟辭墨很不喜歡花花的這個姿勢，想把牠拎起來丟下地，但看到江意惜睡著了還把牠摟著，小東西的眼神似比平時溫柔得多，也就沒去動牠。

孟辭墨坐到床沿，憐愛地看著江意惜，大手把她濕漉漉的頭髮掛去耳後，手指從耳邊滑向唇角。

吳嬤嬤低聲勸道：「世子爺，大奶奶受苦了，一直沒歇息好，莫把她弄醒了。」想到江意惜痛苦的嘶喊聲，孟辭墨也是心疼得很，他把手縮回來，又向黃嬤嬤攤開大手。

黃嬤嬤小心翼翼地把孩子放在那兩隻大手上。

孩子綁得像個小紅辣椒，一隻眼睛睜著一隻眼睛閉著，靜靜地看著孟辭墨。

看著這個小小的人兒，孟辭墨的心無比柔軟。自己已經走上那條路，任重道遠，必須更加謹慎謀劃，護好妻子兒子，不能讓他們吃一點點苦……

不多時，江家幾人起身告辭，說好後天來吃洗三宴。

臨香低聲提醒孟辭墨道：「世子爺，老國公讓你去外書房議事。」

孟辭墨看看江意惜和孩子，再不捨也得去商議那件大事。

他俯下身親了親江意惜的臉頰，輕聲道：「等著我。」就急急去了外院。

江意惜是被餓醒的，她睜開眼睛，看到垂下的琉璃宮燈亮著。已經晚上了。

她側過頭，看到黃嬤嬤正坐在牆邊的椅子上餵存哥兒奶。站在床邊的吳嬤嬤見她醒了，笑道：「大奶奶餓了吧？」

一旁的水香笑道：「我去拿飯過來。」

吳嬤嬤又笑道：「哥兒長得漂亮，像世子爺多些，八斤半呢！哎喲喲，趕人家兩個了，聲音大，又能吃……對了，這珠子都找齊了，十三顆，又給大奶奶套上了，菩薩保佑，大奶奶和小哥兒大小平安。世子爺有要事被老公爺請去前院了，應該就快回來了……」

江意惜聽吳嬤嬤念叨著，抬起胳膊看念珠，手腕一轉，看到那顆避香珠夾雜其中。

她又看向胳肢窩處的花花，牠小腦袋擠著她的胸側，呆呆地看著黃嬤嬤和她懷裡的小照存。

江意惜還感覺到，自己胸部側面有一團濕，定是小東西流的口水。

江意惜剛想把花花推開，又想起是牠在最關鍵的時候不怕死地暴露自己，用牠身上的避香珠保護她。

她一直怕花花出意外，結果是自己陷於危險中，還好花花聰明，否則不知後果會如何。

江意惜輕聲說道：「謝謝你。」

花花的眼睛終於從黃嬤嬤身上移開，衝江意惜喵喵叫道：「我要喝奶，喝娘親的奶。」

江意惜眨了眨眼睛，無聲說了兩個字。「等等。」

她知道小東西一直想體會一下當兒子的滋味，也想小小地滿足牠一下，不過，她真的做不到讓小東西直接趴在胸口上喝她的奶，只能接受把奶擠到茶碗裡讓牠喝。

花花理解錯了她的意思，眸子一下亮了起來，流著口水喵喵叫道：「娘親娘親妳真好。」

江意惜知道小東西誤會了，也不好多做解釋。她坐起身，由於下身疼痛，她皺了皺眉。

黃嬤嬤起身把小照存立起拍了拍背，小傢伙打了飽嗝，才交到江意惜懷裡。

孟照存像是認識娘親一樣，張嘴向她吐出一個奶泡泡，在油燈的照耀下，五彩斑斕，瞬息即逝。

江意惜的眼裡湧上淚意，俯身親了一下孩子。「娘的寶貝，娘的小照存……」

重生一次，今生有你們作伴，真好！

這時水香端了江意惜的飯菜進屋，黃嬤嬤上前把孩子接過去，孩子吃飽就想睡了，黃嬤嬤把他抱去對面的東廂歇息。

吳嬤嬤和臨香幫忙把飯菜放在床邊的小桌上，有一碗人參燉雞湯、一隻蒸乳鴿、一小碗蒸蛋、一小碟炒雙菇、一碗米飯。

江意惜餓壞了，吃了一大半，飯後，又睏倦起來。

吳嬤嬤已經累了兩天一夜，江意惜讓她先回家歇息，值夜的丫頭去了廳屋，臥房裡只剩一人一貓。

花花目光灼灼地盯著江意惜的胸部，江意惜笑笑，伸手拿過一個茶碗，背過身往裡擠奶。

花花看出來了，娘親跟原主人一樣，還是介意自己是隻貓，不願意讓自己趴在她們胸口直接喝奶。

牠不禁又難過起來，蹲坐著流眼淚。

娘親跟親娘不一樣，沒親娘的孩子像根草……

江意惜好不容易擠了小半碗奶水，轉過頭看見花花在流淚，她知道小東西的想法，解釋道：「花花，娘親這樣不是不愛你，實在是人貓殊途，不適合這樣，你是靈物，說不定將來能幻化成人，若是咱們有緣做母子，娘親一定親自哺育你。喏，這是我的奶，小照存都沒喝到，只有你喝到了。」

說完，把茶碗伸到牠的面前。

花花慫了慫鼻子，這是牠想了好多年的味道，牠已經顧不上其他，伸出舌頭快速往嘴裡捲入奶水。

小半刻鐘就喝完了，牠舔了舔嘴唇說道：「明天還要。」

江意惜答應得痛快。「好。」

一人一貓和好如初，躺下睡覺。

孟辭墨半夜回來，看到花花睡在江意惜的枕頭邊，小身子直直的像根筷子，就拎起牠脖子上的一層皮，丟去廳屋。

花花喵喵叫著抗議，還想衝進臥房，門已經被孟辭墨關上，花花氣得喵喵大罵。「孟壞蛋！孟鴨蛋！孟八蛋……」

值夜的水香趕緊把牠抱起來哄。「噓，明天讓水珠姊給你做清蒸桂魚……番茄上個月就種下地了……」

江意惜被吵醒，坐起身說道：「辭墨回來了。」聽到花花的叫罵聲，又道：「不要怪花花，牠那樣是怕我有危險，才不願意離開我。」

孟辭墨似一下明白了什麼，喃喃說道：「這麼說，玄雕在我們府上空盤旋那麼久，難道是聞到了花花的味道，只不過花花還沒達到牠的標準，所以才又飛走了？」

江意惜裝傻，搖搖頭表示不知。

孟辭墨坐到床邊，又道：「聽說玄雕在離咱們府不遠的一處民宅中抓到了一隻巨型蜥蜴……」

玄雕真的找到一隻靈獸，還離成國公府不遠，那麼，番烏僧和趙互應該不會懷疑成國公府裡另有靈物了。

江意惜感到慶幸，看來生下孩子之前玄雕就注意到她這邊了，或許是因為生孩子身體起了某種變化，讓她體內光珠的「仙氣」比平時更多，避香珠都封不住。

還好後來生下孩子，雖然珠子斷了，花花及時跑進來補救。

她說道：「咱家花花也就是聰明些，不是靈獸，怎麼可能有什麼味道？那隻蜥蜴或許靈氣不多，味道不大，玄雕才會一時分辨不出在哪裡，盤桓咱們府上空尋找。」

孟辭墨沒想那麼多，笑道：「也是，花花頂多兩、三歲，怎麼可能是靈獸？」

看到江意惜疑問的目光，他又悄聲說了一下跟蹤番烏僧去膠海的情況。

他們裝扮成腳商，離得很遠，倒也沒讓那些人懷疑，但也因為離得遠，沒得到更多什麼情報，不知道他們下一步有什麼交易和計劃，只知道番烏僧因為沒找到千年紅頭龜非常不高興。

雖然最後番烏僧還是帶著玄雕住進了鎮南侯府，但孟辭墨和老爺子都分析，番烏僧沒得到最想要的千年紅頭龜，肯定不會完全履行之前允諾的條件，可因為有了之前的靈鹿、今天的蜥蜴，多少還是會幫一些，但絕對不會是趙貴妃和趙互最想辦的事……

後天辦孩子洗三宴，鎮南侯府的人肯定會不請自到，若是要指使付氏做什麼事，那天應該有所安排。

「好了，我該說的都說了，妳不要再費心想那些事，我們都安排好了。」孟辭墨親了親江意惜前額，躺下說道：「前些天我一直沒睡好，很累。」

他現在頭腦異常清醒，為了不讓江意惜繼續追問，只得這樣說。

江意惜聽了，果真沒有再問，不久就睡著了。

孟辭墨的眼睛又睜開。

小照存是成國公的長孫，他居然沒有來看孩子一眼，說下衙天色晚了，不好意思來兒媳婦的院子，要等到孩子洗三再看，呵，若是孟辭羽生孩子，他也會這麼毫不在意嗎？

孟辭墨已經對成國公這個爹死心，可每每被忽視，還是有些傷心。

強把那絲傷感壓下，老國公看孟辭羽背影那一閃而過的眼神又浮現在孟辭墨眼前，祖父似乎對孟辭羽有所懷疑，卻刻意裝得與之前一樣，還瞞著他和所有人。

怕孟辭羽為了付氏做出影響家族的錯事他能理解，他也怕，可祖父為何要瞞著他呢……

次日卯時初，孟辭墨匆匆去了軍營，明天孩子洗三，說好晚上回來。

早飯後，在家的所有主子都從福安堂來到浮生居，包括孟辭羽。

老爺子和孟辭羽、孟三夫人只在西廂廳屋坐著，其他女眷孩子都進了北屋看望江意惜和孩子，還都送了賀禮。

老爺子送的是在南疆打仗時的斬獲——一尊極品玉擺件雙鹿望月，老太太送的是前朝大書法家李道子的字帖。

二老爺夫婦送的是一尊碧玉鯉魚擺件，孟月送的是兩套她親手做的嬰兒衣裳和一個小玉鎖，孟二爺夫婦送的是一只赤金七寶瓔珞圈，孟辭羽送的是一套上好文房四寶，孟華、孟嵐和孟霜各送了一個小金鎖，黃馨各送了一條帕子，連小安哥兒都給弟弟送了一個博浪鼓。

成國公和付氏送的是一幅古畫「竹林聽風」。

付氏笑道：「小存存是我們的長孫，哎喲，我和我家老爺喜歡得跟什麼似的，高興到半夜呢！願我們的小存存長大後如青竹般高風亮節，堅韌有毅力。」

除了老倆口的賀禮，這項賀禮的價值最高，寓意最好，話也說得好聽，江意惜還有些納悶，他們怎會送這麼好的禮，不應該啊。

孟華笑道：「娘連自己的珍藏都拿出來了。」

江意惜頓時明白了，這幅圖應該是付氏的嫁妝。

成國公添長孫，他一樣東西都沒拿出來，繼母只得拿出自己的嫁妝來送，付氏要表現的，絕對不是她作為繼母有多好，而是讓孟辭墨看到他親爹對他的不屑一顧。

而且即使孟辭墨和江意惜知道她的真正用意，也不好說出來，說出來就辜負了繼母的好意，而且又在挑公爹的不是。

孟二夫人、孟三奶奶都意外付氏送了這樣的好禮物，笑著誇讚禮物的好。

老太太心裡埋怨兒子厚此薄彼，對付氏的做法還是比較滿意，說道：「妳有心了。」

但江意惜恨付氏恨得咬牙切齒，又猜到她送這幅圖的真實意圖，根本不領她的情，只不過現在是關鍵時期，不能把話說得太難聽，以免壞了老爺子和孟辭墨的計劃。

她一語雙關道：「太太從來都是這麼有心的。」

付氏像是渾然不覺此話不善，但孟華沈不住氣了，提高聲音說道：「江意惜，妳以為妳是誰啊，憑什麼對我娘這麼無禮？祖母，妳也看到了，我娘巴巴地送賀禮過來，這幅圖連我三哥都沒捨得給，江氏卻這樣輕慢。」

她也學精了，沒再罵江意惜出身小戶，而是示弱地求老太太作主。

江意惜很無辜，解釋道：「我沒說錯啊，祖母說太太有心，我又覺得祖母說得對，就順著說了。」

老太太起先沒想那麼多，聽了江氏的話，便多想了一下，也就想通了付氏的「別有用心」。

這個壞娘兒們，她這麼做，不是在挑撥兒子和孫子的關係嗎？

為了兒子的體面，她不好明明白白說出來，忍著氣不理會，只讓黃嬤嬤把孩子抱過來。

孩子重，黃嬤嬤不敢讓老太太抱，而是自己抱著蹲在老太太面前。

看到大胖孫子，老太太滿臉笑意，孟照安和黃馨也圍了過來，看著弟弟樂。

北屋沒關門，女眷們的話傳到廳屋，讓孟辭羽紅了臉，非常不好意思地低下頭。

他不知道母親會拿出自己的嫁妝來送，而沒讓父親給長孫送樣好禮物，孟辭墨的羽翼接近豐滿，母親的處境已經這樣艱難，為何還要做這種討人恨的事，加深仇恨呢？

老國公看著孟辭羽，他這難過的樣子不像是裝的。

這個孫子雖然有些目無下塵和清高自傲，但聰明多才，胸有溝壑，品行也不錯，若好生打磨，讓他沈下心來做事，必成大器。可前提是，他必須得是自己的親孫子。

到目前為止，他沒查到一點付氏在婚後有同趙互苟合的跡象，也沒查到趙互對待辭羽有什麼不同，但他們有那樣一層關係，這個孫子又長得不像兒子，他總怕這個疼愛了十幾年的孫子不是孟家種。

這種感覺非常不好，但他不能讓別人看出來，讓別人也產生這種懷疑，若辭羽的確是自己的親孫子，受這種委屈多可憐……

老國公提高聲音道：「你們看夠沒有，看夠了就把重孫孫抱出來。」

老太太笑道：「老公爺等急了，抱出去讓他看。」

看到重孫子，老爺子又笑瞇了眼。

下晌，臨香在江意惜的耳邊輕聲道：「大奶奶，孟沉大哥讓我向妳稟報，那個番烏僧已經離開京城了，我們的人還會跟著，直到確定他們徹底離開中原為止。」

聽說番烏僧和玄雕離京了，江意惜長長鬆了一口氣，一旁的花花聽了，馬上跳下地，往福安堂跑去。

亥時末，孟辭墨爬牆回到浮生居，他先去上房洗漱完，才回到後院西廂。

江意惜已經睡著了，只牆角亮著一盞羊角落地燈，屋裡昏昏暗暗。

孟辭墨讓值夜的臨梅退下，把門關上，坐在床沿看江意惜。

惜惜長胖了不少，之前的瓜子臉如銀盤一樣豐滿，鼻梁上還多了幾顆小雀斑……

孟辭墨笑起來，無論怎麼變，只要是惜惜，他都喜歡。

他情不自禁地俯下身親了江意惜一口。

江意惜睜開眼睛。「回來了？」

「嗯，妳知道了吧，番烏僧和玄雕已經走了，謝謝妳。」

孟辭墨還是竊喜的，擔心了許久的番烏僧和玄雕終於走了，不管鎮南侯府下一步將會做什麼，這第一步是他們贏了，若沒有惜惜的提醒，他們不會贏得這麼容易。

江意惜笑道：「我們是一體，謝什麼？」

她跟他講了白天跟付氏和孟華的爭執。

「那幅圖我會單獨收著，以後賞人。」

孟辭墨扯著嘴角說：「我爹不送禮也正常，送禮反倒會讓我不習慣。」

他沒說的是，成國公本還以公務忙為由明天不請假，被老爺子罵了一頓，才不得不請假。

除了孟二老爺明天得去上衙，孟辭閱和孟辭羽都請了一天假。

次日，天還未亮，浮生居就開始忙碌起來。

為了迎接今日的洗三，婆子和丫頭一早就在打掃佈置浮生居，不僅把一些好擺件從庫房搬出來裝飾外院會客廳和內院花廳，又從錦園搬了一些好花過來妝點院子。

今天邀請的客人不多，只一些親戚朋友。男客主要在外院會客廳，女客主要在浮生居，吃飯則設在花廳。

江意惜包裹得密密實實，被抬去了上房臥房，小照存包在包被裡，頭上戴著小帽子，臉上搭著一塊帕子，被黃嬤嬤抱進上房。

臥房大床旁有一張小床，白天小傢伙在這裡，晚上住東跨院。

花花今天有重要任務，已經跑去正院外的一棵大樹上趴著了。小傢伙也知道，只有把付婆子徹底消滅，牠和娘親才有好日子過。

飯後，孟二夫人、孟月、孟二奶奶、孟嵐、孟霜、黃馨就來了，前幾位招待歲數大的女客，後幾位招待小娘子和孩子。

孟華本就不高興孟辭墨和江意惜在一起，昨天送禮又吃了癟，今天說身體有恙不能來。

第一批客人是江家人。

江伯爺和三老爺都來了，他們留在外院，女眷來了浮生居看望江意惜和新生兒。

眾人看著小照存自是一通誇，江老太太也高興，孫女第一胎就生了這麼個大胖小子，肯定得婆家看重，江家女得婆家看重，體面了，也會多顧娘家。

而江意言連孟華的穩重都沒有，在家被老太太和江伯爺再三警告，雖然沒說不好聽的話，但眼裡的戾氣總讓人不舒坦。

江老太太告訴江意惜。「洵兒和晉兒幾兄弟先去看榜了，看完榜再過來。」

江意惜笑道：「若是弟弟能中，我家存存可是有個好兆頭。」

孟二夫人笑道：「江二公子沒少得我家老太爺誇獎，準能中。」

說得江老太太笑眯了眼。

接著又來了一些關係好的親戚朋友，包括鄭府，不僅鄭夫人謝氏領著鄭晶晶和鄭芳芳來了，連何氏都領著鄭婷婷來了。

何氏能來超乎江意惜的意料，想著一定是宜昌大長公主讓她來，她不得不來。

年齡大些的客人由孟二夫人等幾人陪著，坐在廳屋喝茶聊天。歲數小一些的人由孟家姊妹帶著，在院子裡和錦園玩。

啾啾的情詩逗得眾人不時大笑，鄭晶晶想看花花，問花花去了哪裡。

黃馨道：「我也不知道，我一來花花就不在，聽大舅娘說，天一亮牠就不知跑去了哪裡。」

聽著外面的笑聲，江意惜突然想到，希望啾啾可不要罵人，因為牠罵人的聲音是鄭吉的，若被何氏聽到，說不定會多想。

她問鄭婷婷。「珍寶回京了嗎？」

若是回京，她今天肯定會來這裡。

鄭婷婷悄聲道：「沒有，不知為何，珍寶的病突然加重了。」

「突然加重？」

「是啊，聽說她都準備好東西要回京了，卻又突然昏迷，前幾天雍王爺和雍王世子去了昭明庵，到現在都還沒回來。」

江意惜不禁擔心起來，但想到前世李珍寶活得好好的，後來身體徹底康復，連姑子都不用當了，應該會沒事的吧。

小珍寶是大福大貴的命，卻是要經過千辛萬苦才能換來。

江意惜不好多說，對鄭婷婷說道：「愚和大師說珍寶是有福之人，前些年那麼危險都挺過來了，這次一定也不會有事的。」

鄭婷婷雙手合十道：「阿彌陀佛，菩薩保佑。」

除了江意柔和鄭婷婷、趙秋月、薛青柳幾人，其他人也都各自進臥房跟江意惜說了幾句話，看過孩子後就去廳屋廂房喝茶聊天。

這時，江意慧也領著郭捷來了。

聽她說，今天不止她相公來了，連公婆都一起來了。

臨香上前悄悄跟江意惜說：「丁二夫人和丁四姑娘也來了。丁二夫人去了大夫人那裡，丁四姑娘去了二姑娘那裡。」

丁二夫人是趙貴妃和趙互的胞妹，也就是付氏的表妹，上次給付氏遞話的就是她。

江意惜面上無波，心裡警戒起來。

今天不該來的人都來了，比如不喜歡自己的鄭吉的夫人何氏，還有跟他們夫婦八竿子打不著的丁二夫人及閨女，而該來的崔文君卻沒來，崔大夫人帶著兒媳婦來了，說崔文君得了風寒在家養病。那個姑娘，江意惜已經好久沒見到她了。

不知道花花會不會有意外收穫……

不多時，付氏和丁二夫人來了浮生居。

丁二夫人長相平平，是他們兄妹幾人中最不起眼的一個，卻極會說話，把江意惜和孟照存誇得天上有地下無。

付氏聽得直皺眉，拉著她出去喝茶了。

晌飯前，外院的伍婆子進來稟報道：「恭喜大奶奶，恭喜大奶奶，二舅爺考上武秀才了，名次靠前，第八名。」

江意惜和江家幾人都是大喜，客人們一片恭賀聲。

宜昌大長公主府的一個婆子又急急跑進來，大聲說道：「恭喜夫人，恭喜夫人，少爺中了，少爺中了，第三十二名！」

名次雖然靠後，但鄭璟今年才十五歲，勛貴世家的孩子少有中文秀才的，已經非常不易了。

恭賀聲更大了，文秀才比武秀才要難考得多，不說別的，光是參加的人數就多了十倍不止。

何氏高興得眼圈都紅了，自己不得男人待見，在那個大宅子裡隱忍了十幾年，還好兒子爭氣……

雖然鄭璟跟江意惜有血緣關係，但江意惜對鄭璟無感，對何氏更沒有好印象，聽到這個消息沒有一點波瀾。

看到鄭婷婷樂得十六顆牙盡現，江意柔等人由衷地恭賀著她，江意惜也跟著說了兩聲「恭喜」。

吃完晌飯便要洗三了，不僅女眷們來這裡觀禮，孟老爺子帶著孟家幾個男人及江洵等江家幾個男親戚也來了浮生居。

拜了神後，收生姥姥把小照存抱去廳屋，長輩和客人們先後添了盆。

收生姥姥一手抱孩子，一手拿著棒槌在盆裡攪，唱道：「一攪兩攪連三攪，哥哥領著弟弟跑，七十兒、八十兒、歪毛兒、淘氣兒，唏哩呼嚕都來啦……」

之後就是給嬰兒洗澡，孟照存大哭起來，一聲比一聲高，眾人誇孩子長得壯實，哭聲都比別的奶娃娃響亮……

成國公是第一次看到這個長孫，沒看到之前，不覺得自己添了孫子，只不過是孟辭墨那個不貼心的兒子添了個兒子，但親眼看到這個大胖小子，心裡還是非常喜歡，也有了這個小子是自己孫子的感覺。

對於江家男人的恭賀，他笑聲洪亮，笑得得意。

之後客人們陸續離開，江洵不好意思進臥房，只在門外跟姊姊說了兩句話，江意惜也有滿腹話想同江洵說，但此時也不好多說。

孟辭墨知道他們姊弟的心思，拍著江洵肩膀說道：「改天你自己來，我們郎舅喝兩盅。」

很快的，客人陸續離去，浮生居寂靜下來，孟辭墨跟江意惜說了幾句話後就急急去了外院。

第三十三章

一直躲在外面大樹上的花花爬下樹，向浮生居跑來，臥房裡只有江意惜一人，正焦急地等待著花花。

見牠從窗戶外爬進來，招手道：「聽到什麼了，要實況轉播。」

花花跳上床，喵喵叫道：「我要喝奶。」

江意惜早有準備，從小几上拿了一個茶碗，打開蓋子遞給牠。

花花看了一眼，嫌棄地說：「怎麼只有這一點？」

江意惜道：「奶回了，明天或許連這麼一點都沒有。」

花花伸出舌頭快速把奶捲完，伸長脖子讓江意惜幫牠擦了臉和嘴，才喵喵說道：「沒有辦法實況轉播，沒用的話聲音正常，有用的話聲音特別小，有些用的還是唇語，所以，能聽清楚的話沒用，有用的只聽清了幾個字……」

江意惜挺直腰身問：「哪幾個字有用？」

花花道：「丁婆子說：『想辦法送……』付婆子說：『就一顆石頭……』丁婆子又說：『絕對管用，必須貼身……』付婆子說：『最後一次，再逼迫我，我只有死……』丁婆子又說：『貴妃娘娘心疼妳，真的是最後一次……』」

說完，就鼓著眼睛看江意惜，一副討表揚的架勢。

江意惜倚在床頭，摸著花花的腦袋說道：「寶貝，即使這幾個字也非常不容易了，娘親謝謝你。」

這些話裡，只有「送」、「石頭」、「貼身」這五個字有用，她推敲，這「送」，最大的可能是送老國公，送的是「石頭」，還應該是「貼身」戴的飾品，不出意外，這石頭肯定不是好東西，還應該是向番烏僧討要的。

只不過，付氏已經知道自己被老國公厭棄，她送的東西老國公根本不會要，怎麼可能貼身戴？而且，哪有兒媳婦送公爹飾品的？

付氏答應下來，會用什麼形式送呢？拭目以待吧。

傍晚，吳有貴趕了一輛騾車進來，滿載了客人送的洗三禮，他把禮單交給吳嬤嬤，吳嬤嬤又拿進屋交給江意惜。

「除了丁家送的禮世子爺讓拿出來，其他的都拉來了。」

江意惜看了一眼，多為文房四寶和擺件、飾品，她笑道：「存兒已經有這麼多私房了，嬤嬤，讓人記好帳，放進庫房裡，哦對了，把大長公主府的禮物拿出來。」

她不相信何氏，也不想要她送的禮物。

晚上，孟辭墨回來，提到了聽雲秀說，白天付氏同丁二夫人單獨在屋裡說了一陣子話，不知道說了什麼。不過，客人走後，付氏便去庫房翻箱倒櫃，拿了幾樣小擺件和手串、掛飾回屋……

江意惜道：「有沒有可能是趙家要讓付氏送什麼東西，付氏要藏在那些飾品中，送給他們要害的人？」

孟辭墨道：「有這種可能，付氏要送誰，我們等著看吧。」又道：「聽說番烏僧已經過了晉州，應該是回烏斯藏了。」

為了跟蹤番烏僧，他們費了一番工夫，因為不能被他和玄雕察覺，跟蹤的人不僅離得遠，還要每隔一、二十里就換一批人，實在不好跟蹤的路段就放棄，在去烏斯藏必經之路的某些地方安排一些人，再繼續跟蹤，直至把他們送出中原。

孟辭墨睡著了，江意惜還沒睡著，她總覺得還有一絲似有還無的線索，卻怎麼也抓不住，想得難受。

次日，花花提出想去看看李珍寶，再去昭明庵後的青螺山玩兩天，不過江意惜沒放行，她還需要小東西幫她搞竊聽，只答應給牠許願，等把付婆子攆走，牠想出去野多少天就野多少天。

她當然也有點不放心李珍寶，便讓吳嬤嬤和吳有貴送了一罐補湯去昭明庵給李珍寶。補湯雖然不是江意惜親自煲的，但她加了一點眼淚水進去。

吳嬤嬤回來後說，珍寶郡主雖然還不太清醒，狀態卻已經比前些日子好轉了些。

她聽老尼姑柴嬤嬤說，珍寶郡主昏迷時會說什麼「罷罷」、「放棄我」之類的話，她們懷疑珍寶郡主或許被什麼迷住了，所以遲遲不能清醒，為此，不僅蒼寂住持作了法，還請來了報國寺的戒懷住持、香寶寺的濟本方丈一起作法。

吳嬤嬤走後，花花煞有介事地說：「肯定是李珍寶前世的爸爸又找到了更好的藥，若不是這邊的高僧高尼作法鎖住她的魂魄，李珍寶真有可能在那個世界復活，在這個世界徹底死翹翹。」

江意惜唏噓。「小珍寶真不知道是有福還是沒福，說有福吧，她天天要遭這麼大的罪，說沒福吧，兩邊的親人都在盡最大的努力救治她。其實，她已經做了選擇了，要讓那邊的親人放棄，可那邊的親人就是捨不得放棄……」

三日後，付氏的娘家姪子來京城辦事，特地來看望了付氏。

付氏非常高興，讓大廚房送了一桌上好席面去正院，孟辭羽和孟華都去當了陪客。

花花全程聽他們在聊什麼，回來就給江意惜作實況轉播，但江意惜聽到一半就喊停了。

或許是刻意的，付氏和那個姪子沒說到任何有關鎮南侯府和趙貴妃的話題，只有一些孟華罵江意惜和孟辭墨的話，付氏和孟辭羽則一直勸她收斂性子、學習如何做人，實在沒有一點有用的，不過，江意惜也因此知道了，如今孟華恨她比恨孟月和孟辭墨還甚。

次日，付氏讓丫頭拿著幾個錦盒和一筐檸檬去了福安堂。

付氏笑道：「南中盛產翡翠玉石和水果，姪子這次給我帶了一些首飾和檸檬，檸檬泡水好喝，一個院子可以分十幾個。」

說完又把錦盒打開，送了老爺子一尊小玉擺件、老太太一對翡翠鐲子、二夫人和三夫人各一支碧玉簪。

老太太等人都表示了感謝，但付氏一走，老爺子就叫人把所有東西都收下去，包括檸檬。

二房和三房雖然不太知道到底發生了什麼事，但知道老爺子如今對付氏已經不信任，不僅把東西上交，還承諾不會說出去。

中南省多蠻族，那些蠻人不僅擅長製毒，還擅長下蠱，老爺子早年在南方平叛，曾經救過苗族一位長老的命，那位長老便回報老爺子一對懂毒和蠱的夫妻，男人改姓孟，和妻子一同跟在孟老國公身邊協助。

如今那對夫妻已死，兒子依然在服侍老國公，就是孟中。

孟中一家的身世除了老爺子之外，沒有其他人知道，孟辭墨還是上年老爺子準備把手中勢力交給他時才知道的。

雖然孟中製毒和下蠱的能力遠趕不上他爹娘，但還是能辨別中原和南蠻一般的毒和蠱，因此老爺子先讓人把東西拿去別院讓他查看有沒有問題。

他把所有檸檬切開，沒發現任何有毒的跡象，仔細研究其中的幾樣擺件和首飾，也沒發現什麼異常。

這讓後趕回京的孟辭墨很沮喪，眉毛都擰成了一股，有些地方他們甚至撕開了一條口子，仍然沒發現異常。

老爺子道：「這點定力都沒有，還怎麼幹大事？他們越謹慎，就越說明他們想一擊斃命。」

孟辭墨忙道：「祖父說得是。」

他著急的不是付氏不行動，而是沒抓到付氏幫鎮南侯府陷害成國公府的證據，就暫時不能除掉她。

之前以為找到付氏跟趙互有私情的證據就能置她於死地，可現在還要繼續等，他等那一天已經等得太久了。

老爺子的一席話讓他羞愧。是啊，這點定力都沒有，如何護住想護的人……

四月二十八晚上，老國公吃完晚飯去了前院書房。

今天孟辭墨會從軍營回來，老爺子召集了兩個兒子及幾個成年孫子在前院書房討論朝堂之事。

二老爺和孟辭閱、孟辭羽都來了，成國公最後一個到，笑咪咪給老國公奉上一個錦盒。

「爹，瓊臺郝總兵回京覲見皇上，今天兒子跟他在食上喝酒，他送了我一串紫油梨手串，極為漂亮，兒子特別拿來孝敬爹了。」

他把珠串從錦盒裡拿出來，孟二老爺先吸了一口氣。「哎呀，是滿瘤疤紋理，我還是第一次見。」

老爺子的眸子一縮。他不相信兒子會跟付氏一起害自己，他也知道瓊臺郝總兵這時回京了，但兒子送禮的這時機也太巧了。

老爺子接過珠串，珠串呈深紫色，紋理漂亮，油性足，還有一股淡淡的藥香，有十三顆木頭珠子，繩子接隙那裡吊了一顆淡綠色圓形小寶石。

無論是珠串，還是綠色寶石，都是難得一見的上上品，特別是那顆奇異的綠寶石，晶瑩璀璨，色澤淡雅，與常見的綠寶石、翡翠、祖母綠都不一樣，極為漂亮，走南闖北的孟老國公也是第一次見。

他右手食指托著小綠寶石欣賞了許久，才滿意地把珠串套上手腕，難得跟成國公露了笑臉。

成國公已經記不起來老爹有多久沒給過自己笑臉了，激動得鼻子發酸。

老爺子不耐看他那傻樣，心裡只想趕緊把這些人打發下去，看看珠串有什麼貓膩。

他先讓成國公和二老爺說了一下朝中局勢，再讓兩個孫子說說自己的觀點，他再補充教導一番。

大兒子不成器，小兒子平庸，老爺子不想孫子繼續被耽誤，只好以這種方式引導教育他們。

小半個時辰後，老爺子道：「辭墨還未回來，興許被什麼事絆住了。我累了，你們回吧。」

眾人起身告辭。

成國公高高興興回到正院，付氏見他滿臉喜色，知道一切順利。她壓下歡喜，遣退下人，親自給成國公奉上茶。「公爹喜歡嗎？」

付氏一副很忐忑的樣子。

成國公放下茶碗，把付氏拉到腿上坐下，哈哈笑道：「我爹對我笑了，妳說喜歡不喜歡？唉，我這個當兒子的無能，難得讓老父高興一次，還是靠葭寶兒能幹。」

付氏露出笑臉，胳膊環住成國公的脖子笑道：「我一直緊張著呢，怕幫倒忙。」眼裡又湧上哀怨。「公爹不喜老爺都是因為我，我心裡難過得緊，總想為老爺做點什麼，讓公爹、婆婆不要再怨你。」

成國公搖頭道：「我爹是受了孟辭墨的挑唆，不怪妳，那個小王八蛋，那麼大的人好賴不分，總認為他娘的死跟妳有關，認為妳處心積慮要害他和月兒，真是魔怔了。」他過意不去地說：「妳兄長讓妳把那綠寶石獻給趙貴妃，妳卻孝敬了我爹，舅兄生氣怎麼辦？還是我去私庫裡找兩樣好什物送他？」

付氏搖頭道：「老爺為我娘家做了不少事，我截下一樣東西又如何？只是這事萬萬不能說出去，我大哥只當吃個啞巴虧，否則鎮南侯府和趙貴妃知道可要記恨上我了。」

口氣嬌嗔，又讓成國公柔情頓生，都說曲氏豔冠群芳，美得不可方物，但沒有內涵的美，怎麼比得上有趣又讓人心動的靈魂呢……

漫天繁星璀璨，沒有一絲浮雲，初夏的夜風帶著花香，吹得樹葉沙沙響著，偌大的前院，除了沙沙聲，就只有一陣快頻率的腳步聲。

此時已是亥時，孟辭墨剛回來，直接去了外書房。

外書房燈火如晝，守在門外的孟香給孟辭墨躬了躬身，不需通報就放行，讓他直接進了上房。

孟中也在裡頭，他正在檢查珠串，反覆看著、聞著，還在能吸引蟲蟲的煙上反覆薰著。老爺子時而看看他手中的珠子，時而看看他，一臉嚴肅。

孟辭墨沒打擾他們，只給老爺子躬了躬身。

許久，孟中才抬頭說道：「老公爺，這些珠子的確是紫油梨所製，沒泡過藥水，顏色也正常，還有這顆小寶石，雖然小的見識淺薄，不知產地何處、具體名稱，但看起來也沒有問題，串珠子的繩子也無特別之處……」

老國公道：「你的意思是，這珠串一切正常？」

孟中道：「在小的看來，沒有毒沒有蠱，應該沒什麼危害。」

老國公接過珠串，一臉狐疑，難道是自己多想了？

孟辭墨這時開口道：「祖父，下午我去鄭府見了鄭老大人和鄭統領，所以晚回來了。」又指著珠串說：「這珠串一看就知道是上上品，誰送的？」

老國公把珠串遞給他。「孟道明孝敬的，說是瓊臺郝總兵送他的……」

孟辭墨拿過珠串反覆看了幾遍，也沒看出什麼異樣，說道：「雖然看不出毛病，但這個時候送祖父，還是小心些，祖父別戴在手上吧。」

老爺子搖頭道：「這麼好的東西不戴，豈不是讓有心人多想？」

祖孫倆在外書房談話談到午夜子時，孟辭墨才起身告辭。

離開外書房後，他翻牆進了內院，向浮生居而去。

越靠近浮生居，迎面而來的花香就越加濃郁，令他想到了妻子和兒子，一顆心無比柔軟。

他美麗祥和的家，不能再讓有心人肆意破壞了。

思及此，他的步伐又加快兩分，從走變成跑地回到浮生居，輕扣幾下院門，看門的小丫頭馬上來開門。

只要是他休沐的前一天，守門的丫頭都會等到後半夜才去歇息，此時值夜的臨香還沒睡，聽到動靜就起身把正門打開。

怕影響江意惜歇息，孟辭墨通常回來後都是先去後院洗漱。

洗漱完來到側屋，臨香輕手輕腳給他擦乾頭髮，他才進了臥房，牆角處的羊角燈還亮著，這是江意惜為他留的燈。

掀開繡著纏枝菊花花紋的淡紫色紗帳，沒想到卻看到江意惜正看著他笑。

「這麼晚了，還沒歇息？」

「知道你今天要回來，睡不著。」江意惜坐起來。

孟辭墨知道她一直掛心付氏的事，就倚在床頭說了成國公送老爺子珠串的事。

珠串?!江意惜之前的那絲疑惑一下清明起來。

她就隱約記得一幕前世的畫面，老國公肩膀受傷，他一隻手按壓著肩膀，鮮血湧出，染紅了肩膀上的衣裳，也染紅了他的大手，及手腕上的珠串。

可她重生這麼久，就沒看到老爺子戴過珠串，所以一直想不通怎麼會看到這副景象。

她問道：「珠串長什麼樣？」

孟辭墨道：「珠子是紫油梨所製，品質非常好，是不可多得的上上品，中間還有一顆小綠寶石，連我祖父都叫不出名字來，孟中已檢查過了，說沒有任何問題，祖父的意思是要再找找有沒有什麼高手來驗一驗，看看是不是真的我們多心了，這東西付氏沒動過手腳。」

綠寶石？江意惜一下想起花花說的付氏等人提到的「石頭」。

這珠串肯定有問題，更確切地說，是那顆寶石有問題，會讓戴珠串的老爺子身體變差，直至死去，別人還察覺不出問題。

前世老爺子就是這麼被害死的，江意惜想到就氣得心肝痛。

孟中沒看出這串珠子有問題，就算再找別人也不知道驗不驗得出這東西有毒，一直拖下去恐怕老爺子身體會受影響，她得想辦法讓他們早些察覺才行。

江意惜腦筋急轉著……有了！對人有危險，那麼對植物肯定也有危害，不能用人試毒，但可以用嬌氣的花試呀！老國公的身體那麼好，但才兩年的時間就被摧殘得一身病痛，想必嬌氣的花也撐不了多久就會枯萎……

孟辭墨見江意惜的眼裡一下盛滿光芒，問道：「媳婦又想到好辦法了？」

江意惜笑道：「還真想到辦法了，對人有害，肯定對植物也有害，你們不如把那珠串在花盆裡放一夜，若花變黃變枯，那珠串就肯定有問題了……也不能說珠串全有問題，可以把珠子、寶石、線繩分開放三個花盆，看看到底是什麼東西有問題。」

這樣就能知道到底是什麼東西有問題了，再來追查那顆寶石是從哪裡來、怎麼會掛在珠串上的，孟道明承受不起那個後果，肯定會說實話。

孟辭墨的眼裡也是一亮，他側頭親了江意惜一口，說道：「我媳婦真能幹。我現在就去跟祖父說。」

說著起身穿上衣裳鞋子，快步走去外面。

江意惜心裡又是一陣輕鬆，剩下的事就不需要自己操心了，付氏那個惡婆子終於能夠得到嚴懲了。

那顆小綠寶石沒人認得，應該是番烏僧所有，鎮南侯府沒弄到紅頭龜，番烏僧就給了這種害人的寶石，若是弄到紅頭龜，還不知道會給什麼毒性更強的東西，絕不可能讓老爺子活兩年以上，不知他們還給了誰。

江意惜躺下，一覺睡到天明。

當她睜開眼睛，孟辭墨正躺在枕上側頭衝她笑。

「你什麼時候回來的，我怎麼不知道？」

「後半夜回來的，看妳睡得香，沒吵妳。」說著，孟辭墨湊上嘴親了她一口。「祖父覺得妳說的那個法子非常好，不過，他還是會先戴兩天，讓付氏和我爹看看，兩天後再以生病為由躲起來，挑幾盆嬌氣些的花做試驗，我勸了他許久都不聽。」

江意惜想了想，道：「兩天應該無事吧……」

前世可戴了兩年多，兩天算什麼，她再給老爺子多吃些好東西補回來就是了。

一大早，前院婆子就來錦園搬走了六盆植物，其中三盆是嬌氣難照顧的牡丹，三盆是好照顧、容易活的蘆薈。

早飯後，黃嬤嬤抱著還在睡覺的小存哥兒來了上房。

只十天的功夫，孩子又長白長胖了，孟辭墨有些驚訝。「長這麼快？」

江意惜笑道：「奶娃娃隨風長，頭一個月長得最快。」

她把孩子接過來抱在懷裡，小傢伙還沒醒，孟辭墨用手摸了摸孩子的小臉，才一個人去福安堂請安。

老爺子戴著那串珠串，不時轉一轉，似乎很喜歡的樣子，二老爺又拍了兩句，成國公得意地笑了笑。

付氏似是無意地看了那珠串一眼，趕緊垂下眼皮。想不到老爺子還真把那塊石頭貼身戴上了，她不僅完成了任務，還能除去這個家唯一能制住自己的人，等老爺子死了之後，收拾孟辭墨便易如反掌，江氏和孟月更不值一提……

她激動得身體都有些發抖，只能強壓住喜悅，不敢抬眼。

然而她表情的細微變化沒逃過老爺子的眼睛，也沒逃過孟辭墨的眼睛。

說笑一陣後，老爺子便說身子不舒爽還犯睏，得回前院他的院子歇一歇。

幾個兒孫還想跟去侍疾，老爺子擺手道：「不要打擾我，一群人跟著，我還怎麼歇息了？你們都散了吧。」

付氏心底更喜，那顆小石頭還真管用，真是越迷人的東西越是害人。

這一日清晨，孟老國公看著面前的蘆薈，面沈如水。

蘆薈的厚葉已經變黃變枯，只有葉子中間有一點點綠，把小綠寶石放在盆裡才十天就變成了這樣，再過兩天，定會完全枯死，讓人很難相信這可是極好養活的蘆薈。

他再望望另兩盆蘆薈，裡面分別放著紫油梨珠子和線繩，長勢依然如剛拿來時碧綠鮮活。

他的目光又移向更遠處，那裡有三盆牡丹，一盆已經完全枯死，另兩盆嬌豔欲滴，枯死的那盆，之前裡面就是放了小綠寶石。

看看花盆裡的小綠寶石，淡綠、剔透，比翡翠和祖母綠還漂亮，肯定是有毒的，卻不知含了什麼毒。

若自己毫不知情一直戴著它，還能活多久？是三個月？半年，還是一年？

現在又該怎麼處理付氏這毒婦呢……

他還是相信孟道明不會主觀上害他，想害他的是付氏。

他把孟中叫來跟前，低聲吩咐幾句，而後孟中躬身退下。

與此同時，浮生居裡，江意惜斜倚在床頭沈思。

休沐日孟辭墨沒回來，讓她又是失望又是難受，天天困在屋裡，想隨時知道那邊的進展都不行。

花花偶爾會跑去老爺子的院子，但也沒打聽到特別有用的消息。那件事屬絕秘，老爺子現在除了孟辭墨，跟誰都不會透露，孟中知道一點，但他總是只埋頭做事不說話。

今天已經五月十六，明天她就能出月子了，家裡會辦兒子的滿月宴，今天晚上孟辭墨肯定會回來。

老爺子幾天前就說了，他身體不好，孩子的滿月宴就不大辦了，只自家和江家人一起來吃頓飯就好，等到孩子滿百日，他身體也好了再大辦。

水靈端著托盤進來，吳嬤嬤和水香把早飯擺上小桌。

江意惜吃完早飯，黃嬤嬤就把還睡著的小照存抱了過來。

小傢伙已經超過十斤，長得非常壯實，江意惜把小照存抱進懷裡，俯身親了親他的小臉，他被親醒了，睜開眼睛靜靜看著娘親。

小傢伙非常漂亮，大大的眼睛，瞳仁又黑又圓，紅紅的小嘴，如上了釉的粉色瓷片，皮膚白皙細嫩，吹彈可破。由於太胖顯得鼻梁有些塌，但還是看得出像極了孟辭墨。

江意惜愛不夠，又俯身親了一下。

小傢伙咧開無牙的嘴笑起來，小拳頭揉了揉小塌鼻子。

巳時初，除了要處理中饋的孟二夫人和孟月，老太太和付氏、孟三夫人、孟二奶奶母子、孟華、孟霜、孟嵐、黃馨幾人來了浮生居。

老太太隔兩、三天就要親自來看看重孫子，身體似比之前好了許多。

江意惜看看一臉賢慧的付氏，倒沒有特別的抗拒，畢竟付氏好日子就快到頭了，就快永遠看不到了，偶爾看看這張臉就當看戲子了。

但她卻不喜看到孟華，在付氏和孟辭羽的教育下，孟華不再開口傷人了，不過一副高高在上的樣子，像是浮生居的人都欠了她，顯得像成國公的那張方臉更加剛硬倔強。

老太太坐在床邊，看著床上的小照存，笑得眼睛瞇成一條縫。

孟照安又問了每次來都要問的問題。「太祖母，妳這麼看弟弟，是不喜歡安哥兒了嗎？」

說得眾人一陣笑。

老太太捧了捧安哥兒的臉笑道：「我的乖重孫，當初太祖母也是這樣看你的，你是哥哥，可不行吃弟弟的醋。」

安哥兒認真地說：「我不吃弟弟的醋，還要帶他騎大馬。」

小存兒似乎聽懂了小哥哥的話，也笑起來，揮著拳頭蹬著腳。

江意惜高興地拉了拉安哥兒的小手。「好，等弟弟長大了，就跟著哥哥騎大馬。」

現在天氣炎熱，江意惜的臥房不能開窗，這麼多人進來就更加悶熱，眾人坐了不到一刻鐘，就起身告辭，只黃馨留了下來，她想多跟小表弟玩玩。

下晌，突然傳來付氏生病的消息，請了御醫來看病，說是得了風寒。

老太太嚇著了，上午付氏剛去了浮生居看了小存哥兒，小奶娃娃可別過了病氣。

她讓人去正院通知付氏，家裡老的老、小的小，病好之前不要出院子。

申時末，吳有貴又來浮生居找吳嬤嬤，他走後，吳嬤嬤悄聲跟江意惜說道：「世子爺回來了，他讓有貴告訴大奶奶，他帶了賈嬤嬤回府，秘密安排她住下了。」

江意惜神情一凜，賈嬤嬤就是付氏年輕時的小丫頭，因為聽壁腳才撿回一條命。

她都被弄進府裡，說明老爺子要有所動作了，為了以防萬一，才提前讓付氏「生」了病。

江意惜把小照存抱起來，撫摸著他的小臉說道：「小存哥兒比爹爹和大姑都有福，能在家裡平安快樂地長大……」

吳嬤嬤聽了這些話，知道家裡或許有什麼大事要發生，還事關世子爺和大奶奶。她沒有多問，心裡祈求佛祖菩薩保佑大奶奶一家順利平安。

孟辭墨戌時初就回來了。

他在外院書房洗了澡換了衣裳，頭髮半乾披下，只在後面鬆鬆繫了條帶子，穿著闊袖月白色軟羅長袍，手裡搧著大摺扇，一進浮生居大門，眼睛就看向那扇緊閉著的小窗，小窗裡透著橘色燈光，裡面住著他最掛心的妻兒。

幾個在外面的丫頭屈膝行禮。「世子爺。」

寂靜的庭院一下熱鬧起來，先是花花的「喵喵」叫聲，再是啾啾朗誦情詩，要睡著的鳥兒們都被吵醒了，吱吱喳喳叫起來。

孟辭墨深深吸了一口氣，這裡不僅生機勃勃，還洋溢著平安喜樂。

進了臥房，他先朝江意惜笑了笑，就把床上的小照存抱起來，大聲笑道：「這小子，又長胖了。」

看到爹爹，小存哥兒也高興，「啊啊」叫了兩聲。

孟辭墨笑道：「這小子皮實，除了剛生下那天，我就沒聽他哭過。」

江意惜笑道：「你才在家待了幾天，他哭的時候你沒聽到，那聲音大的，哎喲，能把屋頂掀開。」

平常這時候孩子都在東跨院歇下了，因為知道孟辭墨會回來，江意惜才讓孩子待晚一些。

等孟辭墨逗了逗孩子，她才讓黃嬤嬤把孩子抱去歇著。

屋裡沒人了，孟辭墨才低聲說道：「放了綠寶石的牡丹五天就枯死了，另外還試了蘆薈，連蘆薈也快死了……祖父以給存兒過滿月為由，讓我爹、二叔、二弟明天都請假，等晌午喝了滿月酒，下晌祖父要正式跟我爹攤牌，之後再審問付氏。」

兩人對視一眼，久久地擁抱在一起。盼望那麼久的時刻終於快到了，卻不知該說什麼。

五月十七，江意惜早早起床，由吳嬤嬤和水香服侍去淨房沐浴。

她的惡露已經排乾淨，舒舒服服洗了個花瓣浴。

出了淨房，臥房已經重新整理好，床單被褥紗帳全換，窗戶和門大打開，帶著花香的晨風吹進來，清新舒適。

吃完早飯，馮醫婆就來了。

她檢查了江意惜的下身，驚訝道：「哎喲，孟大奶奶的身子恢復得可真好。惡露沒了，生產時撕豁的傷口也長好了，連疤痕都極淡。這種情況，老婆子還是第一次看到……」

江意惜當然不能說她用光珠照過，笑道：「有些人的身子易留疤，有些人不易留疤，我就是後一種吧，另外還要感謝馮嬤嬤，妳給的藥膏非常好。」

馮醫婆都是躥東家走西家的，知道什麼時候該說什麼話，笑道：「孟大奶奶是天生的美人兒，太陽大了都曬不黑，有疤也會越變越淡了。別家少奶奶生了孩子幾個月都瘦不下來，孟大奶奶瘦下來不說，還跟沒生孩子時一樣俊俏。哎喲，誰說老天爺不偏心，該偏心的時候偏著呢。」

吳嬤嬤笑出了聲，又從荷包裡多拿了一錠銀子，交給醫婆。

孟辭墨在側屋裡聽到這話也高興，等到馮醫婆走出正房，孟辭墨追出去，揮退送她出門的吳嬤嬤，低聲問道：「請問嬤嬤，我媳婦……那個……」

他沒好意思繼續說，臉更紅了。

馮醫婆搞懂了，低聲笑道：「照理，大奶奶的惡露已經排淨，傷口也大好，應該能夠同房了。不過，為了大奶奶的身體，也為了更好地要子嗣，最好再等一旬。」

孟辭墨點點頭，對遠處的吳婆子說道：「再賞嬤嬤十兩銀子。」

馮醫婆笑得一臉褶子。「謝謝世子爺。」

江意惜穿上洋紅妝花羅褙子、淡黃色紗裙，元寶髻上戴了一套赤金嵌寶頭面，正中是一支大鳳頭釵，再化了個偏濃的妝容。

銅鏡中的美人美目流盼，仙姿玉色，與之前唯一不同的是，下巴略圓了一些。

吳嬤嬤拉了拉她的衣裳，笑道：「我的姑娘是最漂亮的，跟二夫人年輕時一樣漂亮。」

在她想來，「二曲」再漂亮也比不上自家二夫人和二姑娘漂亮。

黃嬤嬤抱著存哥兒過來，後面跟著的丫頭手裡拿著小包裹。

把包裹打開，黃嬤嬤同江意惜一起給小照存穿衣裳。

小照存還睡得香，任人擺佈，大紅緙絲小衣裳、同色小開襠褲，再夾上尿片子，小手腕和腳踝上戴上赤金手鐲和腳鐲，再包上紅包被。

不多時，老太太就領著除付氏以外的所有女眷來了浮生居。

前院，老國公因為有病不來，由成國公領著家中男子在會客廳招待江家男客。

成國公的不耐煩都掛在了臉上。他一個國公爺、從一品將軍，特地請假接待江家這幾人，身價都掉了，在衙門裡，江霄連跟他請示彙報的資格都沒有。

接待他們，一個孟辭墨就夠了，但老爺子的話他不敢不聽，只得耐著性子聽江霄謙卑地說著話。

哪怕孟辭墨再不待見江伯爺，但看到岳家被成國公這樣嫌棄，他心裡還是極不舒坦。但此時不宜多事，孟辭墨忍著氣跟江三老爺和另幾人說著話。

浮生居裡的氣氛則和諧又歡快，孟老太太及其他女眷都非常熱情，把江家女眷招待得十分好。

吃完晌飯，又說笑一陣，江家人告辭回家。

江洵還想進內院看看姊姊和小外甥，孟辭墨暗示今天家裡有事，改天他單獨來。

送走客人，成國公猴急地想回內院看望生病的付氏，被孟辭墨叫住。

「祖父請在座的所有人去他那裡一趟，有重要事情。」

除了孟二老爺，所有人都莫名其妙。孟二老爺知道的也不具體，只隱約聽老父說付氏不妥，為了一己私利出賣整個孟家。

孟辭閱說道：「是什麼事，大哥透透底。」

孟辭羽心裡隱隱不安，盯著孟辭墨看。

孟辭墨搖搖頭。「去了就知道了。」

幾人去了老國公院子，十多天沒見的老爺子又蒼老了許多。

老國公看看兩個兒子、三個孫子，除了在國子監讀書的孟辭宴，成年子孫都在這裡了。

眾人坐下，孟沉和孟香抱來六盆植物，孟中又端來一個托盤，托盤上放著十幾顆紫油梨珠子、一顆綠色小寶石、一條線繩。

成國公一愣，這不正是自己孝敬老父的珠串嗎？

「爹，您這是……」

老國公看向大兒子，沈聲說道：「說吧，這串珠串到底是誰給你的。」

成國公莫名其妙，說道：「我已經跟您說過了，是瓊臺的郝總兵送我的……」又似反應過來，他拍了一下茶几罵道：「怎麼，這珠串有問題？他娘的，那個郝雜種，老子定要收拾他！」

老國公擺手說道：「你少說沒用的。我只問你，珠子、石頭、線繩，這三樣東西都是郝總兵送你的？」

一串珠子分開問……成國公心裡一沈，不會葭寶兒被人利用，送了那顆小寶石吧？他不敢直接回答，問道：「哪樣有問題？」見老父握了握拳頭，趕緊說道：「都、都是郝總兵送的。」

老國公搖搖頭，痛心地說：「我已經派人問過郝總兵，他送你的珠串，上頭根本沒有綠寶石，看來要害死我的人是你呀。」

聽了老爺子的話，除了孟辭墨，在座的所有人都大吃一驚，看向成國公。

成國公更是嚇得魂飛魄散，立刻跪在地上重重磕了一個頭。

「爹何出此言，兒子惶恐！」

父親跪下，孟辭羽也坐不住了，跟著一起跪下。

老爺子又厲聲喝道：「說，那顆寶石到底是誰給你的？」

「是、是……」成國公大滴汗水滾落下來。「兒子看這顆寶石漂亮得很，有何不妥？」

老爺子冷哼一聲。

這件事絕秘，他連家人都不願意多說，怎麼可能問外人。但他敢肯定，那顆小石頭絕對不是郝總兵送的，就這樣說了。

老爺子這麼一詐，連其他人都看出成國公在說謊了，他應該是在保護真正送綠寶石的人。

老爺子看著這個沒出息的兒子，搖搖頭，對孟中說道：「跟他們說說這顆寶石怎麼回事。」

孟中躬身道：「是。」

他上前，指著六盆植物說道：「這六盆是這個月從錦園拿過來的……」

當眾人聽完他的話，神色都凝重起來。

看著那兩盆已經枯死的牡丹和蘆薈，成國公驚恐地瞪大眼睛，一時說不出話來，小小的一顆石頭有這麼厲害？

他不敢再隱瞞，弒殺老父的罪過他承擔不起，但他相信，付葭是不會害父親、也不會害他的，她一定跟自己一樣，不知道這顆小石頭有害。他不能把葭寶兒說出來，父親對葭寶兒已經有了成見，說出來葭寶兒就活不成了。

成國公俯身給老國公磕了一個頭，抬頭說道：「兒子不敢隱瞞，這顆寶石是付家送的，但是付家沒有害你的理由，一定是哪個政敵想害你老人家，故意透過付家的手……」

老爺子道：「哦？是付家的誰交到你手上，再讓你送給我的？」

「是……」成國公遲疑著說道：「是付氏的娘家姪子付傳，他前些日子來京城，請我轉送父親的。」

老爺子冷笑道：「他要送禮，為何不親手送給我，還要假手於人？是不是他本就知道這顆寶石不同尋常？」

成國公搖頭否認道：「不會，付家不會……」

老爺子氣得站起身，一腳踹在成國公的身上，喝道：「事實擺在眼前，那個人就是要老子的命，還要利用你來下手！你這個逆子，卻還要護著她！」說著，又踹了他兩腳。

孟辭羽不停地磕著頭。「祖父息怒，祖父息怒……」他心裡已經有了猜測，害怕至極。

孟二老爺也有了猜測，起身扶著老父坐下，急勸道：「大哥，都到這時候了，你怎麼還不說實話？你難道真要擔下弒殺父親的惡名？快說，到底是誰！」

孟辭墨冷笑道：「他不說，我替他說吧！那顆寶石是趙互從番烏僧那裡得到的，他讓丁二夫人特地交給付氏，讓付氏用來害祖父，只是付氏沒有辦法把寶石直接交給祖父，只好透過父親的手。」

成國公的眼睛瞪得像銅鈴，他們知道得這麼仔細？原來，他們早就瞞著自己在注意鎮南侯府了，原來，葭寶兒是被鎮南侯府和趙貴妃騙了！

他又沮喪又生氣，說道：「趙互那個混帳東西，居然敢害父親，害我們孟家，我定不輕饒他！」他又跪走至老國公的腿邊，抱著腿哽咽道：「父親，葭寶兒不是有心要害你的，她也被趙家騙了，不知道內情。」

這是承認那顆石頭是付氏送的，還要替付氏開脫了？老爺子氣得又是使勁一踹，成國公被踹出半丈遠。

孟辭墨看了看冥頑不靈的成國公，說道：「付氏會不知道內情？父親，她利用你做的惡事可不止這一件，多年前，府裡下人把你同付氏的醜事傳給我娘知道，致使我娘因為生我大出血而亡，這是你讓人傳的話，還是付氏？

「我的親兵孟頂山是害我跌下馬差點摔死，沒死成卻瞎了。孟頂山是誰讓你安排在我身邊的人，你不會不記得吧？還有，付氏也是打著你的名義把我姊騙出去讓太子看到，若不是我們提前佈局，進東宮又死不瞑目的人不會是趙元洛，而是孟月……這樁樁件件，是你還是付氏有意而為之？你們不僅要害死我們母子三人，還要害死祖父。」

孟辭墨越說越氣憤，說到後面聲音都有些哽咽。

成國公的眼睛木呆呆的。「不是，我沒有……」

他沒有，就是他身後的付氏了。

一旁的孟辭羽心像抽空了一般，愣愣地跪坐在地上，臉色慘白，嘴唇不停地抖動著。他知道，那些事無疑定是母親做的。

母親怎麼那樣傻，為什麼要聽趙互和趙貴妃的話？他勸了母親多少遍，讓她不要被挑唆，他不需要母親用那種手段給自己謀前程，他不想當世子，他這麼努力用功，就是想考中進士，出閣拜相，憑自身本事壓過孟辭墨……

孟辭墨又說道：「還有，從小惡奴圍繞我身邊，教我做壞事，傳出臭名聲；而我姊被教得單純不知事，嫁去黃家，還被自己的奴才造謠說不是，被婆家人不待見，這些，你還認為付氏是無意的？」

孟二老爺搖搖頭，嘆著氣說道：「這麼看來，大哥真是娶了條毒蛇進門呀！若不是父親和辭墨看出端倪，整個家都會被害進去。」

成國公的目光在屋裡滑過一圈，老爺子的怒不可遏，孟辭墨的悲憤，孟二老爺的怒其不爭，孟辭閱和孟辭晏的不可思議，似乎屋裡的所有人都相信那些事是真的，但是……

他的目光又看向老爺子。「做事總有個緣由，葭寶兒為什麼要幫鎮南侯府害父親呢？」就算付氏當真為了嫁他而害了曲氏，為了給自己的兒女謀好處而對孟辭墨、孟月不慈，可他想不通，付氏為什麼要害老父？害了老父她得不到一點好處，被發現了還死路一條。

老爺子氣得啐了一口，一口吐沫噴在成國公的臉上，罵道：「天天寶兒、寶兒掛在嘴邊，一把鬍子了也不知羞，怎麼好意思！我告訴你，我只有一個大兒媳婦，就是曲氏！她美麗賢慧，又一心一意為夫家打算，唉，是我們孟家對不起她，死的時候還不到二十歲。

「哼，你由著付氏害死曲氏，以為娶回了一個寶貝，渾不知娶回的是一雙破鞋，是被趙互穿過又不要了的破鞋！趙互那個王八蛋，他不要了，還硬塞進我們孟家，讓那雙破鞋當細作，呸！」

成國公脹紅了臉，氣道：「爹，付氏即使有錯，你也不能這樣羞辱她！你這樣羞辱她，也是羞辱了我。」

老爺子冷哼道：「你們自己不知羞，還怪別人羞辱你們？哼，一個未婚姑娘勾引有婦之夫就不是好東西，只有你才這麼蠢，上了鉤還當成寶娶回家！我告訴你，付氏就是趙互插進我們家的釘子，意圖害死我和辭墨，控制我們整個孟家，這事從二十幾年前他們就開始謀劃了，一步步走到今天。」

成國公此時不止羞憤，還驚恐萬分。老父的意思是付氏跟趙互有染，還是趙互派她來做壞事的……

他依然不相信，喃喃念叨著。「怎麼可能，不可能！付氏那麼賢慧，她不曾跟鎮南侯府有過聯繫，更別提趙互了……」

孟二老爺父子三人也倒吸一口冷氣，不是不信老爺子的話，而是想到付氏平時的優雅端莊、她同成國公如何互敬互愛，和此刻被揭露的真面目相差太遠，一切太匪夷所思。

就在這時，老爺子對孟香說道：「去，把賈婆子和宋世和帶來。」

付氏最信任的就是她的陪房宋二管事，但那個人不容易收買，孟辭墨便從宋二管事最信任的人下手，也就是他的兒子宋世和。

證人包括了宋世和，這些人更不得不信了。

孟辭羽如掉進冰窟窿，氣都有些喘不上來了，老爺子內心也有些不忍，這個孫子他疼了十七年，曾經覺得他比辭墨還優秀，甚至以為孟家的子孫將來要由他帶領。可現在他卻懷疑他的身世，不知他到底是不是自己的親孫子。

最讓老爺子鬱悶的是，他還有可能是趙互的種！

趙互那個壞胚子，居然把他兒子當猴耍，視他孟令為無物，把那個貨色弄進國公府，妄圖害死孟家子孫，把整個孟家拉進四皇子陣營……這個仇，必須要報！

對孟辭羽身世的懷疑，他只能藏在心裡，暫時不能說出來，畢竟這個孫子也有可能是孟家血脈，他不忍心這麼優秀的孩子在知道母親不堪的打擊下，再遭受別人的質疑和白眼。

其實，哪怕他身世未明，但因為有了那樣的母親，他在這個家的地位也已一落千丈了。

一刻鐘後，孟香帶著一名婦人和一個二十幾歲的男人走進來。

成國公等人不認識婦人，但都認識宋世和，宋世和鼻青臉腫，走路是跛的，被帶進來和賈婆子一起跪在老爺子跟前。

老爺子對賈婆子說道：「起來說話，把妳知道的付葭同趙互的所有事情都說出來。」

「是。」賈婆子起身給老爺子屈了屈膝，說道：「草民閨名李小紅，父母是付家奴才，十二歲時在付二姑娘付葭手下當差，那是二十幾年前了，二姑娘剛滿十四歲……」

隨著她的講述，眾人越聽越驚恐，成國公先是不相信，不停地搖著頭，偶爾還會說聲「不可能」，可當他聽到「懷孕」、「雞血」、「裝痛」的詞語時，再也忍不住起身一腳把賈婆子踹到牆角。

他大聲罵道：「奶奶個熊，老子踢死妳！」

老爺子喝道：「你踢她做甚，又不是她讓你娶那個不要臉的賤人！踢死了她，你就能掩耳盜鈴當那些事不存在？」

孟香連忙過去扶起賈婆子，見她沒有大礙，又把她扶過來，讓她繼續講。

賈婆子把最後一點說完，老爺子又對宋世和說道：「把你知道的趙互跟付氏的聯繫都說出來。」

宋世和的身子抖成一團，說了他知道的鎮南侯府的人讓他爹給付氏帶的話。

這些事雖然不能說明付氏跟趙互有私情，但絕對能說明付氏私下幫鎮南侯府辦事，孟頂山就是鎮南侯府讓付氏介紹給成國公的。

成國公坐在地上抱頭大哭起來，「嗚啊嗚啊」哭得極是傷心。他不想相信，可他知道那些事都是真的。

他現在才想起，他和付葭的第一次，付葭雖然呼著「痛」，可她的歡愉真的不像第一次與男人做那事……

當時他一點不覺得那個女人有問題，還覺得她有著水一樣的軀體和有趣的靈魂。

他就是個傻子！被付葭戴了綠帽子，被趙互玩弄於掌心，還被那麼多人知道，包括趙貴妃、英王、趙家的某某某，以及這屋裡的所有人。

他不好意思抬頭，越哭越傷心，孟辭墨冷眼看著，孟辭羽如傻了一般，兩個兒子沒一個去勸他的，還是孟二老爺走過去蹲下，勸道：「還好提早發現，沒有鑄成大錯。」

孟辭墨憂傷地說：「可我娘不會再活過來了。」

是啊，曲氏的死是無法挽回的現實，她是真的被付氏害死了，付氏是主犯，孟道明就是從犯。

孟辭墨一提起曲氏，成國公的嗚咽聲更大了，曲氏年輕美麗的面孔浮現在眼前。

他有多長時間沒想起過曲氏了？好像自從有了付葭，他就再沒想起過曲氏。曲氏嚥氣的時候他不在跟前，入棺前他沒正眼看過，埋進墳墓後他沒再去見過她。

曲氏，她的閨名叫曲芳，有著如花一樣的容貌，還有一個洋溢著芳香的名字，當時一家有女百家求……

老爺子也嘆了一口氣，說道：「改天你去給你娘上墳，告訴她我們為她報仇了，也替我和老太婆給她上三炷香，是我們無用，沒管教好兒子，沒管好這個家，讓她年紀輕輕被人害死，還有你和月丫頭，你們在這個家裡受委屈了。」

孟辭墨忙起身作揖道：「祖父言重了。」

突然，成國公一下子跳起來，衝到牆邊取下掛著的一把寶劍，往外面衝去，大聲喊著。

「我要殺了那對姦夫淫婦……」

老國公喝道：「站住！你這個不長腦袋的混帳東西，你以為只那對姦夫淫婦該死？我今天先收拾那個賤婦，下一步就收拾你！」

孟辭閱和孟辭晏跑過去把成國公抱住，孟二老爺上前奪下寶劍。「大哥勿衝動，聽爹的安排。」

老國公對孟香說道：「叫上兩個婆子把付氏押去福安堂，再讓人把老二媳婦、老三媳婦、月丫頭、辭墨媳婦、辭閱媳婦都叫去那裡，讓她們看看，以後眼睛要睜大些，會識人辨人……呃，辭墨媳婦這點做得好，聰明，識人準。」

孟辭羽一下匍匐在地，抱著老國公的腿哭道：「祖父，看在孫兒的面上，求您給我娘留點臉面吧！我娘做的不對，該受懲罰，只求您私下處置。」

意思是要殺要休，就悄悄處理了，不要鬧出來。

老國公說道：「付氏做了什麼，你已經聽到了，她淫佚、欺騙夫君、害死曲氏、虐待繼女，還夥同外男謀殺公爹、繼子，陷整個孟家於不義……若我公事公辦把她送去京兆府，她會被判極刑。如今我用家法處置，已是給你們留了臉面，唉，也是給我整個孟家留顏面。」

孟辭羽的手鬆開了，他無力地趴在地上，覺得整個身體都被抽空了，哭都哭不出來。他知道，母親完了，不僅會沒命，聲譽也沒了……

老爺子抬腳向外走去，孟辭墨等人跟了上去。成國公只想一劍刺死付氏，卻不願意當著那麼多人懲處付氏，腳像生根一樣站著沒動。

老國公轉過身喝道：「把他們架過去！」

孟辭墨沒動，二老爺過去扶著成國公往外走，孟辭閱和孟辭晏把趴在地上的孟辭羽扶起來。

第三十四章

江意惜正坐在炕上等得心焦，不知那邊審問得如何了，旁邊，孟照存躺在炕上對著花花吐泡泡，花花眼神溫柔，喵喵叫著逗小弟弟，聲音嗲得不得了，還時不時用小爪子摸摸這兒再摸摸那兒。

黃嬤嬤緊張得要命，時時注意著，若小貓爪子要伸向哥兒的臉上或裸露在外面的手和腳，就會伸手把小爪子擋開。

江意惜跟她說過花花聰明，有分寸，但她還是緊張，也就由著她了。

這時，江意惜從小窗看到外院的伍婆子匆匆走進來。她知道，那個會場結束了，另一個會場即將開始。

伍婆子進來稟報道：「大奶奶，老公爺請妳去福安堂，不要帶哥兒去。」

孩子滿月了，若是天氣好，下晌都會跟江意惜一起去見長輩，黃嬤嬤聽了這個特別囑咐，有些納悶。

江意惜說道：「今天有大事發生。」

說完她便麻利起身，走了出去，走過錦園時遇到孟二奶奶。

孟二奶奶狐疑問道：「大嫂，今天是有什麼事嗎？特地交代不要帶孩子。」

江意惜不好多說，笑道：「或許有什麼事不好讓孩子看到吧。」

兩人還沒走到福安堂，就遠遠看到兩個婆子架著一個女人向福安堂方向走，被架著的女人正是付氏，付氏氣得嘴裡罵著。「狗奴才，竟敢這樣對我，我要見國公爺……」

孟香冷哼道：「妳馬上就要見到國公爺了，我勸妳省些力氣，給自己留些臉面。」

付氏的幾個奴才跟了過來，但聽到孟香說是老國公的命令，猜測大夫人或許犯了什麼事，老公爺才會這麼不給她臉面，只敢讓那兩個架著大夫人的婆子輕著些，不要把大夫人弄痛了。

孟二奶奶的嘴張得能塞下一個核桃，驚道：「老天，這、這、這是怎麼了？」

江意惜冷笑道：「定是她做了什麼壞事，被長輩發現了。」

孟二夫人、孟三夫人、孟月也走了過來，吃驚地看著付氏毫無尊嚴地被押進福安堂大門。

孟月吃驚道：「哦，太太這是怎麼了？」

三夫人也道：「這麼不給體面，大嫂是犯了什麼不可饒恕的事？」

二夫人聽二老爺說過幾句老爺子不滿付氏吃裡扒外的話，但知道得不具體，她了然道：「大嫂看著比誰都聰明，做出的事卻是讓人想不通，這回好了，連一點體面都不給她，興許這個家是不會讓她待了。」

付氏也看到她們了，覺得自己的臉面被踩到了泥裡，也不好意思再喊了，索性「暈」了過去。

她心裡害怕得要命。難道那顆小綠寶石有毒的事被老爺子發現了，還知道是自己送的？不，即使被發現了，她也不能承認自己知道那石頭有毒……

男人們還沒到，付氏被這樣帶進來，福安堂的下人都吃驚地看著他們，進了正房東側屋，老太太也驚掉了下巴。

「這是怎麼了？」

付氏「清醒」了過來，哭道：「婆婆救我，我也不知怎麼了……」

孟香躬身抱拳道：「太夫人，這是老公爺的意思，他們就快到了。」

江意惜幾個主子走了進來，下人知道有些事不是他們能聽的，都站在屋外。

半刻鐘後，老公爺領著幾個兒孫走進來。

男人們的臉都沈著，特別是成國公，臉和眼珠子都是紅的。

付氏終於看到成國公了，哭出了聲。「老爺，老爺，我做了什麼錯事要被這樣對待？我為你生兒育女，孝敬長輩，怎麼能這樣對我……」

她想掙脫婆子的手，卻掙不開，哭得肝腸寸斷。

成國公看到付氏，氣得血往上湧，上前就朝付氏踹去。

孟辭墨一下拉住了成國公，否則以成國公現在的氣惱，會一腳踢死她。付氏該死，但絕對不能以孟大夫人的名義死，也不能什麼都不知道就死，那樣太便宜她了。

成國公掙脫不了兒子的手，朝付氏罵道：「妳這個不要臉的賤人！臭婊子！居然敢跟趙互一起算計我……」

付氏聽成國公罵她婊子，居然還把趙互扯了進來，嚇得魂飛魄散，這下真的暈過去。

老太太還沒搞懂，問道：「老公爺、大兒，你們說什麼？付氏跟趙互有事？」

老公爺和成國公都沒心情回答老太太的話，二老爺說道：「娘，妳馬上就會知道了。」

老國公讓眾人坐下，再讓人把付氏拎到屋中央跪著，將她弄醒。

付氏披頭散髮，臉色蒼白，被兩個婆子按跪在地上動不了。她又羞又氣又怕，想著他們抓住了自己哪些把柄，該如何辯白。

江意惜實在是太解氣了，此時的付氏沒有了一點往日的高貴、優雅、端莊，比她前世還狼狽。她前世是被設了局，而付氏樁樁件件都有真憑實據。

老爺子環視了屋裡一圈，最後目光定格在付氏身上。他沈聲說道：「我沒教育好兒子，致使孟道明那個混帳東西在有妻有女的情況下，鑽進了這個女人和趙互設的圈套，害死了孟家的好媳婦曲氏，還讓這個惡婦在孟家做盡壞事，差點要了辭墨和我這條老命，今天，我要清理門戶。」

話音剛落，就傳出幾聲女眷的驚訝聲。

付氏更害怕了，還是強撐著大哭道：「公爹，兒媳冤枉啊！老爺，我們夫妻二十幾年，你難道還不信我嗎？」

她還想爬去成國公的腳邊，被押她的婆子按住。

成國公又想起身去揍付氏，但看到老國公嚴肅的面容，握了握拳頭沒敢動，只是目光凶狠地瞪著付氏。

老爺子對孟中說道：「再把那塊小石頭跟眾人說說。」

六盆植物已經抱來了這裡，孟中說了他們做的試驗。

老太太問道：「這小綠石頭是付氏給老公爺的？」

老國公冷哼道：「不僅是付氏讓孟道明那個蠢貨送我的，還是趙互指使付氏這樣做的……」

當然還包括趙貴妃和英王，只是不到時候，不能把那兩個人說出來。

付氏哭道：「公爹，兒媳冤枉啊！那顆綠寶石是表妹給我的，我覺得漂亮，想著孝敬公爹……」

老國公根本不想聽付氏囉嗦，看著她都覺得噁心，對孟香說道：「把那兩個人帶進來。」

賈婆子和宋世和走了進來。

付氏看那個婆子有一絲熟悉之感，卻想不起來在哪裡見過，再一看到宋世和，知道她為鎮南侯府辦事的事瞞不住了……

她的身體抖如篩糠，腦子快速地轉著。她或許會被休棄，甚至有可能被「暴斃」。但她和趙互的事絕對不能承認，否則不僅自己完了，還會影響到兒女，特別是辭羽……

宋世和先講了鎮南侯府讓他爹給付氏帶的話，付氏哭道：「公爹、老爺，我也是沒法子啊，是趙貴妃讓我聽命於鎮南侯府，不聽就用老爺的前程威脅我。」

她一竿子支去趙貴妃那裡，成國公大聲喝道：「妳放屁！妳這個賤婦……」

老國公說道：「不要跟她費口舌。」又指著賈婆子道：「妳把剛才的話再說一遍。」

賈婆子又屈了屈膝，說道：「民女閨名李小紅，十一歲時給付二姑娘付葭當小丫頭……」

付葭這下想起她是誰了，可自己跟趙互的私情這個丫頭不應該知道啊……

當李小紅講到她和乳娘的對話時，看到屋裡人的鄙夷，成國公的暴怒，孟辭羽的魂不守舍，付氏又暈了過去。

老太太氣得流淚，罵道：「這個不要臉的惡婦，我們跟她無冤無仇，她怎麼能來禍害我們家……」

孟月也哭了，哭得非常傷心。這個惡婦害死了自己的母親，自己還認賊作母，不聽弟弟的勸告……

老國公道：「這個惡婦只配一紙休書，我們孟家要跟她徹底了斷，就讓付炎把她領回去吧，我已經讓人去請付炎了。」

付炎是付氏的族弟，付氏的親兄長不在京城，只得讓付炎暫行安置她。

老太太道：「她折騰我們孟家二十幾年，還欠了條人命，就只休了她，哪裡有這麼便宜的好事？」

老國公冷笑道：「放心，她有苦頭吃的，付家不會願意讓她活著，趙家更恨不得她馬上死，只是她不能頂著孟家婦的身分死，也不能死在我們孟家……哼，我還要親自去跟趙互算算帳，那個壞胚子，跟他有了首尾的女人，居然敢往我們孟家塞，還妄想利用她害死我，真當我孟令好欺負！皇上那邊，我也會去透透風，趙、付兩家人，真他娘的太噁心！」

成國公和孟辭羽都跪了下去——

「父親，求你給兒子留點臉面，悄悄把付氏處置了吧。」

「祖父，求你給孫兒留點臉面吧。」

老國公起身又是一腳，把成國公踹在地上，指著他罵道：「你還要臉？就因為你的糊塗和私慾，曲氏已經死了二十幾年，我和辭墨、月丫頭也差點就死了，丟人現眼的東西，改天我再收拾你！」

他看了看趴在地上哭的孟辭羽，說道：「這事不怪你，你是個好孩子，付氏罪不可赦，只能這樣處置。」他轉頭吩咐孟辭閱和孟辭晏。「把辭羽扶回他屋裡，好好開導開導他。」

孟辭閱和孟辭晏起身把孟辭羽扶起來，向外走去。

老爺子又對江意惜和孟二夫人說道：「妳們去正院看著些，讓人把付氏的東西收拾出來。道正和辭墨去外院，等付炎來了跟付炎說說怎麼回事，看著他把付氏帶走。」又對成國公說道：「去東廂書房寫休書，想跟這個女人說什麼過會子回正院說，只要不把人打死，隨你怎麼處置。」

沒三夫人和孟月什麼事，她們也知道不好繼續待在這裡，跟著起身走了。

屋裡只剩下老爺子、老太太、付氏及押她的兩個婆子、孟中。

老國公又道：「把她掐醒。」

兩個婆子掐著付氏的人中，付氏幽幽轉醒。

老國公又一揮手，兩個婆子退下。

老國公對老太太說道：「我有話要問付氏，妳去東廂守著孟道明，不許他過來打擾我。」

老太太這便出去了，屋裡只剩下老國公、付氏，還有面無表情的孟中。

老國公走到付氏面前，由上往下冷冷地看著付氏。

付氏知道自己已回天乏術，死定了。她恨死趙互和趙貴妃了，他們先是用自己和趙互有私情，後是用辭羽是趙互的種，一次又一次逼迫她做事。她本可以在孟府享盡榮華富貴，得丈夫疼愛、兒女孝順，壽終正寢埋去孟家祖墳……

她哭道：「公爹，我也不想做那些事的，是趙貴妃用國公爺的前程逼我，還說會想辦法讓辭羽當探花……」

老國公冷哼道：「別跟我扯那些沒有用的，孟道明和孟辭羽的前程那個女人給不了，妳這麼精明的人，若不是有把柄在人家手上，又怎麼會受制於人？」

付氏一頓，又哭道：「是，我是有把柄被他們抓住，我那年才十四歲，去鎮南侯府小住，誰知趙互狼心狗肺，把我灌醉，讓我失了貞。我錯了，我對不起國公爺，對不起你和婆婆，我會以死謝罪，只求你看顧辭羽和華兒，他們是無辜的……」

老國公蹲下，盯著付氏的眼睛說道：「若是我孟家種，我自當看顧。」

付氏哭道：「我承認我婚前失貞，但成親後我守禮知分，從來沒跟那個惡人有過任何來往，國公爺對我那麼好，我怎麼可能再背叛他，我對天發誓——」

老國公冷笑著打斷她的話。「付氏，不要再跟我演戲，我確定華丫頭是孟家人，但辭羽嘛……」

付氏眼裡閃過一絲驚恐，趕緊壓下，哭道：「辭羽是國公爺嫡嫡親的兒子，是孟家血脈，你不能因為恨我就不認他，這對辭羽不公平！」

老國公冷笑道：「妳當我跟孟道明一樣傻？告訴妳，辭墨眼睛一受傷我就開始懷疑孟頂山，進而懷疑妳，那時起，我就暗中佈局，派人查找線索，我們不僅找到了李小紅，還找到了別人……」

付氏的眼睛瞪圓了，嘴巴張開說不出話，眼淚都嚇了回去。

「那人證實了妳初嫁進孟家時無法懷孕，編造為了辭墨姊弟而推遲懷孕的謊言，還說了十八年前妳再次同趙互私會的往事……」

孟辭羽的生父只要有一點點可能是趙亙，那麼十八年前已嫁入孟家的付氏必定曾私會過趙亙，雖然他們的人始終沒有查到這方面的線索和證據，卻不妨礙老國公用這話詐付氏。

老國公的眼神柔和下來，說道：「我沒當眾提出更多人證，全是為了辭羽，他是個好孩子，年少得志，在長輩呵護下無憂無慮長大，十四歲中秀才，十六歲中舉人，又同心愛的崔家姑娘訂了親，他是所有勛貴子弟中最優秀的一個，我曾經看重他比看重辭墨還甚，可惜了……

「都是你們混帳！害了那麼好的孩子，他的一切很可能一夜之間化為烏有，淪為所有人的笑柄，以他自視甚高的性子，怎麼受得住？哪怕我知道他不是我親孫子，基於之前的疼愛，我也捨不得他遭此劫難……」

付氏一下哭出了聲，哭聲淒厲。「辭羽是好孩子，他溫潤如玉、才比子建，又孝順貼心，誰家的兒子都比不上……老公爺，求求你放過辭羽，他不是那個惡人的兒子，也有可能是國公爺的……我跟國公爺成親後，受趙亙脅迫只跟過他一次，但是跟國公爺有好多次……」

付氏心裡破防，終於說了真話，但這話又嚴重刺激了老國公，恨不得一把擰斷付氏的脖子。

她婚前失貞，婚後不忠，連養了十幾年的兒子都不知道是誰的種，卻騙得自己那個傻兒子團團轉……

老國公緊緊攥著拳頭，指甲都把手心摳破了。

他深呼吸了幾口氣，才把那口鬱氣壓下，聲音平和地說道：「辭羽的長相隨了妳和趙互，他是趙互的種無疑，這點不止我認同，趙互也認同，只有我那個傻兒子被蒙在鼓裡。「妳在我們孟家生活這麼多年，很清楚我和老太婆的脾氣，相對的，妳應該也很清楚趙互和趙貴妃的手段，他們可以不顧妳的安危和感受，強逼妳為他們做事，妳死了，他們恐怕也會不顧辭羽的安危和感受，告訴他真實身世，再強逼他為他們做事。若他做了，我不可能再手軟放過，那麼，辭羽的下場只有兩個，不是被他們逼得身敗名裂後自盡，就是被我清理門戶後暴斃。」

付氏的眼裡又閃過驚恐。

她被趙互脅迫了這麼多年，知道趙互有多狠，她的辭羽若被趙互纏上了該怎麼辦……還考什麼進士？當什麼朝臣？恐怕轉瞬間連命都沒了。

付氏看向老國公，把淚水抹盡，問道：「老公爺，你說了這麼多，到底想怎樣？」

江意惜和孟二夫人坐在正院廊下，看著下人整理付氏的隨身物件和嫁妝。

隨身物件已經收拾出來，就是一些常穿的衣裳、首飾及銀票，這是付氏今天要帶走的東西。

下人們手裡拿著嫁妝單子又開始清理嫁妝，清理嫁妝有些麻煩，今天肯定清理不完。

付氏不會把嫁妝都拿走，應該會留下大半給孟辭羽和孟華，反正帶回娘家也是便宜不相干的親戚。

此時已經暮色四合，廊下點上燈籠，下人們煮了麵端上來，眾人吃了麵繼續幹活。

聽外院的婆子說，付炎已經到了，由孟二老爺和孟辭墨陪著，付炎並不想領付氏回去，但聽說付氏犯的是淫佚、謀殺長輩和繼子未遂，若他不領回去就會直接送去京兆府，便不敢嘴硬了。由於付炎是直接從衙門過來，只他一人，又讓人回去叫女眷過來。

隨著外面一陣吵鬧，孟華突然跑了進來。

她聽說母親出了事，被婆子押去福安堂，就跑去福安堂問，但連大門都進不去，而後聽說正院已在收拾她母親的嫁妝，又急急跑來了，守門的丫頭沒攔住，讓她闖了進來。

看到院子裡擺了許多東西，她衝過來尖聲叫道：「二嬸、江氏，妳們膽子可真大，敢動我娘的東西，放下！都給我放下！」

在孟華看來，她娘倒楣肯定是孟辭墨和江意惜搞的鬼，所以不客氣地直呼「江氏」。

江意惜冷臉說道：「真是什麼樣的人教出什麼樣的閨女，付氏都被休了，妳還這麼猖狂，沒有長輩的命令，我還不稀罕動她的東西，嫌髒。」

孟華搖頭尖叫道：「妳才髒！我娘沒犯任何錯，怎麼可能被休？」

孟二夫人沈臉說道：「華丫頭，妳娘已經被休了，妳沒有了倚仗，更要謹言慎行，想想沒有娘的辭墨和月丫頭，當初多可憐？妳若不信就去問長輩，不要攔著我們做事……」

正說著，就見眾人都向外看去，孟華回過頭，看見兩個婆子架著已經癱軟的付氏走過來，成國公走在一旁，他們中間是孟中。

任誰都看得出來，成國公想衝上去打付氏，一直被孟中攔著。

孟華跑上前哭道：「娘，妳這是怎麼了？」

看到閨女，付氏的魂魄終於歸位。她站直身子，對成國公說道：「老爺，你想怎麼對我，我都沒有怨言，求你不要嚇著閨女，讓我跟她說幾句話。」

成國公看看哭花臉的孟華，捏了捏拳頭，一個人進了屋。

付氏輕輕掙了一下，兩個拉她的婆子鬆了手，她說道：「華兒，娘做了錯事，走到這一步怨不了別人，對不起，娘再也護不了你們，以後的路只有靠你們自己走了，記住，不要再莽撞，做事要三思，若妳哥哥遇到困難，要盡全力幫他，遇到難辦的事就去求老太太，她是真正的慈善人兒，別人都靠不住……」

孟華哭道：「娘，我去求我爹，去求祖父祖母，不要休了妳……」

孟中說道：「二姑娘，請回了。」

孟二夫人走過來，同一個婆子一起扶著孟華往院外走去。

孟華不想走，卻身不由己被人拉走。

「娘！娘！都說妳溫婉賢慧，妳到底做錯了什麼啊……」

聲音越來越遠，直至再也聽不見了，付氏的目光轉到江意惜身上，直愣愣地盯著她說道：「江氏，妳真是我的剋星，自從妳嫁給孟辭墨，我的好日子就到頭了……」

江意惜不知道該說什麼，前世付氏這顆老鼠屎害死太多人了，或許連老天都看不過去，才會讓她重生來報仇吧。

付氏抖了抖嘴唇，又向孟二夫人說道：「我已經跟老太太說過了，我的所有東西都留給辭羽和華兒。」

說完，也沒讓人扶，自己走進了正房。

孟中硬著頭皮跟了進去。他得了老爺子的命令，要隨時跟著付氏，不能讓暴怒的孟道明把她打死，她還有重要的事要做……

付氏一進屋，就跪在成國公面前，哭道：「道明，你打吧，打死我吧！我嫁給你後，真的是一心一意對你，我做那些事，都是被趙互逼的，沒法子啊……」

成國公衝上去一手抓住她的頭髮，一手捏著她的下巴，把她的臉抬起來，咬牙說道：「付葭，妳這個賤人，枉我那麼對妳，妳把我騙得好苦……」

說著，捏下巴的手放開，一巴掌打在付氏的臉上，付氏的嘴角流下一道鮮血，接著再一掌，力氣更大。

付氏嘴角流出更多的血，眼淚湧了出來，嘴卻笑起來，一吐吐出兩顆牙齒。

「打得好，再打呀，呵呵，男人啊，最是靠不住，翻臉比翻書還快……國公爺，你正當壯年，用不了一年又會娶個嬌妻回家，曲氏、付氏，統統都是過客……」

成國公的巴掌又抬起來，孟中趕緊提醒道：「國公爺，老公爺吩咐過，不能打死她。」

成國公鬆了手，腳一抬，把付氏踹出去，付氏倒在八仙桌旁，痛得她一聲慘叫。

這時，孟二老爺、孟辭墨陪著付炎及付炎的夫人、大兒媳婦走了進來。

付夫人立即上前扶起付氏，焦急地問道：「他們指責妳的事是真的嗎？若不是真的，我們付家也不是好惹的，我明天就進宮求見趙貴妃……」

付炎只是一個舉人，靠著鎮南侯和成國公的提攜才一路自從八品的小官當上刑部員外郎。付夫人只跟付氏一起去見過一次趙貴妃，此時倒會擺威風了。

付氏眼神呆滯，無力的搖搖頭，說道：「他們說的是真的，我是蕩婦，還妄圖殺人。」

付夫人扶她的手一下縮了回來，吃驚地看著她。

付炎也氣得吐血，上前說道：「付葭，妳莫不是瘋癲了？」

成國公把一紙休書扔在付氏身上，罵道：「這個惡婦我已經休了，滾！」

付炎本就怕成國公，聽付葭也是如此說，根本不敢勸合或者說情。

他給成國公深深一躬，慚愧地說道：「我們付家女犯了七出之罪，對不起國公爺了，不過，我與付葭已出了三服，她的事我不好干預，就先把她接回鼓風胡同的宅子，等付易兄處置。」

鼓風胡同的宅子是付氏胞兄付易在京城的家。

成國公冷哼一聲，沒搭理他。

付氏道：「我換身衣裳就走。」

她進了臥房，一個婆子進去服侍。如今在她身邊的，已沒有她從付家帶來的人，都是成國公府的奴才。

孟辭墨給雲秀使了個眼色，讓她也進去看著付氏，不能讓付氏自盡。

付氏出來的時候，跟剛才完全變了一個人，穿著大紅遍地金褙子，頭戴五鳳銜珠嵌寶赤金步搖、鴛鴦蓮紋點翠掩鬢，妝容豔麗，面色平靜，只是眼睛有些紅腫。

後頭的婆子手裡只拿了個小包裹。

付氏給成國公屈膝行了個福禮，幽幽說道：「晌午還是恩愛鴛鴦，此時就勞燕分飛，還是那句話，我是被逼迫的，我滿心滿眼裝的都是國公爺。」

成國公咬牙罵道：「妳真讓我噁心，有多遠滾多遠！」

付夫人詫異道：「不點點嫁妝嗎？」

付氏說：「我只帶這些東西傍身，所有嫁妝都要留給我的兒女。」

付炎心下了然，付葭沒給自己留一點後路，看來之後不是選擇自盡就是選擇出家了，這樣也好，也能減少一些對付家的拖累。

只是付夫人心裡又犯起嘀咕，付葭當初可謂十里紅妝，又在富貴無邊的成國公府當了二十幾年當家主母，嫁妝肯定又翻了倍。

若她帶些嫁妝回娘家，在付易沒來京之前，自家興許還能謀些好處。

付夫人低聲勸道：「姑太太回了娘家，兄嫂的飯沒有那麼好吃，還是多帶些財物傍身的好。」

付葭只是譏諷地看了她一眼，率先向門外走去。

她心裡清楚，成國公府不會動她的嫁妝，但帶回付家，那群狼還不會想辦法都謀了去？

付氏在付家的權威是積年形成的，付夫人此時也不敢再說什麼，只能跟了上去。

付氏等人走得沒了蹤影，成國公像瘋了一樣在房裡砸家具。

孟二老爺手無縛雞之力，根本攔不住武將出身的成國公，稀里嘩啦的聲音不時響起。

孟辭墨沒去攔，抬腳走出屋外，對江意惜說道：「妳先回浮生居吧，我去跟祖父說說話。」又小聲說道：「記住祖父的話，該說的說，不該說的萬不要說。」

老國公再三囑咐過在場的幾個知情人，若私下議論，只許說付氏跟趙互婚前的私情，及付氏如何陷害曲氏、孟辭墨、孟月之事，而珠串之事，絕對不許提，若把這件事爆出來，成國公逃不了過失殺父的罪行，哪怕沒有得逞，也罪過不小……

江意惜知道，老國公不許那件事爆出來還有其他原因。

兩人走出正院，孟辭墨剛想向福安堂方向走去，江意惜叫住了他。「辭墨……」

孟辭墨轉過身。

江意惜抬頭望著他，張了張嘴，似有千言萬語，不知該如何訴說。

星光下，江意惜的眼裡泛著亮晶晶的水光，如星星墜入眼底一般。

孟辭墨笑起來，走上前，伸出大手理了理她的頭髮，柔聲說道：「不好的都過去了，我去安慰安慰祖父祖母，盡量早些回來。」

「好。」

水靈打著羊角燈走前面，臨香扶著江意惜向浮生居走去。

此時已星光滿天，半輪明月高懸空中，江意惜面色平靜，內心卻激動難耐。

那個壞事做盡、高高在上、不可一世的女人，就這樣被趕出了孟府，比前世的她還狼狽。

先收拾了周氏，後收拾了付氏，該報的仇都報了，又治好了孟辭墨和李珍寶的眼睛，讓老國公健康地活下來，該報的恩也報了，以後，就是好好享受人生，爭取壽終正寢了。

江意惜的步伐異常輕快，還沒走進浮生居，就聽見小存哥兒的大哭聲，聲音都有些沙啞了。

孟照存屬於好帶的孩子，難得這樣哭，江意惜心疼壞了，快步走進院門，看到黃嬤嬤正抱著孩子在廊下走來走去，花花在她的腳邊打轉，喵喵叫著哄弟弟，啾啾也心疼弟弟，反覆叫著「寶寶」。現在牠又學會了一個新詞，就是「寶寶」。

孟月和林嬤嬤也來了，在這裡等她回來。

孟月眼睛紅腫，面露喜色。她是又高興又慚愧，恨付氏的同時，覺得對不起親娘和胞弟。

她們看見江意惜，都走下臺階迎上去。

黃嬤嬤笑道：「哥兒快莫哭了，看看誰回來了？」

江意惜一走近黃嬤嬤，孟照存就停止了哭泣，腦袋偏向江意惜，小嘴還呼呼著，似急得不行。

黃嬤嬤道：「哥兒可真聰明，知道娘親回來了，立刻就不哭了。」

江意惜笑著把孩子接過來，低頭親了親，小傢伙馬上笑起來，眼睛都笑彎了，看著更像孟辭墨。

江意惜又親了親他，笑道：「娘的寶貝真乖。」

花花喵喵叫道：「弟弟一點都不乖，至少嚎了半個時辰。」

小東西一直在福安堂看熱鬧，看到付氏被孟中押去正院，才跑回浮生居吃飯，因為牠留在福安堂也沒飯吃，老太太和老爺子生氣上火，只喝了碗綠豆粥。

林嬤嬤問道：「那個不要臉的付氏被休了？」

孟月和她是來打探消息的。

吳嬤嬤等人已經聽林嬤嬤說了付氏的一些事，驚得不得了。沒想到付氏不僅害死先大夫人，想害死世子爺和大姑奶奶，居然還婚前失貞，跟鎮南侯趙互有一腿。

江意惜說道：「國公爺寫了休書，還打了她，付家已經把人帶走了。」

孟月解恨地啐了一口。「打得好，那個壞女人，騙得我好苦。」

林嬤嬤悲憤道：「那個惡婦不要臉，還欠了我家先夫人的一條命，只休了她，也太便宜她了。」

江意惜說道：「頂著這樣的名聲被休，付氏哪有臉活下去？接下來不是自盡，就是被娘家人弄死。」

花花立起身喵喵叫道：「我知道、我知道，付婆子今天夜裡會去鎮南侯府大門前上吊自盡，孟老頭是個老滑頭，殺人於無形。」

江意惜驚道：「什麼？」隨即看到林嬤嬤等人驚詫地看著她，她不好意思地笑道：「沒事，忙了大半天，腦子都不清醒了。」

她對孟月說道：「大姊，付氏終於遭了報應，婆婆在天之靈能夠安息了。」

孟月又流下眼淚，說道：「我娘好可憐，我好蠢，還好我有個好弟弟，我那麼傷他的心，他都沒有放棄我，還有妳，謝謝妳了……」

幾人進了屋，江意惜逗弄一下小照存，又跟孟月說幾句話，實則心裡急得要命，想知道老國公和付氏到底私下有什麼協議。

她就說嘛，付氏做了那麼多傷天害理的事，老國公怎麼忍得下那口惡氣把付氏放出府？

透過付氏把事情鬧大，把趙互、甚至他背後的趙貴妃牽扯進來，比直接把付氏送去衙門勁爆多了。

趙亙經營二十幾年，許多朝臣都是英王一黨，若是讓付氏接受審訊，還有許多不確定因素，但這下人死了，趙亙和趙貴妃想讓她改口都不成。

即使牽扯出幕後的趙貴妃和英王，也不是孟家為之……

只是，老爺子答應了什麼條件，讓付氏心甘情願這麼做？

孟月又說了這些年如何被付氏騙、如何對不起曲氏和孟辭墨的話，她邊哭邊說，好不傷心。

江意惜耐著性子勸她，終於把孟月送走，孟照存也在她懷裡睡著了。

洗漱完，江意惜上床，被洗得乾乾淨淨的花花也一起抱上床，丫頭退了下去。

江意惜著急道：「快，實況轉播，我們走後祖父和付氏說了什麼。」

花花一下仰躺在床上，豎起小腦袋，學著付氏的口氣喵喵叫道：「公爹，我也不想做那些事……嚶嚶嚶……」

下一刻又立起身子，站得筆直，學著老國公的語氣喵喵叫道：「別給我扯那些沒用的……」

花花用了近兩刻鐘的時間才把老爺子和付氏的對話轉播完。

江意惜面沈如水，倚靠在床頭。

沒想到付氏對別人狠，對自己更狠，老爺子給了她兩條路，是她自己選擇了這一條路，不僅最大程度讓老爺子保住孟辭羽，更表示她恨趙亙比恨孟家人更甚，為了報復，她願意那麼做。

也是，那麼高傲、被人稱頌了二十幾年的人，一旦被掀開骯髒的真面目，還不如死了算了。

而老爺子的主意也是出於無奈，孟辭羽有可能是趙互的孩子，但也有可能是孟道明的孩子，對於自家子孫，老爺子不可能不留一條活路，於是就順水推舟佈了這盤局。

這麼一來，趙互的風光日子是到頭了，趙貴妃和英王失去了強而有力的支持，牽扯出曲氏的死，或許還能幫到遠在皇陵的曲德嬪……

不過，江意惜可不認為孟辭羽會順著付氏和老爺子的安排就此走上康莊大道，前世，孟辭羽只不過被江意惜「賴上」娶了她，就氣得整日藉酒澆愁，失去了鬥志，連舉人都沒考上。現下遭逢這天大的打擊，哪怕他真的是成國公的親兒子，有那樣一個令他蒙羞的親生母親，他也受不了。

花花等了許久都沒等到主人表揚牠，很不高興。牠眼裡都起了水霧，喵喵叫道：「我嘴都說乾了，娘親也沒親親我，娘親喜歡弟弟，不喜歡花花了。」

自從花花喝了江意惜的奶，更嗲了，覺得自己是娘親的親親寶貝。

江意惜才反應過來自己冷落小東西了，趕緊把牠抱起來親了親，笑道：「你真是娘親的好兒子，娘親謝謝你，你就在這裡睡吧，辭墨今天夜裡不會回來。」

夜裡有大事要發生，孟辭墨肯定要帶人收尾，哪有時間回來睡覺。

花花嗲嗲叫了一嗓子，跳去床裡面躺下。
江意惜也躺下，輾轉反側，直至後半夜才睡著。
次日清晨被水香叫醒，江意惜看看枕邊，孟辭墨果真沒有回來。
此時剛剛卯時初，是她昨天讓水香叫她的，她要給老夫婦做補湯，老倆口受了刺激，特別是老太太，倍受打擊，怕他們身體受不住。
走出正房，涼爽芬芳的晨風撲面而來，東方的朝陽剛剛冒出房頂，天空一片瓦藍。沒有付氏那塊陰霾罩著，天空竟是如此清亮。
江意惜長長吸了一口氣，清新的空氣似湧遍了全身，舒服得她輕嗯了一聲，才向後院走去。
來到小廚房，吳嬤嬤和水珠已經準備好食材了。她們正在說付氏，笑聲敞亮，在寂靜的清晨略感突兀。
她們不僅做了補湯，還做了老爺子愛吃的蔥油餅、老太太愛吃的槽子糕、孟辭墨愛吃的煎餃。
做好已經辰時初，江意惜讓三個丫頭拿著，一起去了福安堂。
來到福安堂，丫頭說老公爺和世子爺一直在外院，老太太由於生氣，現在還未起床。
江意惜讓人把那祖孫兩個的早飯拿去外院，自己去了老太太的臥房外。

老太太一輩子注重儀容，不打扮收拾好不會出臥房見人，即使之前身體不好起不來，要見晚輩了，也會讓下人把頭髮梳好，臉洗淨，甚至還會上點妝。

稍後老太太走出來，她明顯精神不濟，走路都有些晃。

江意惜扶著她去西側屋炕上坐好，把補湯和槽子糕拿出來，再加上小廚房和大廚房送過來的早飯，擺了一炕几。

老太太知道江意惜的補湯好，問道：「給妳祖父送了嗎？」

江意惜笑道：「送去了。」

老太太又問嬤嬤。「辭羽和華丫頭還好嗎？」

嬤嬤道：「二爺和四爺一直陪著三爺，二夫人昨天就住在流丹院陪二姑娘。」

老太太的臉更加愁苦。「有那個不要臉的娘，辭羽、華兒可憐了。」看看江意惜，又道：「唉，月丫頭和辭墨更可憐，親爹不疼，後娘缺德沒良心，老公爺和我一個忙、一個病，被那個不要臉的付氏矇騙了，真是對不起那兩個孩子。」

說著，流下淚來。

嬤嬤寬解道：「還好老天長眼，世子爺和大姑奶奶沒被整死……」

江意惜傷感地想，前世孟月和孟辭墨就是被整死了。

剛吃完飯，二夫人、三夫人、二奶奶、孟月就來了，幾個姑娘都沒來。

二夫人道：「開解了半宿，華丫頭總算好了些，她現在還未醒。」

老太太又開始大罵付氏，兼搭著罵了幾句大兒子，又讓人找出一套價值不菲的玉頭面、一尊紅翡擺件，分別賞給孟月和孟辭墨，以示安慰。

正說著，外院的一個婆子來報。

「老夫人，聽說付氏昨天夜裡在鎮南侯府大門前上吊死了，她死前還讓人給老國公送了一封信，信中說她婚前失貞是被趙互所騙，又被趙互以此為把柄逼著她為鎮南侯府辦事。她不想活了，死也要死在趙家門口……

「老國公大發雷霆，準備帶著世子爺打上鎮南侯府，還請二夫人和二奶奶、大姑奶奶的乳娘林嬤嬤去前院，跟著二老爺和二爺去付家。家裡和老太太、國公爺、三爺、二姑娘請大奶奶看顧好。」叫上林嬤嬤，是為曲氏鳴不平。

眾人一驚，二夫人和二奶奶對視一眼，趕緊起身去了前院，孟月又讓丫頭去叫林嬤嬤去前院。

老太太悲憤道：「天作孽猶可違，自作孽不可活。」

她身子晃了晃，又要倒下去，江意惜立即吩咐道：「大姊，快扶老太太上床歇息，三嬸去看著二姑娘。」又讓兩個婆子去看看成國公和孟辭羽。

一會兒後，把老太太服侍上床，孟月才走出房間。

見孟月神色一直不好，江意惜關心道：「付氏死了，大姊不高興？」

孟月嘆了一口氣。「自從知道付氏幹了那麼多缺德事，我恨不得她去死，覺得叫了她那麼多年母親是髒了我的嘴，可剛剛聽說她死了，心裡還是有些難過。唉，人死如燈滅，一切都帶走了。她去鎮南侯府上吊，一定是覺得對我爹多有虧欠……」

江意惜平靜地道：「但我依然如以前一樣恨她，若我們沒提前謀劃，大姊、辭墨、祖父，都會被她害死。」

孟月紅了臉，嘆道：「我真是沒用，林嬤嬤總說我心腸太軟。」

江意惜沒否認，還點了點頭。「大姊的心腸的確太軟了，對待有些人、有些事，絕對不能心軟，否則，死的就是自己。」

不久，外院傳來消息，老國公、孟辭墨、二夫人帶人打去鎮南侯府，二老爺、孟辭閱、二奶奶去了付府。

那兩個婆子又來報，國公爺躺在床上睡覺，三爺由四爺陪著，還說三爺像傻了一般，昨天起就不吃飯，無論四爺怎麼勸，他都躺在床上一言不發……

江意惜也不意外，她就說嘛，孟辭羽就是個擔不起事的無用男，一遇到打擊就無所適從，一蹶不振。前世自己真是瞎眼了，一心嫁給他……

至於成國公，那就是個沒心沒肺又自私的人。他難受不僅是因為被付氏騙了，還覺得無臉見人，但等到整頓好心情，又會開開心心找另一個女人過活。

晌午，孟月留在福安堂看顧老太太，江意惜回了浮生居。

江意惜吃完晌飯，把小照存抱去東跨院哄睡著，正想去福安堂，孟嵐和孟霜就手牽手來了。

孟嵐道：「大嫂，大伯娘……呃，是那個付氏，聽說付氏跟鎮南侯爺有私情，昨天上吊了？昨天晌午起，我就沒見到我娘了，府裡好多流言，不知哪些是真的。」

孟霜也道：「昨天我問我娘，我娘只說付氏出事了，被休了……上午我和三姊要去流丹院看二姊，還被我娘攆了出來。」

看兩個小姑娘非常不安的樣子，江意惜便大概講了一下付氏的情況，兩個小姑娘知道了想知道的，也懂事的沒過度追問細節，就小臉嚴肅、腳步沈重地手牽手走了。

她們正在說親，付氏這個醜聞鬧出來，對親事肯定有影響。

老爺子不願意把付氏婚後跟趙互有一腿的事鬧出來，有孟辭羽的原因及政治因素，另外也是怕對其他孫子孫女造成影響。

付氏婚前失貞，那是付家女不好，所以今天孟家人氣勢洶洶找上付家門。但若婚後不忠的事鬧出來，那就是孟家婦不潔，損的是孟家的家風。

江意惜急步去了福安堂，孟月還在，對她說道：「剛服侍老太太吃了點東西，又歇下了。」

老太太身體不好，抗壓性也差，所以之前老國公在外打仗，家裡才會由成國公和付氏全權當家，孟辭墨能活下來又沒長歪，真不容易。

江意惜又看看面前的孟月，之前對她的一些埋怨也沒了。

在這個府裡她能長至成年，還能活到現在，也不容易。

未時末，外院又傳來消息，說老國公把趙互的腦袋打流血，世子爺把鎮國公世子的鼻子打斷了。下晌，老國公又和世子爺、二老爺、付家幾人進宮面聖了。

現在外面的小道消息滿天飛，說前成國公夫人付葭在鎮南侯府大門外上吊自盡，死前留下三封信，一封給成國公府，一封給鎮南侯府，一封給付炎家。

給成國公府的信上說，她十四歲時被趙互騙得失貞，趙互又讓她勾搭孟道明，他們打的主意就是把原配曲氏害死，斷了孟家跟曲德嬪的姻親關係，以達到幫助趙貴妃的目的……

而後孟老太君身子骨不好，聰明的孟三老爺死在戰場上，都是趙互和付氏害的，不僅如此，他們還試圖謀害孟世子，雖然孟世子福大命大被江氏的爹所救，但眼睛卻因此瞎了……

在趙互的指示下，付氏表面裝好人，扮演好後娘的角色，實際上苛待繼子繼女，驕橫跋扈，奢侈無度……

而孟家之所以會發現付氏的真面目，還是因為孟家下人在通州偶遇付氏之前的一個小丫頭，小丫頭的爹娘被付家人害死，她氣不過便把付氏私下的所作所為說溜了嘴。

孟老國公知道後氣憤難平，開始調查付氏的事，才查出那麼多不妥，為了保住孟家和成國公的臉面，本想休了付氏就算了，卻沒想到付氏竟在鎮南侯府大門外上吊自盡，還自白了自己過往做的那些錯事……

聽到這些傳言，江意惜笑出了聲，別說趙互有那個心思了，就是沒有，如今都有口說不清了。

或許其中也有老爺子派人引導的輿論，沒有傳言提到付氏毒害孟老國公，以及趙家曾特地請來番烏僧下手一事……

老爺子被算計了二十幾年，搞了個突然襲擊，只這一招就逆轉了形勢，不僅趙互完了，趙貴妃和英王也會被連累。

申時初，二夫人和二奶奶回來了。她們面色疲憊，卻掩不住興奮。

二夫人講了他們去付家大鬧的情形，責怪付家弄了個破鞋進孟家，攪得孟家一團糟；付夫人說盡好話，還說都是付易一家和趙互搞的鬼，不關自家任何事……

二夫人笑道：「哈哈，今天第一次當了個潑婦，滿有趣的。」

二奶奶紅了臉。「祖父說，對待不要臉的人不能太斯文，否則要吃虧。」

老太太也出來聽了，笑道：「老公爺也是氣狠了。」

等到吃完晚飯，進宮的男人還沒回來，幾人把老太太服侍上床後，都回了各自院子。

第三十五章

男人們戌時初才回府，又開了個小會，而後老國公去了孟辭羽那裡，二老爺去了成國公那裡，孟辭墨和孟辭閱則各自回了內院。

按理，成國公和孟辭羽最應該由孟辭墨這個兒子和兄長照顧開解，但成國公無視這個兒子，讓付氏虧待他們姊弟多年，老國公也不好意思拉著孟辭墨去照顧。

江意惜一直等著孟辭墨，見他回來了，讓人把準備好的酒菜端上來。

孟辭墨剛才在外院簡單吃了一點飯，老爺子沒有心情喝酒，其他人也就不敢提，孟辭墨又興奮又疲倦，就是想喝幾杯。

他喝了三杯酒以後，才跟江意惜說了今天的經過。

昨日夜裡，付氏先把寫好的信交給三個下人，讓他們早上卯時初分別送給老國公孟令、鎮南侯趙互、她族兄付炎。

夜裡她悄悄出了後門，那裡有輛馬車在等她，會把她送到鎮南侯府所在的街上，然後他們派的人就眼睜睜地看著她在鎮南侯府大門前的一棵大樹下上吊。

「呵呵，先是付氏在他家門口自盡，接著是接到付氏讓人送的信，再是我們打上門，趙互那個老混蛋都嚇傻了……我們大鬧了他們家，接著付炎一家人也找上門，說他引誘禍害了他們付家姑娘……」

孟辭墨又喝完杯中酒，吃了幾口菜，說了進宮面聖的事。

皇上聽說這件事極不可思議，孟老國公和付炎又把付氏留下的信呈給皇上看，孟老國公說到這事都哭了，說自己大半時間在外打仗，對兒子疏於管教，致使他被人這樣算計，不止成了大傻子，還成了綠頭龜，孫子孫女差點被害死……

皇上大怒，直接把趙互左都督的官職免了，趙貴妃和英王來解釋，皇上連門都沒讓他們進。

「我祖父說我爹簡單糊塗，才會由著付氏做了這麼多惡事，不適合繼續做都督僉事的職位，還請求皇上把我爹的爵位直接給我……」

說到這裡，孟辭墨又把杯中酒喝完，表情有些遺憾。

江意惜的心一跳。「皇上不同意？」

孟辭墨說道：「皇上說他再考慮考慮。我們分析，皇上肯定會降我爹的職，但看在我祖父的面子上，不會降得太猛，爵位嘛……皇上應該不會同意現在給我。」

江意惜詫異道：「你怎麼知道？」

孟辭墨笑笑。「皇上提起大姨的時候，眼裡有了溫度，目前皇上還是不忍廢太子，因為趙互，更不願意皇子外戚權力過大，讓皇子滋生不該起的心思。若是他想把我大姨接回宮，恢復平王自由，定不願意在太子完全成長起來之前，讓平王的表弟當成國公。」

江意惜喜道：「曲德嬪和平王有希望回京？」

孟辭墨點點頭。「皇上覺得曲德嬪跟我娘一樣心思單純，那件事或許也有緣故……與承爵比起來，我更希望我大姨和平王可以回京。」

提起母親，孟辭墨的眼神又暗淡下來。

二十幾年前，曲芬和曲芳是曲家雙生女，長得美貌異常，十分有才氣，性格也清純討喜，被譽為晉和朝最美麗的姑娘，稱之為「二曲」。

她們雖然出身不算高，父親只是戶部郎中，卻是一家有女百家求，時為太子的當今皇上看上姊姊曲芬，先皇就封了曲芬為太子良媛。

曲家兩姊妹都不願意高攀，但曲芬身不由己進了東宮，曲老大人便不願意再讓曲芳低嫁。

當時許多人家來求娶，其中包括成國公世子孟道明。

曲老大人心想，孟令孟大將軍驍勇善戰，頗得先帝聖寵，若曲芳嫁進成國公府，也能幫助身在東宮的曲芬。孟家還有一個好處，就是孟家有一條祖訓，孟家子弟三十無子方可納妾。

曲老大人便毫不猶豫把曲芳許配給了孟道明，在他看來，次女比長女的親事可靠得多，但沒想到，嫁進成國公府的曲芳不僅沒能幫到曲芬，還在兩年多後就死了，曲老大人也因故被貶至外地。

後來曲家得知孟道明在曲芳死了剛滿一年就急呼呼娶了付氏，氣得要命，偏又無能為力。

如今曲老大人夫婦都死了，曲家只有曲氏進士出身的大哥曲瀾，如今是江南吳城的知府。平王被趕去皇陵後，兩方還有私下來往，如今跟孟家也有了來往……

現在看來，曲老大人當初被貶的原因跟趙家暗中施壓脫不了關係，趙互他爹趙老侯爺在世的時候，官至太傅，就因為趙家壓制，曲老大人一直官途不順。

江意惜又給孟辭墨斟滿酒，柔聲勸道：「已經給婆婆報了仇，這麼艱難的仗也打勝了，慢慢謀劃，一切都會好起來。」

孟辭墨又一口飲盡杯中酒，兩隻大手握住江意惜放在几上的小手，拿在唇邊親了親，笑道：「是，付氏死了，給我娘報了仇，現在又把姓趙的老匹夫拉了下來，謝謝妳，只有我知道我媳婦多麼能幹……哦，祖父也知道。」

孟辭墨高興，又多喝了酒，因為有醫婆的提醒，摟著媳婦不敢大動。

江意惜用了一招花花從付氏那裡聽到的招數，滿足了孟辭墨。

孟辭墨高興極了，抱著媳婦叫「寶貝」……

江意惜哭笑不得，男人都喜歡這些？

次日，不僅言官忙著上摺子，幾乎所有的大臣都上了摺子，紛紛彈劾趙互荒淫無度，結黨營私，排除異己；彈劾趙貴妃和英王縱容外家違法亂紀；彈劾孟道明德不配位，縱容付氏害死髮妻，迫害繼子繼女；彈劾孟老國公治家不嚴，還有提議為平王和曲德嬪翻案的……

總之，朝堂裡一下熱鬧起來，有人嘲笑孟道明，有人鄙視趙互和大罵付氏，吵得不可開交。

這件大事於三天後塵埃落定，趙互官職被一擼到底，只剩一個鎮南侯的空殼爵位。趙貴妃被降成淑妃，禁足半年。孟道明由正二品的都督僉事降至從三品的副指揮使。曲德嬪回宮、平王回京，並安排在戶部歷練。

雖然成國公的官職降了，實權還比不上兒子孟辭墨，但孟老國公還掛著太師頭銜，依然得皇上信任，成國公府還是京城最最頂級的豪門。

而鎮南侯府的勢力就大不如前了，英王看似沒受任何懲罰，卻損失最為慘重。

這件事在朝堂漸漸平息，但街頭巷尾茶肆酒樓卻依然傳得熱火朝天，一點都沒有減弱之勢，老百姓不敢明目張膽議論朝廷要員，聰明地把孟道明說成「戴帽子的」，把趙互說成「扣帽子的」，把付氏說成「西瓜帽」，臊得孟家人和趙家人、付家人好些天不敢出門，特別是孟道明和孟辭羽，連自己的小門都不敢出，一個天天罵人，一個天天喝酒。

只有孟辭墨一點也不受影響，還去皇陵見了平王和曲德嬪，幫助他們準備回京事宜。如今有了老國公的支持，他也不像之前那麼避嫌了。

五月二十六這天，李珍寶進京，哪怕坐在馬車裡，還是聽到了人們議論的傳聞。

不僅是桃色事件，還是三人桃色事件、轉戰多個場地，她對這則八卦感興趣極了，沒想到古人開放起來也能這麼生猛啊！戴帽子、扣帽子、西瓜帽，這人物外號也很有意思。

今天李珍寶回京，大哥李凱和侍衛鄭玉護送她回來。

李珍寶掀開車簾，問騎馬走在一旁的鄭玉。「西瓜帽、戴帽子、扣帽子，他們說的是誰？」

鄭玉不愛說八卦，但說的是趙互和孟道明、付葭，那就另當別論了。他早聽孟辭墨說過付氏從小怎麼整他，現在知道得更具體，也就更氣憤。

他笑道：「這幾個人郡主都認識。」

李珍寶的眼睛一下放了光。「我都認識？」

「是。戴帽子的是孟大哥的父親，西瓜帽曾經是孟大哥的繼母，扣帽子的，是跟妳打過架的趙元成的父親。這三個人，一個糊塗兩個壞，只可憐孟大哥和他生母了。」

李珍寶的眼睛鼓得溜圓，戴帽子的原來是孟辭墨的糊塗老爸，西瓜帽原來是惡毒後媽，趙元成就不是個東西，還有李喜那個臭公主，一個像足了親爹，一個外甥肖舅。

李珍寶笑得滿口白牙盡現，她不止替江意惜高興趕走了惡毒後娘，也替自己高興。討厭的趙貴妃降了位分，看以後李喜還敢說自己醜不，敢說，她就用更難聽的話罵回去……

這個魔笑讓鄭玉瞠目結舌。這位郡主實在是稀奇古怪，不知她下一刻又會想出什麼鬼主意，說出什麼駭世驚俗的話。

李珍寶笑完，又催促道：「快說，孟帽子跟付西瓜到底是在寺廟裡通姦，還是在西瓜地通姦？真的上一刻付西瓜跟趙扣帽攪和在一起，下一刻就去找另一片菜地裡的孟帽子了？」

李凱在馬車的另一側，聽到妹妹和鄭玉的對話氣紅了臉。這還是在大街上，前後左右有這麼多護衛下人，傳出去妹妹以後可不好找婆家。

他打馬繞過來，皺眉說道：「妹妹，小娘子家家的，怎麼好說這些話？聽都不能聽，髒耳朵，羞人！」

李珍寶急著想聽，見假正經哥哥來阻攔，急得要命，嘟嘴道：「你別說話，哎喲，我頭昏，恐怕得回庵堂請蒼寂住持施針。」

把好不容易才大病初癒的妹妹氣昏，父王還不把自己打死？李凱馬上住了嘴。

鄭玉沒想到那麼多傳言，李珍寶獨獨對這幾個問題感興趣，他也不知道該怎麼回答，紅著臉搖頭不說話。

李珍寶氣得翻了個白眼，罵了一聲「假正經」，又嚇唬李凱道：「大哥，到底怎麼回事？你不說，我真的要回庵堂了。」

李凱知道妹妹任性，只得說道：「小娘子不好在大街上聽這些話，回府再說。」

李珍寶看看滿大街的古代人，雖然都是一臉八卦，但說話的都是男人和上了歲數的婦人，年輕女人只笑咪咪地聽著，自己一個十幾歲的小娘子，的確不好當街議論這些事，她縮回了脖子，心想怪不得江姊姊生子滿月後沒有第一時間去看自己，原來家裡發生了這麼多事……

她又掀開車簾說道：「讓人去成國公府一趟，告訴江二姊姊改天我去看她，還要給她分紅。」

鄭玉跟一個護衛說了兩句話，那個護衛便打馬往另一個方向跑去。

一行車馬來到雍王府，就看到李奇及雍王的另六個兒子排排站在大門口。

李珍寶翻了個白眼，除了李奇小正太，那幾個兄弟沒人真心歡迎她回家好吧，特別是後娘生的李占，恨不得她死在外面，父王讓他們杵在這裡幹什麼，假惺惺的。

李珍寶下車，李奇先給她作了個揖，就跑上前抱住她的腰說道：「姑姑，我好想妳。」

李珍寶捏了捏他的胖臉，笑道：「姑姑也想你。」

那幾個兄弟有喊「妹妹」、有喊「姊」的，李珍寶跟他們笑笑，就牽著李奇進了大門。

雍王爺正在屋裡轉來轉去，見寶貝閨女回來了，立即眉開眼笑迎上去。「我的閨女，我的寶兒，妳又回家了。」聲音都有些哽咽。

李珍寶歡快地跑上前，拉著雍王爺的袖子直撒嬌。「父王，我作夢都在想你，你還是那麼年輕俊朗，玉樹臨風……」

雍王被逗得哈哈大笑。「父王不俊俏，不臨風，怎麼能生出妳這麼好看的閨女？好閨女，回去洗漱好來這裡吃飯，父王特地跟妳皇祖母說了，妳先在家陪父王一天，明天再進宮陪她老人家，妳皇祖母也想妳想得緊……」

同一時間，江意惜剛從正院回到浮生居。

花了幾天的時間，她和二夫人、孟月等人終於把付氏的嫁妝全部整理出來。之前付氏帶進來的，加上在孟府多年掙下的，折合起來有八萬多兩銀子之鉅，這還是基於付氏以為這個家最終會成為她的，否則會撈得更多。

老國公和老太太說了，平均分給孟辭羽和孟華。

孟辭羽雖然同崔文君的親事還在，但看他現在的情緒，以及老國公對他的安排，那門親事肯定會退掉。因為是太后娘娘賜婚，會想辦法請太后娘娘主動取消這門親事。

孟華的親事更加艱難，甚至比孟辭羽還難，老夫婦希望有好人家看在嫁妝多的分上，願意娶她。

江意惜接到吳有貴進來傳的話，立即開心起來。李珍寶回京了，看來她的病沒事了，真好。

她本來還想把府裡的事處理完去昭明庵看望李珍寶，順便把花花帶去青螺山玩幾天，這下也不用去了。

花花聽了，知道娘親不會帶牠去鄉下了，喵喵叫道：「我自己去山裡玩，多玩幾天。」

小東西立了大功，讓牠多玩幾天是自己答應過的，江意惜對吳有貴說道：「你吃完晌飯就把花花帶去扈莊，牠想回鄉下玩了。」

她把小東西脖子上的避香珠取下來，抱著牠囑咐了許久，又餵牠吃了一條清蒸魚和一顆雞蛋黃，也讓吳嬤嬤跟著一起回去看看吳大伯。

剛剛送走花花和吳嬤嬤，江府的秦嬤嬤突然來了。

是老太太讓她來的，說江大夫人懷了身孕，江意柔已經跟王先譯訂親了，定於明年八月初三成親。明面是報喜，還有打探孟家事的意思。

江意惜道：「跟老太太、大伯、三叔說，我這裡一切都好。公爹雖然降了職，對家裡沒有任何影響。」

她對江家大房無感，但真心為江意柔高興。江意柔改變了前世命運，希望她今生順遂。堂妹都訂了親，倒聽說江意言的脾氣更加古怪了，老太太和江伯爺給她說了幾門親，她都不願意，覺得門戶低了……

江意惜冷哼，看來，她就是要像前世一樣高攀那個斷袖了。

秦嬤嬤又講了些江洵的事情。江洵依然在京武堂上學，要等後年考武舉，若過了繼續考武進士，若沒過就進軍營。

秦嬤嬤走的時候，江意惜又給老太太送了些補品，給江大夫人送了些補藥和適合孩子做衣裳的料子，給江意柔送了一疋妝花緞，給江大奶奶、江意言和江意珊各送了六朵宮花。

五月二十八，曲德嬪同平王李熙、李熙的一個正妃、兩個側妃及二子一女被接進京城。平王府還未改建完成，李熙一家暫時進宮居住。

次日下晌，內侍來到成國公府傳皇上口諭，讓孟辭墨及其妻江氏明天進宮見曲德嬪，以解曲德嬪思妹之苦。

沒說要見孟月，或許曲德嬪還是怕太子打什麼不好的主意吧。

接到這個口諭，江意惜極為高興。她聽說曲德嬪跟孟辭墨母親長得一樣，又溫婉良善，早就想見她一面了，而且，興許還能見到許久未見的李珍寶。

在家的主子都來前院接旨，包括付氏出事後一直未見的孟辭羽、成國公。

孟辭羽讓眾人嚇了一跳。

人極瘦，臉色蒼白、滿臉鬱氣，唇邊還有青鬍渣，與之前那個「貌若潘安」的溫潤形象大相徑庭，這個落魄樣子，比前世猶甚。

老太太都哭了，拉著他的手說：「傻孩子，你怎麼能讓那個女人毀了一生？你還有幾十年的路要走啊！她不好，可你還有親爹、親祖父祖母，我們一家都是有體面的好人哪，你的前程依舊光明……」

這麼久了，老太太也是第一次看見孟辭羽，心疼得不行。之前她想見他，老國公都沒允。

孟辭羽含淚說道：「祖母，孫兒讓妳失望了，妳不需要安慰我，有那樣一個母親，我的一生注定是完了，我連外人都不敢見，還談什麼前程……」

成國公冷冷地看了孟辭羽一眼，「哼」了一聲，背著手向書房走去。

反觀成國公一點也沒瘦，就是面色有些憔悴，一臉戾氣。聽說他至今沒去上衙，託辭生病請假在家，也私毫不關心兒女的生活。

老公爺失望地看了兒子背影一眼，又皺眉對孟辭羽喝道：「一個男人，這點打擊就受不了，哪裡像我孟令的孫子？你能不能學學辭墨，多少打擊他都咬牙挺過去，又重新站起來。回去閉門思過，想通了，再站起來，還是一條漢子。」

孟辭羽抖了抖嘴唇，很想說些什麼反駁，但最後還是沒說，只給老太太躬了躬身，走了。

孟華也瘦多了，穿著素服，頭上還戴了朵小白花。她滿眼含淚叫了一聲「三哥」，孟辭羽都沒搭理她。

江意惜記得，付氏因為孟月偶遇太子的事被長輩打壓，孟辭羽還一度收斂鋒芒，討好長輩，安慰母親，教育妹妹……

她一度覺得這個人還是有可取之處，至少疼母親、愛妹妹是真。

現在看來，他那麼做只是愛自己，一切謀劃只為自己，覺得自己沒有希望了，也就顧不上其他人了，這點很像成國公，受了打擊，妹妹也不是他的了。

孟華哭出了聲，對著那個背影喃喃說著。「三哥，你還有妹妹，我們相互扶持……」那個背影越走越遠，消失在那堵粉牆後，孟嵐和孟霜走過去低聲勸解幾句，陪著她向內院走去。

江意惜再不喜歡孟華，也不得不承認她比孟辭羽有擔當得多，付家當初領回付氏的屍首後，埋去了荒山野嶺，連墓碑都不敢立。聽說孟華後來去求了老爺子，秘密帶人去郊外祭奠，讓人打了一塊石碑，還花私房請和尚給付氏做了法事。

老爺子沒有阻攔她，付氏與孟家無關了，但畢竟還是她的生母。偶爾老爺子來錦園侍弄花草說起這件事，對孟華如此作為還算滿意，而對孟辭羽更失望了……

老太太用帕子擦著眼淚，由二夫人扶上轎子。

好好的一件喜事，被那幾人一攪和，喜氣全無。

孟月同江意惜、黃馨一起走回內院。

孟月的眼裡掩飾不住喜色，一點也沒因為曲德嬪沒召見她而不高興，或許還高興不用進宮，她不喜歡多見人。

之前未出嫁的時候，付氏從來不讓她去交手帕交，偶爾帶她見客人，也少給她說話的機會。嫁作黃家婦之後，因為郡主婆婆的不喜，沒帶她進過宮不說，連客人都少見。

孟月笑道：「明天弟妹幫我把那身衣裳呈給大姨。」

之前，孟辭墨讓孟月給曲德嬪做身衣裳，以表孝心，江意惜也親手給曲德嬪做了兩雙鞋子。

剛才的一幕讓小小年紀的黃馨看出了些許門道，她拉著江意惜的手說：「大舅娘，看到二姨這麼可憐，我就更加覺得我娘有福氣，大舅從來沒有不管過我娘，眼睛看不到了都在管。」

江意惜笑著捏了捏小妮子的手。

孟月想想也是，慚愧地說道：「是啊，弟弟幾歲時就操心我，總是找機會偷偷來看我，讓我注意母……付氏，唉，都是我傻。」

晚上孟辭墨回家，聽說這個消息也是很欣喜。皇上雖然未恢復曲德嬪之前的德妃位分，還是給了她這份恩寵。

他笑道：「大姨只要回了宮，一切都會好起來。」

江意惜又問道：「那個東西處理好了？」

那個東西指的是有毒的那顆小珠子。老爺子說那東西不好，殺人於無形，能害敵人也會害自己，於是讓孟辭墨埋去深山，要埋得深深的，不能讓它繼續害人。

孟辭墨沒言語，含糊地點點頭。

江意惜又深深地看了孟辭墨一眼。孟辭墨不習慣跟她撒謊，或者說覺得無須對她撒謊，只是因為老爺子有命令，他才不敢對她說真話。

孟辭墨看她頗有深意的眼神，伸手輕捏了她的鼻子一下。

那顆小石子不僅趙互想收回去，若其他人知道了肯定也想據為己有，老爺子做戲做得足，讓孟辭墨帶人埋去深山，但其實，那東西裝在青銅匣子裡，埋在孟家莊的某棵樹下，這事只有老爺子和孟辭墨知道。

他們做過試驗，那東西放在青銅匣裡，毒性小很多，對一尺開外的人和物幾乎已無傷害。

六月初十辰時末，打扮好的孟辭墨和江意惜坐車去皇宮，他們不僅帶了孟月和江意惜做的衣裳、鞋子，還帶了一盆開得正豔的蘭花及兩盆花朵壓滿枝頭的三角花。

進了宮，直接去了曲德嬪住的永和宮。這裡是曲德嬪之前當德妃時住的宮殿，現在依然給了她。

曲德嬪坐在羅漢床上，穿著半舊紫紅色對襟褙子，頭上插著兩根玉簪，薄薄施了一層粉黛。儘管已年過四十，依然肌膚勝雪，瓊姿花貌，光彩照人，看著只有三十左右。她長得跟孟月非常像，卻比孟月有神采的多，讓人忍不住想親近，孟月美則美矣，卻有些木。

若曲芳活著，一定也是這樣。

孟辭墨和江意惜跪下磕了一個頭。「見過曲德嬪娘娘。」

曲德嬪起身，一手一個，扶他們起來。

「好孩子，大姨又見著你們了。唉，芳兒死是因我之過，我對不起她，也讓辭墨和月丫頭受苦了。」

這話是曲德嬪的真心話，說著，又落了淚。

孟辭墨勸道：「娘娘莫傷心，皇上英明，懲治了壞人。如今娘娘和平王回來了，我和我姊還活著。」

曲德嬪點點頭，又看向江意惜，笑道：「好整齊的孩子。」一旁一個太監端上一個托盤，托盤上放著兩個錦盒，這是賞江意惜母子的。又一個太監端上兩個錦盒，這是賞孟月母女的。

孟辭墨又帶著江意惜給平王和平王妃湯氏見了禮。

平王長得跟孟辭墨有兩分像，很英俊的男人，只是略有些蒜頭的鼻子讓他看起來更加親和，也看得出他跟李珍寶是親戚。

江意惜萬幸，自己也算李家的後人，還好沒繼承李家這個與眾不同的特點，讓鄭吉媳婦更加確認她的身世。

江意惜此時把衣裳、鞋子和那三盆花獻上。

曲德嬪誇了孟月和江意惜手巧，又驚豔那幾盆花的長勢好。

平王妃指著三角花笑道：「這兩盆三角花跟慈寧宮裡的三角花一樣茂盛。」

慈寧宮裡的三角花是李珍寶孝敬的，也就是當初江意惜送的，如今已經長成一大片，一到春末就花朵綴滿枝頭，紫紅一片，極是醒目。

如今皇宮裡有許多盆三角花，但都比慈寧宮的那盆差得遠。

曲德嬪笑眯了眼。「我就借花獻佛，送一盆給皇上。」

這時平王起身給曲德嬪躬了躬身，看著孟辭墨，用手中的摺扇指了指側殿方向。孟辭墨起身朝曲德嬪和平王妃抱了抱拳，跟著平王去了側殿商討政事。

幾個女人說著家常，晌午曲德嬪又留孟辭墨夫婦在這裡吃午膳。

飯菜剛擺上，慈寧宮的一名太監拎著一個食盒來了永和宮。

太監道：「太后娘娘知道孟世子和孟大奶奶在這裡，特賜一道松花小肚兒、一道油炸絲雀，還請孟大奶奶午後去見她老人家。」

孟辭墨和江意惜又跪下謝賞。

曲德嬪知道太后娘娘是因為李珍寶而格外看重這個外甥媳婦，心裡極是高興。有太后娘娘的這份偏愛，對兒子也是一份助力。

之前她對兒子是否謀劃那個位置並不熱衷，可自從被太子欺辱、知道妹妹為何屈死，進而發現趙貴妃透過趙家一直在打壓他們母子和親戚，還有在皇陵那麼多年的屈辱日子，如今她已完全支持兒子的謀劃了。

太后娘娘年事已高，李珍寶身體又不好，午膳後她們要歇息，江意惜和孟辭墨在永和宮等到申時初，才由平王夫婦陪著去了慈寧宮。

剛進慈寧宮的朱門，就看到李珍寶等在正殿門口。

小妮子比上年又長高了一些，穿著織有暗花雲紋的藏藍色素衣，丸子頭上插了一根玉簪。她看到江意惜來了，笑著小跑過來，笑容比天上的日頭還燦爛。

她拉著江意惜的袖子一陣晃。「江二姊姊，我都想死妳了。聽說那個惡毒後娘上吊死了，恭喜你們呀！」

江意惜忽略她話裡的不合適和任性，拉著她上下看了一遍，笑道：「妳長高了，長漂亮了，也……沈穩了。」

李珍寶非常受用這三個誇獎，笑道：「還要繼續長高，繼續漂亮，繼續沈穩。」

她又給平王夫婦屈了屈膝，朝孟辭墨笑了笑。

在李珍寶的帶領下，幾個人進了正殿，又繞去了側殿，只見夏太后正盤腿側坐在炕上等客人。

孟辭墨和江意惜給她磕了頭，平王夫婦作揖，李珍寶擠去了太后身邊。

夏太后給眾人賜座，又招手把江意惜招到身邊說了幾句話，李珍寶就把江意惜拉去一旁說悄悄話。

夏太后沒有一點怪罪，像平常人家寵孩子的長輩一樣，呵呵笑著讓她們自去玩耍。

她們兩人坐去帷幔另一面的大椅子上，李珍寶不願意單坐，跟江意惜擠坐在一把椅子，還抱著她的胳膊把頭枕在她肩上。

李珍寶低聲問了一些付氏的事，江意惜挑著能說的說了，李珍寶說等她出宮，要把幾個姊妹一起叫上去孟府玩，她想看小照存和花花、啾啾。

「我給小存存設計了幾種嬰兒服，讓人做了二十套，到時給他拿去……」

江意惜也注意著另一邊的情況，太后很疼愛平王，拉著他的手絮叨著，平王溫和的聲音不時傳過來。

哪怕江意惜跟他接觸不多，也看得出平王處事穩重，眼神坦蕩，太子跟他就沒有可比性。

夏太后的孫輩多，家孫外孫加起來有三十幾人，除了對李珍寶格外不一樣，對誰都一樣，很慈祥，卻不是很親近，特別是對幾個皇子，更不願意當眾表現出她的厚薄。她難得拉著孫子的手說這麼多話，讓平王心裡很歡喜。他的記憶中，老太太只在他小時候拉過他、摟過他。

平王妃心裡更激動。她進宮這麼多年，就沒看過太后如此對待哪個皇子。

兩刻多鐘後，眾人起身告辭，太后娘娘賞了孟照存一個金項圈和一個小玉鎖。

回到孟府已經暮色四合，兩人直接去了福安堂。

小照存被黃嬤嬤抱來了這裡，小傢伙躺在炕上，黃馨坐在一旁轉著博浪鼓逗他玩，一聽到娘親的聲音，小照存的小腦袋就偏過來，伸出手「啊啊」叫起來。

江意惜抱起兒子親熱了一陣，才發現孟華居然也在這裡。自從付氏出事，孟華還是第一次來福安堂。

付氏的嫁妝已經全部清點完畢，江意惜讓人把帳本和實物都搬來了福安堂，不敢繼續放在正院，怕成國公一氣之下都砸了，老太太便讓孟華來看看帳本和實物。

孟華也留在這裡吃晚飯，但只讓下人挑了些素菜，單獨一個人在小几吃。

眾人吃完晚飯，孟辭墨和幾個男人去外院商議事情，江意惜帶著孩子回浮生居。

她和孟二奶奶一路說笑著，突然孟華在後面叫住了她。

江意惜停下腳步回頭，孟華走上前向她屈了屈膝。

「大嫂，謝謝妳，我娘做了那些事，妳還把她的嫁妝整理得那麼……完整。我還要說聲對不起，我娘做得不對，之前我也做錯了，不該對大哥大嫂無禮。」

她說完就轉身匆匆走了，江意惜和孟二奶奶對視一眼，孟二奶奶低聲說道：「下晌三姑去福安堂看了帳本和實物，她之前或許以為大嫂會在嫁妝上動手腳，她能把付氏原有的嫁妝保住就不錯了，沒想到連帶付氏後賺的也爽快給了他們……」

江意惜道：「若付氏還活著，要把嫁妝帶回付家享受，我真的會找藉口把她在孟家賺的錢財統統扣下，但現在，何必恃強凌弱呢。」

她雖然討厭孟辭羽，也不喜歡孟華，卻知道他們今後的生活不會好過。她不會幫他們，還有可能對孟辭羽使點小壞，但絕對不會在他們的錢財上動手腳。

孟二奶奶又笑道：「今兒祖母看到那些嫁妝，還說大嫂大氣、心正……」不像小官家的孩子。她沒好意思說老太太的最後一句話。

孟二奶奶又說道：「經過這番打擊，如今三姑像是變了個人，變得比之前懂事了，看得清形勢了。不過三叔也像變了個人，變得……讓人不認識了，祖母一說起三叔就哭。」

江意惜道：「打擊能讓人變堅強，變強大，也能摧垮人的意志，從此一蹶不振……」

孟二奶奶笑道：「大伯承受過許多打擊，就變堅強和強大了，祖父和公爹不止一次教訓我家二爺，讓他多向大伯學習。」

江意惜望向漫天群星，長長嘆了一口氣。孟辭墨受的何止是打擊，是涅槃，涅槃重生的痛楚，只有她清楚。

孟華沈著臉回到流丹院，盤腳坐上美人榻把帳本拿出來看。

她的乳娘李嬤嬤悄聲問道：「姑娘，聽說今兒老太太問了妳的親事？」

孟華放下帳本，瞪了傳小話的丫頭知畫一眼。如今母親被攆，連下人都開始怠慢自己了，居然敢公然傳主子說的話。

知畫的爹是馬房管事，在下人裡有一定體面。死丫頭不想留在流丹院，更怕以後跟著自己離開京城這個繁華之地，開始故意討嫌了。這樣的人，她也不想留，明天就找藉口打發走。

若是以前，孟華肯定會讓嬤嬤先掌她的嘴，出了氣再攆走，可是現在，多一事不如少一事。

孟華知道，李嬤嬤和知晴是忠心自己的，也得讓她們知道自己的真實想法。

她把不相干的人打發下去，只留下李嬤嬤和知晴，她說道：「今天祖母問我想找什麼樣的親事……之前的那些想法，青年才俊、高門大戶、如玉公子……呵呵，」她嘴裡笑著，眼裡已經湧上淚水。「我都撂開了，在京城，別說好人家好人才，連有志氣的小官之家都不會願意要我。」

知晴流淚道：「姑娘的祖父是太師，父親是國公，等幾年後風頭過了，就好了。」

孟華搖搖頭，吸了吸鼻子說道：「我祖父祖母年紀大了，幾年後不知他們還在不在。我爹，先大夫人還沒對不起他，妳看看大哥和大姊之前過的是什麼日子，我爹那麼恨我娘，怎麼可能管我和三哥？

「前些天，我還巴望能靠得上三哥，我們相依為命把這些艱難扛過去，可是他比我還不頂事……如今我也只能靠祖父祖母和我自己了。我想嫁去外地，隱藏身分，對外說是成國公府的族親，憑著我娘留下的一半嫁妝也能把日子過好。」

李嬤嬤道：「要不，姑娘就嫁去中南省，大舅爺在那裡當按察使，能看顧妳。」

孟華冷笑道：「我大舅？想想當初他們聽趙互的話讓我娘嫁進孟家，慫恿我娘當著孟家婦卻幫趙家辦事，心思就不好，他們靠不上，我已經跟祖母說了，最好嫁去雍城一帶，那裡的總兵是鄭吉，許多將軍都是祖父親手調教出來的，要安全得多，趙家和英王一黨恨我娘，也恨不得整死我們，去其他地方我都不放心。若是我在那裡站住腳了，就把我三哥接過去……祖母同意了。

「今天我還聽祖母跟二嬸講，若是崔家想辦法讓太后娘娘收回成命，我們家不如就痛快答應。唉，我三哥別說娶崔姑娘，中進士探花奔前程也不用想了，能平安過一生就不錯了。」說完，她用帕子捂著嘴嗚嗚哭起來。

李嬤嬤把孟華摟進懷裡，流淚道：「姑娘說得是，嫁去沒人認識的地方，不聽那些骯髒話，姑娘還能活得開心些。唉，之前覺得江氏是小官之女，定然眼皮子淺，沒承想，她沒在嫁妝上動一點手腳。反觀國公爺，之前那麼疼愛姑娘，現在……唉，先夫人得罪了他，可姑娘和三爺還是他的親骨肉呀。」

孟華哭痛快了，擦乾眼淚又說道：「妳們兩個清理一下院子，那些猴急著想離開的，就放她們出去，無須為難。留下的人，不要再多事多嘴，老老實實在院子裡待著。」

五月十七下晌，下了兩天的雨終於停了，天空一片湛藍，如洗過一般。

未時，老國公又來了錦園。他讓人把十幾盆端去廊下的花端出來，又把被雨打風吹彎了腰的花莖用小棍支著，侍弄完，就洗了手去浮生居看重孫子兼喝茶。

今天老爺子的臉上有了笑意，不像之前一直陰沈著臉，連小照存都感受到了太爺爺的高興，躺在炕上衝他笑。

小傢伙雙手雙腳在空中亂舞著，大笑的嘴裡沒有牙，眼睛彎彎的，唇角還有兩個小窩窩。

辭墨小時候也這樣的吧？

老爺子伸出大手想去捏孩子的小臉，又收回來看看粗糙的脂腹，改變方向去捏了捏孩子的小胖腳丫，說道：「你爹小時候太祖父多在外面打仗，唉，太祖父對不起他，讓他吃了許多苦。若太祖父身體好，能多活幾年，就負責把你教好……」

江意惜親自奉上好茶，笑道：「能從小得戰神親自教導，我家存存有福了。」

老爺子朗聲大笑。他沒有閨女，幾個孫女都怕他，也跟他不算親厚，倒是這個孫媳婦，能時時哄他這個老頭子開心。

江意惜又笑道：「二叔快回家了吧？」

孟辭閱上個月底就去老家給三房找嗣子去了。

老爺子道：「若是順利，再過五至十天就能到家。唉，若我三兒還活著，辭墨有個好幫手，我也能多歇歇。」

老爺子辛苦一輩子，老了便想多歇歇，無事養花養鳥，不再操心朝堂中事。可大兒子靠不上還扯後腿，二兒子能力一般，孟辭閱和孟辭晏還沒成長起來，孟辭墨一個人孤掌難鳴，他也只得繼續操心。

孟辭晏連秀才都沒考上，國子監肄業，老爺子在通林縣給他找了個缺，任八品縣丞，想讓他從底層幹起，知道百姓疾苦，多學本事，將來成材，而不是像他爹，升遷都是皇上看在老爺子的面上。

兩人說笑著，福安堂的丫頭來報，崔次輔府上的老夫人和大夫人來了，太夫人請大奶奶去陪客。

崔老夫人是崔次輔的老伴，已經五十多歲，身體不太好，平時很少出門。

老爺子嘆道：「我已經跟老太婆說過，辭羽這樣，咱們不好耽誤崔小姑娘，同意退親，只要他們能讓太后娘娘鬆口。」

江意惜去了福安堂。

付氏出事後，就傳出崔文君病重的消息，前兩天收到鄭婷婷的信，說她和趙秋月、薛青柳特地去了崔家，崔文君的狀態很不好，天天以淚洗面，好像還鬧過自盡……

江意惜又給崔文君寫了一封信，送了一盆花和一食盒點心以示慰問。

江意惜比較瞭解崔文君，小姑娘雖然清高了些，但絕對是個好姑娘，若孟家倒臺，她不會嫌棄孟辭羽。可孟辭羽的生母是那樣一個人，現在許多人都質疑孟辭羽的人品，她肯定不願意嫁，而且，崔家一直不喜歡這門親事，是被趙貴妃硬算計進去的。

此時付氏出了這種事，若是謀劃得當，李珍寶又正好在夏太后身邊幫崔文君說說好話，夏太后應該會收回成命。

退親不關貧富而關人品，別人不會指責崔家嫌貧愛富，不過，經歷這一事，崔文君也不容易找到心儀的好婆家了。

來到福安堂，看到一個五十幾歲的老婦人正在跟孟老夫人說話，崔大夫人和孟二夫人都在。

崔老夫人很瘦，看著跟已年過六十的孟老夫人差不多大。孟老夫人身體不好的時候也不瘦，虛胖。現在被江意惜調養得白白胖胖，臉色白裡透紅，是實實在在的胖了。

崔大夫人與江意惜在桃花宴上見過，是崔文君的母親。

江意惜上前屈膝施了禮，崔老夫人招手笑道：「我時常聽文君提起妳，謝謝妳在她最困難的時候，還給她寫信安慰她。」

江意惜客氣幾句，那幾人又說到當初的曲芳如何貌美、如何溫柔賢慧，孟辭墨和孟月可憐，早年孟辭墨那些不好的傳言原來都是有意而為之……

孟老太太也知道她們的意思了，先說了千篇一律的話。「唉，那些年老頭子在外打仗，我又長年臥病在床，就讓那些壞了良心的人鑽了空子，我們對不起曲氏，也讓辭墨和月丫頭受委屈了。付氏那個不要臉的，不僅害了繼子繼女，也害了親子親女，崔小丫頭是個好孩子，我們不能耽誤她，若是太后娘娘願意收回成命，我們孟家沒有任何意見……」

崔老夫人婆媳對望一眼，眼裡都有了笑意。

崔次輔還曾因為長孫女的事，當著皇上的面流了淚，皇上表示理解，並承諾若是孟家不找事，會去說服太后娘娘，看能不能請太后娘娘收回成命。

這也不算出爾反爾，太后娘娘當初賜婚不僅是看兩個小兒女是否般配，還要看長輩的品行，如今知道一方長輩人品極其惡劣，當然不好再把他們湊成對啦。

崔家婆媳又說笑幾句，告辭回府。

次日午時初，慈寧宮來了內侍，說太后娘娘有口諭，讓孟辭羽接旨。即使知道是什麼事，在家的主子也都去了前院，有誥命的戴鳳冠霞帔，老爺子穿著官服。

一身素服的孟辭羽走路都打晃，臉陰沈得厲害，眼裡滿是恨意，老爺子悄聲囑咐著他。

孟辭羽和老爺子跪在最前面，其他人跪在後面。

內侍唱道：「太后娘娘口諭——哀家聽說付氏放浪形骸，做惡多端，欺上瞞下，丟盡天下女人之臉面，氣憤難平。崔家女文君，嫻淑溫婉，生於書香之門，哀家甚憐之，賜婚之事作罷，男女雙方各自嫁娶。」

內侍走了，孟辭羽還傻呆呆跪在地上。

孟華含著淚，上前試圖把孟辭羽扶起來，孟辭羽把胳膊收回來，衝她喊道：「滾，我不需要妳同情！」

孟華哭出了聲。「三哥，之前妹妹不懂事，都是三哥教導我，妹妹現在長大了，我們相依為命，相互扶持。」

孟辭羽吼道：「相互扶持有什麼用？我再也回不到以前了，什麼都沒了！前程沒了，娘沒了，媳婦沒了……」

他趴在地上使勁捶打著地面，邊哭邊吼，這麼多天的憤怒，此時都爆發出來。

孟華又哭著去拉他。「哥哥還有我，還有祖父祖母，他們不會不管我們的。再說，天無絕人之路，總能活下去……」

孟辭羽掙脫她的手吼道：「有妳，有他們，能把以前還給我嗎？老天哪裡給我活路了，被人恥笑，無顏見人，一輩子背負著恥辱！我怎麼會有那樣一個娘……」

胳膊一使勁，把孟華拉跪在地上。

老爺子氣得血往上湧，上前踹了孟辭羽一腳，他早就想對這個慫蛋動手，一直忍著，此時再也忍不住了。

他罵道：「沒用的東西！堂堂男兒，連個小丫頭都不如，華丫頭尚且知道天無絕人之路，困難時要兄妹扶持，你他娘的怎地像一灘爛泥，拎都拎不起……」

說著，抬腳又要踹，老太太忙過來拉住老爺子。「老公爺，孫子沒受過挫折，一時想不開也正常，多給他些時日，慢慢會想通的。」又哭著勸了孟辭羽幾句。

二夫人、三夫人也走過去勸著孟華。「我們是嬸子，妳和辭羽有難處了，我們都會相幫……」

孟嵐、孟霜把哭著的孟華扶起來，幾人坐騾車回內院。

孟月也想去扶孟華，被黃馨拉住了，她就同孟二奶奶一起，把老夫人扶去騾車上。

老爺子又鼓著眼睛喝斥還跪在地上的孟辭羽。「你不止是付氏的兒子，還是我孟令的孫子！是男人就給我站起來！」

看到這個拎不起的孫子，就想起那個拎不起的大兒子，老爺子覺得，這小子很大可能就是那個廢物的種，可笑趙互拿這個威脅付氏，付氏還有苦說不出。

孟沉和孟香趕緊過去把孟辭羽扶起來，向他的書房走去。老爺子緊跟其後，孫子再不爭氣也要教。

他早年忙於打仗，少有時間教導後人，也十分內疚，如今只要逮著機會就教兒孫，特別是對幾個孫子，非常嚴厲。

大院子裡瞬間只剩下江意惜幾個人，江意惜不願意管孟辭羽和孟華的事，逕自帶著水靈進了二門，向浮生居慢慢走去。

她知道，老爺子已經給鄭吉和兩個老部下寫了信，安排好了孟華的去處，跟鄭吉說的是真話，跟其他人則說他有個族親孫女，家裡突遭變故，想送到那邊找個好後生。後生的出身不必太高，要公婆和善、品行要好，脾氣要寬厚溫和……

至於孟辭羽，之前老爺子就跟孟辭墨透露過，想讓孟辭羽去雍城一帶，改名換姓以孟家族親的身分在那邊生活，不出仕，就有大筆錢財過富貴閒人的生活，今後把精神寄託在山水之中。畢竟孟辭羽不光學問好，丹青也好，說不定能另有一番作為。

因為孟辭墨在那一帶也有許多關係好的同袍，老爺子還特地告誡孟辭墨不許在下面搞小動作，也不許向外透露孟辭羽的行蹤。

他跟付氏達成了交易，付氏兌現了承諾，他也要兌現承諾，保證孟辭羽好好活著……還說，不僅是因為付氏，他也希望孟辭羽能快樂生活。

老爺子後來聽說孟華的打算，心裡更是高興，覺得孫女不僅懂事了，還變聰明了，居然也想去那裡。若兩兄妹都在那裡生活，也有個照應。

孟辭墨也答應了老爺子，若孟辭羽去了那裡，只要他不做對孟家不利的事，不會有人去為難他。

但是今天孟辭羽的表現，讓老爺子失望又難過。

江意惜暗哼，孟辭羽跟孟道明長得不像，可某些品行太像了，這麼看來，孟辭羽是孟道明的親兒子沒錯。

第三十六章

次日上午，江意惜接到鄭婷婷的信，邀請她去鄭少保府相聚，說邀請了崔文君、趙秋月、薛青柳、江意柔，明天孟辭墨休沐，鄭玉也邀請了孟辭墨，還說李珍寶明天出宮回王府，也會來。

江意惜聽說李珍寶和崔文君要去，想都沒想就答應了，下晌就去福安堂跟老太太請假，沒說崔文君會去，只說請了李珍寶等人。

老太太非常痛快地答應，她見孟嵐和孟霜一臉羨慕，又說道：「看妳兩個妹妹眼饞的，也把她們帶去玩。」

她的話逗樂了一眾人，江意惜笑著點頭答應。「把馨兒也帶上，她跟晶晶玩得好。」

黃馨樂得眉眼彎彎，孟月眼裡也有了喜色。她這輩子沒有出息不會結交，希望閨女能多出去長見識。

戌時初，江意惜聽到了孟辭墨的腳步聲，居然還聽到了花花的喵喵聲。

本來江意惜還高興，抱著小照存出門迎接。可一聽到花花的聲音，就不高興了。

那個小東西太氣人，只讓牠出去玩三、五天，牠卻去了十三天，害她急得要命，這些天覺都沒睡好。

花花也知道自己違反規定，怕被娘親打屁屁，今天白天才跑出山林，由於玩得太高興也忘了找樣好禮物賄賂娘親，只得去了孟家莊，想著跟孟老大一起回家，只有孟老大能阻止娘親打自己。

孟辭墨也樂得夠嗆，他猜出了花花的心思，也不希望今天江意惜因為生氣影響他們的好事，又隔了九天，他想媳婦想得要命。

江意惜把小照存遞給孟辭墨，就沈著臉去抓他身後的花花。

孟辭墨忙攔住她說道：「花花安全回來就好，牠不聽話，罰牠三個月不許出去玩，萬莫打牠壞了心情。」

花花沒想到孟老大更狠，氣壞了，立起身子喵喵罵道：「你個孟老大，孟壞蛋，孟鴨蛋，怎麼能出這個壞主意！」

花花的話只有江意惜聽懂了，她笑道：「大爺說得是，就那麼辦。」

花花更生氣了，跟不能出去玩相比，牠寧可挨打。牠流著眼淚喵喵叫道：「娘親不愛我了，娘親不愛我了……」

江意惜沒理小東西，硬著心腸讓水靈和水清抱牠出去洗澡。先要冷淡冷淡牠，必須讓牠聽話，特別是出去玩，事關安全，不能由著牠。

令孟辭墨沒想到的是，他剛上床抱著媳婦啃，就聽到一聲貓叫，花花爬上了正房房頂。花花從這邊跑到那邊，再從那邊跑到這裡，踩著瓦片嘩啦啦地響，還變著花樣慘叫，聽得人發毛。

牠這麼一折騰，啾啾睡不著就開罵。「滾！回家，軍棍侍候……」

孟辭墨在做那事的時候，聽貓叫就夠難受的了，還要聽鄭吉罵人，不僅深受影響，還差點疲軟，也吵得整個浮生居除了睡眠好的小存存，誰都沒睡好。

江意惜哭笑不得，知道那個小東西是在伺機報復孟辭墨出壞主意。

孟辭墨生氣也沒辦法，他終於知道，那個小東西不能隨便得罪，得罪了就會整得自己做不了好事。

次日早晨，孟辭墨為了今天晚上能好好抱媳婦，不僅不敢再罵花花，還忍著氣讓下人去銀樓打了個嵌寶石的金項圈討好牠，花花見了才好過了些。

江意惜又抱著花花去了沒人的屋子，拎著牠的耳朵好好教訓了一頓。花花也保證下次會聽話，會按時回家，一人一貓才私下和好。

巳時，孟辭墨騎馬，江意惜、孟嵐、孟霜、黃馨坐馬車，一起去了鄭府。

到了角門，他們直接上了騾車，前往湖邊的柳亭。

孟辭墨去過柳亭，是一個兩層亭子，建在湖邊人造的小山上，滿山種著綠柳紅花，坐在亭子裡就可以看盡湖光山色及大半個鄭府，景致極好。

聽說要去柳亭，他第一時間想到江意惜的安全問題，不過今天所有人都靠譜，他又在，應該不會出什麼事。

江意惜也是這種想法。

上了小山，一下便覺涼爽下來，滿目青翠，微風把柳條吹起，縫隙中還能看到湖水。除了李珍寶和鄭玉，所有人都到了，鄭婷婷迎出亭子，笑著給孟辭墨屈膝行了禮，請他去二樓喝茶。等到鄭玉來了，也會去二樓。

孟辭墨上樓之前，還是給江意惜使了個眼色，讓她不要出亭子，若一定要出去，必須告訴他。

崔文君瘦得脫了相，嚇了江意惜一大跳，上前拉著她的手說道：「崔妹妹，妳怎麼……一切都過去了，想開些。」

崔文君的淚水又湧了上來。孟辭羽是過去了，可她卻遭了無妄之災，之後的婚事更艱難了。

這裡江意惜的歲數最大，也會說話，鄭婷婷就是想請她來安慰安慰崔文君的。她把另幾個小姑娘請到亭子外面看風景，鄭晶晶和黃馨去坐船玩，亭子裡只剩下江意惜和崔文君。

江意惜可沒有幫孟辭羽隱瞞，說了一下他的近況，直說事情現在鬧出來是好事，若等到成親後才鬧出來，崔文君一輩子才是真的毀了……

崔家人先前把嘴都說乾了，崔文君就是聽不進去，今天江意惜一說，她就聽進去了。換一個角度想，沒嫁給那種男人，反而是好命……

崔文君用帕子捂著臉哭了一陣，鬱氣哭出來，人舒坦多了，這邊丫頭送上銅盆，給她淨了面。

午時初，李珍寶和鄭玉來了。

鄭玉直接上了樓，李珍寶對眼睛紅紅的崔文君笑道：「及時止損，是好事。」

姑娘們盤腿坐在蒲團上說笑，茶几上擺著點心、水果和茶水，抬頭可見湖面波光粼粼，還有一條船，船上的鄭晶晶和黃馨在向她們招著手……

吃完晌飯，鄭婷婷把江意惜拉到一邊，悄聲說道：「我大祖母最近常說頭昏腦脹，眼睛也有些發澀……御醫來看診，說像青風內障，可我大祖母說眼睛沒有看不見，應該是腦袋有什麼毛病，還說那幾個御醫是庸醫。」

江意惜冷哼，大多皇家人都自以為是，殊不知等到眼睛看不見了，就不容易治了，到時又要罵御醫是飯桶了。

若不知道鄭吉是自己的親爹，何氏又對自己不善，她肯定會主動去給宜昌大長公主看病。但現在嘛，她不想跟那一家人有過多交集，也不喜歡那個看起來慈祥的老太太。

可是她也知道，若大長公主確診為眼疾，又如此嚴重，基於孟府和鄭吉、鄭府的關係，老爺子肯定會要她去給大長公主治病。

江意惜無奈說道：「症狀的確像青風內障，這種病早期治療還是比較有希望治好，婷婷要督促大長公主配合御醫，別等到嚴重了，就不好治了。」

青風內障是頑疾，她也不敢說一定能治好。

鄭婷婷非常信服江意惜的醫術，忙承諾會說服大長公主配合御醫治療。

申時初，眾人告辭回府，李珍寶跟江意惜說好，等她跟父王、大哥親熱夠，就去食上把上年的紅利分了。

回家的路上，有一段路跟回江府同路，江意惜就上了江意柔的馬車。在鄭府待了那麼久，兩姊妹都還沒有機會說點悄悄話。

江意柔現在的日子非常舒心，父親仕途順暢，她又訂了門好親，小妮子看著更加明媚和討喜。

江意惜聽她講了些江家的家務事，其中最關心的還是江洵的事情。因為這段時間孟家的醜事鬧得大，江洵不好意思來孟家，姊弟倆也近一個月未見了，倒是想念得很。

兩天後，江意惜接到李珍寶的信，讓她去食上一趟，還讓她把黃馨帶上，最好再帶上花花和啾啾，因為李奇也要去。

江意惜把三個小傢伙都帶上，還帶了半籃子番茄。

不願意引起太多關注，今年江意惜沒有給浮生居的番茄催熟，這裡的番茄熟了，鄉下的番茄肯定也熟了，會陸續送來京城。

已經說好，那些番茄除了留給孟府食用外，首先供應食上，李珍寶還會要一些送去皇宮，再加上送親戚朋友和供應南風閣的量，今年的番茄產量還不夠賣去別處。

既然要帶黃馨、花花和啾啾，江意惜索性把孟照安也帶去了。

來到天星閣，李珍寶姑姪已經來了，鄭玉帶著十幾個護衛守在外面。他看到江意惜了，衝她笑了笑。

李珍寶抱起花花使勁地擼，李奇也不敢跟姑姑搶，只得退而求其次先跟啾啾玩。

稍後，李珍寶才把花花塞進李奇懷裡，讓他領著黃馨、孟照安和啾啾去望星閣裡玩。

食上的掌櫃和帳房先簡要向李珍寶和江意惜彙報了一下這一年的經營情況，又把幾筐帳本和一匣子銀票奉上。

李珍寶帶了兩個帳房來查帳，她把匣子拿起來，仔細算了算，扣除食上一切開銷，再留下流動資金，上年純賺四萬二千兩白銀，江意惜占兩成股，分得八千四百兩銀子。

江意惜吸了一口冷氣，真是暴利。

她笑道：「我沒幫什麼忙，怎麼好意思拿這些錢。」

李珍寶把其他人打發下去，晃了晃一疊銀票笑道：「妳幫我治好了眼睛，就是幫了大忙，我如今雖不敢說貌美如花，但五官端正，長相高級，再加上腰纏萬貫，出身高貴，愛情路上坦蕩蕩。」說完，還抬了抬胸部，讓不豐滿的那裡有了些輪廓。她嘖嘖兩聲道：「終於長成了小籠包，發育還不錯。」

經過兩年的適應，李珍寶從之前的極度自卑一下變得自信滿滿。

江意惜看看小妮子，個子長高一截，也長了些肉，雖然小臉變化不大，也算亭亭玉立的小少女了。

她笑道：「是，誰有福氣娶了妳，那可是人財兩得。」又八卦道：「聽妳這話，有心儀的人了？」

李珍寶紅了臉，大方地說：「嗯，有了喜歡的人。」

「誰？」

李珍寶向窗外一看。「是他，怎麼樣？」

小窗半開，從兩人的方向看出去，正好能看見鄭玉正環顧四周，時刻注意周圍動向。他站在樹冠下，陽光透過枝葉縫隙灑下來，斑駁的影子映在他英氣的臉上，好像一個護衛說了句什麼把他逗笑了，笑容十分燦爛，露出一口白牙，他還知道此時在值勤，沒笑出聲。

江意惜笑道：「有眼光。鄭大哥很不錯呢，出身好，長得好，品行好。」

李珍寶道：「還有優點，年齡合適，今年正好二十。忠誠，沒有到處勾搭小姑娘。原生家庭也好，家人相處融洽。他還有一顆善良的心，在我病重時，與婷婷姊去看過我……」

江意惜由衷為她高興。「那就請太后娘娘早些賜婚，妳一還俗就能嫁人了。」

李珍寶搖頭道：「鄭玉現在對我一點意思都沒有，讓皇祖母賜婚，就是我們皇家搶親了，這樣對他不公平，將來我們也不會幸福。我要追到他真心喜歡我、心甘情願娶我，拿著戒指和玫瑰花向我求婚才行。」

她再任性，也知道在古代男人不可能半跪求婚。

江意惜納悶道：「求婚都是拿聘禮和大雁，哪來的戒指和玫瑰花？」

李珍寶笑道：「收戒指和玫瑰花是我一直以來的心願。」

江意惜搞懂了，興許她之前的世界是那樣。

她又望了望窗外的鄭玉，身材修長、長相英俊，付氏沒出事之前，最受姑娘們追捧的青年才俊是孟辭羽，而現在，就是這位鄭小將軍了，只因為太后娘娘放出的風聲，那些姑娘才不敢去惦記。

在許多人看來，李珍寶雖然出身高貴，得皇上和太后娘娘厚愛，但身體不好，任性又口無遮攔，性情與常人有異，姿色一般，除了有所圖的，家世好前程好的公子不一定願意娶她，但鄭玉接觸李珍寶的時間多，應該能看到她的優點。

江意惜也希望這兩個人能成一對，說道：「希望他真心喜歡妳，妳就應該有所改變，比如，不要隨意打人罵人，做事和說話再含蓄一些，男人喜歡含蓄的姑娘……」上次她說「來月信」的事，可沒少被鄭玉笑話。

李珍寶嘟嘴道：「江山易改，本性難移。完全改變性格不可能，打死我也含蓄不了，不過有些地方我可以儘量改，儘量不打架不罵人，不亂說話。但他也必須有所改變，比如，學會欣賞和喜歡不一樣的姑娘，審美不要太大眾化……」

江意惜又說了些鄭玉的性格特點，以及會喜歡的姑娘類型，都是她聽孟辭墨說的。

李珍寶一個耳朵進一個耳朵出。要她完全活成另一個人，太憋屈了，她是誰？是獨一無二的李珍寶！

她相信鄭玉沒那麼俗氣，在千篇一律的古代美人中，會發現與眾不同的李珍寶。前世有句詩還是詞不就是這樣說的？驀然回首，她在燈火闌珊處……

江意惜見李珍寶在發呆，問道：「誒，妳在想什麼呢？」

李珍寶的小眼睛轉向她，答非所問道：「江二姊姊，妳和孟大哥接過……哦，親過嘴嗎？」

古人不說接吻，而是說親嘴。她前世還聽誰說過，古人不喜歡親嘴，而是喜歡親臭臭的「三寸金蓮」，但是這個時代的女人不裹小腳，不知還有沒有其他倒胃口的嗜好？

江意惜被問得面紅耳赤，戳了一下她的腦袋嗔道：「姑娘家家的，說些什麼，也好意思！」

見江意惜害羞了，李珍寶咧著大嘴笑容得意，腦袋還晃了晃。「看來你們親過嘴了，呵呵，又不是處女，有什麼好害羞的？」

江意惜拿她沒辦法，教訓道：「才說了讓妳含蓄些，又亂說話。這話被鄭大哥聽到，還不把他嚇跑了？」

李珍寶的目光又轉向鄭玉。「鄭小將軍的嘴唇很性感……」見江意惜皺眉看著自己，又道：「好，好，不亂說話，咦，妳知道什麼叫性感嗎？」

江意惜搖頭道：「我不知道，但不管什麼意思，姑娘家都不要去評論男人的嘴，不好。」

李珍寶答應著，目光又轉向窗外偷瞄美男子。

江意惜哭笑不得，想著若這兩人真成了一對，一本正經的鄭玉該如何應對這位小祖宗？

就在這時，閔大掌櫃親自帶人把飯菜端上來，擺了滿滿一桌子。幾個孩子都被領回來吃飯，還單給花花裝了一盆牠喜歡的菜。

李珍寶問道：「鄭小將軍幾人的酒菜準備了嗎？」

閔大掌櫃躬身道：「稟郡主，在耳房準備了一桌。鄭小將軍說他們當值，不喝酒只吃飯。」

吃完飯，李奇和孟照安、黃馨都睏倦起來，乳娘把他們安排去隔間的小榻上歇息。

江意惜和李珍寶又講悄悄話講到申時初，才起身離開食上。

閔大掌櫃給雍王府、成國公府、鄭府各送上兩道食上的招牌好菜和兩罈好酒。

江意惜都上了自己的馬車，還聽到李珍寶在跟鄭玉說話。「我跟江二姊姊說好了，等到孟世子休沐時要去孟府玩，你和婷婷姊、小晶晶都去。」

鄭玉抱拳道：「末將遵命。」

「幹麼說『末將』，說鄭某就是了。」

「末將不敢。」

「我說行就行……好，好，你隨意，你看那輪夕陽……」

王府馬車率先走到前面，江意惜沒聽到後面的話，心裡暗笑，趴在她懷裡的花花喵喵叫道：「李珍寶情竇初開了，開始撩男生了，還說什麼夕陽無限好，鄭玉說現在不是傍晚，還算不上夕陽……那個棒槌，從小就不好好學習，拽什麼詩嘛，應該唱歌才對，唉，我都替她急了。」

江意惜也替李珍寶著急，希望她能心想事成。其實，李珍寶有許多可取之處，比如堅強、俠義、單純、樂觀，有一顆溫柔的心，還有不一樣的本事……若鄭玉看不到這些，失去那個好姑娘，是他的損失。

若李珍寶看上的是江洵，哪怕江洵不同意，她都會想辦法讓他同意，李珍寶才真正擁有一個有趣的靈魂。

可惜小妮子看上的是鄭玉。鄭玉性格灑脫豪放，不喜拐彎，不拘小節，也沒有那麼含蓄，喜歡美麗溫柔的姑娘，不知李珍寶怎樣才能「追」到他？

不過，她對李珍寶還是有信心的，那麼多痛苦都捱過來了，倒追男人不算難事。

江意惜掀開車簾，日頭火紅斜掛天空，刺得人不敢直視。

此時的確算不上夕陽，下次要提醒一下小珍寶，追男人要表現自己擅長的東西，更要趁這個契機，讓她多讀一些詩詞歌賦，素養還是要提高……

回到孟府，江意惜幾人直接去了福安堂，發現孟辭閱回來了。

孟照安高興極了，一下撲過去趴在他的膝蓋上，高聲笑道：「爹爹回來了，我爹爹回來了。」

孟辭閱大笑幾聲，指了指坐在羅漢床上的老太太。「快去給長輩見禮，等人齊了，看小五叔叔要給長輩見禮。」

老太太懷裡擁著一個陌生小男孩，兩、三歲的樣子，長得白皙秀氣，神情緊張，小身子僵硬著不敢倚在老太太身上。

老爺子坐在一旁，很滿意的神情。

三夫人的眼圈都是紅的，目光就沒離開過小男孩，孟霜也笑咪咪地盯著那孩子看。

孟照安以為小五叔叔是大人，一看比自己還矮一大截。他搖頭道：「不是叔叔，是弟弟。」

眾人大樂，老太太笑道：「猴兒，人家輩分在那兒，再小都是叔叔。」

小男孩更是緊張得無措，小手不停地搓著衣襟。

江意惜給長輩見了禮，就淨了手去側屋炕上抱孟照存，又讓丫頭回去拿送「五爺」的見面禮。

小照存真是個好帶的孩子，今天長輩顧不上他，讓乳娘把他放在炕上，他也不嘔氣，看到娘親了，咧著無牙的小嘴笑，嘴裡還「啊啊」著。

江意惜低頭親了親他，抱去廳堂坐下。

不久，成國公和二老爺先後回來，只有孟辭墨和孟辭晏、孟辭羽三人不在，連孟華都來了，請了孟辭羽，他自己不來。

老爺子環視一圈，說道：「辭閱從老家抱回來一個孩子，今年兩歲，取名孟辭令，為我三兒孟道義和兒媳郭氏之子。今天認親，等到二十九那天寫進族譜。」

他又看向孟辭令。「好孩子，給長輩們見禮。」

孟辭令站起來，茫然地搓著衣襟，丫頭去牽他，他還躲了躲。

孟辭閱起身走過去，小聲安慰了幾句，把他牽到擺在老夫婦前面的蒲團前。

孟辭令跪下，顫著聲音說道：「孫孫見過祖父，見過祖母。」

孟辭閱幫他敬了茶，老夫婦笑瞇了眼。

老太太笑道：「好孩子，起來吧，以後要孝敬你娘親，做個有出息的人。」

丫頭端上一個托盤，裡面放了一套筆墨洗硯、兩個紅包。

孟辭閱又把他牽到三夫人前面，小聲說了幾句。孟辭令跪下磕頭，顫聲說道：「兒子見過娘親。」

三夫人流下淚了，連聲說道：「好孩子，好孩子。」

一個丫頭又捧上一個托盤，裡面裝了一套赤金碗碟盤和筷子。

孟辭閱幫他敬了茶，孩子起身後被三夫人拉去面前，仔細看了看，又摸了摸他的頭和臉，才說道：「去給長輩見禮。」

孟辭令又依次去給成國公和二老爺夫婦磕頭，他們也都送了見面禮。成國公一直沈著臉，也沒說話，嚇得孟辭令起身沒起好，跪在地上，丫頭又趕緊把他抱起來。

二老爺夫婦倒是笑咪咪叮囑幾句，要他孝敬母親，用功學習，將來才有出息之類的話。

他又給江意惜和孟辭閱夫婦、孟嵐、孟霜作了揖，幾人也送了禮物，江意惜送了他一個七寶瓔珞圈和一塊小玉鎖。

給長輩和兄嫂姊姊見完禮，丫頭牽著孟辭令走去男人那排倒數第二的椅子，把他抱上去坐好。

坐在最末尾的孟照安十分不服氣，這個小豆丁這麼小，腿短得椅子都爬不上去，還要當自己長輩，要坐在自己上首？以後，得找機會跟他切磋切磋武藝。

孟辭閱看出兒子的心思，笑罵道：「小五叔叔是長輩，要敬著。」

老爺子又笑道：「別看辭令小，也是長輩，安兒、存兒、馨兒過去見禮。」

眾人都捧場地笑起來。

孟照安和黃馨、抱小存哥兒的黃嬤嬤來到孟辭令面前。

孟照安作了個揖，說道：「見過小五叔叔。」

黃嬤嬤屈了屈膝笑道：「哥兒見過小五叔叔。」

黃馨施了福禮笑道：「見過小五舅舅。」

孟辭令懵懂地看著面前幾個人，他身後的丫頭端上一個托盤，上面放了四支羊毫筆和一個裝宮花的錦盒。這是三夫人為他準備好的送晚輩的見面禮。

終於等到該見的禮見完了，三夫人才向孟辭令招手笑道：「辭令，來娘這裡。」

孟辭令看看這個他叫娘親的人，二哥說以後要跟她多多親近，可是他怕，他僵著小身子不知該怎麼辦。

丫頭想抱他下來，孟霜起身道：「我來。」

她走過去理了理孟辭令的衣裳，輕聲笑道：「娘很好的，她想了你好久。」

她把孟辭令抱下來，牽著他走到三夫人面前。

三夫人把孩子抱在膝上坐下，紅著眼圈笑道：「不緊張，慢慢熟悉就好了……」

孟辭令感受到了她的善意，覺得這個新娘親雖然跟之前的祖母一樣老，但看自己的眼睛是笑著的，小身子也軟下來，靠在她身上。

三夫人摟著小小的身子，不知是不是巧合，她居然在這孩子臉上看出與丈夫的一絲相像。她眼淚止不住地流下來。自己終於有兒子了，丈夫有後了……

他們母子小聲說著話，老太太看向江意惜笑道：「食上生意好，今兒沒少分銀子吧？」

江意惜笑道：「八千多兩呢，我都沒想到一年能掙這麼多。」

二夫人笑道：「老天，兩成股就八千多兩，珍寶郡主不得幾萬兩啊？」

二奶奶笑道：「都說珍寶郡主有福，當真！還沒完全還俗，開了一間酒樓就這麼能掙錢。」

孟辭閱說道：「珍寶郡主可不止有福，還有兩分真本事，裝飾風格奇異，不一樣的美食，跟其他酒樓有異的經營方式，食上掙錢多在意料之中。」

老爺子擺手道：「小珍寶的真本事可不止有兩分，那個小姑娘，看著單純不知世事，實際可不簡單。」

孟嵐笑道：「大嫂一下掙了這麼多錢，要請客。」

黃馨笑道：「大舅娘今天帶了好菜好酒回來。」

老太太笑道：「這個不算，辭墨媳婦要掏銀子請客，月丫頭和辭閱媳婦負責置辦。」

江意惜痛快答應。「好，我拿五十兩銀子出來。」

二奶奶笑道：「大嫂是財主了，五十兩銀子不夠，要拿一百兩才行。」

眾人又是一陣笑，只有成國公和孟華木著臉，似乎屋裡的快樂和溫馨與他們無關。

老爺子又誇獎了孟辭閱，說這個孩子找得好，漂亮、機靈，還跟孟道義有些像。

老爺子難得誇獎兒孫，這讓二老爺夫婦和孟辭閱夫婦非常開心。

晚上，老夫婦的賞賜和三夫人的謝禮送去了孟辭閱院子。按理，成國公這個大伯也該有所表示，他卻一點表示都沒。

老爺子氣不過，又讓人去提醒他，成國公只得讓人送去一尊青玉擺件。

兩天後，吳大伯讓人拉了三車番茄去食上，一車番茄去雍王府，又親自帶了一車來成國公府。

江意惜留了一半，讓人送了一些去江府和其他幾家關係好的親戚朋友家。沒給大長公主府和鄭府，聽說鄭府上年留了種子，今年也種了番茄。

番茄量足，花花想吃多少就吃多少。

六月底，孟辭墨休沐在家。

一吃完早飯，江意惜就給還睡著的小存存穿戴好，抱去上房。

今天李珍寶要來玩，昨天她也給鄭家姊妹下了帖子，但她們因為要參加衛國公府舉辦的荷花宴不能來。

衛國公府的荷花宴是京城的頂級花宴，許多達官貴人都會去參加，成國公府的二老爺一家就把孟霜、黃馨都帶去了。

即使今天李珍寶不來，孟辭墨和江意惜也不會去，他們不喜歡那種場合。

巳時初，李珍寶和鄭玉就來了，李奇沒來，他同他爹也去參加荷花宴了。

都是熟人，江意惜把李珍寶和鄭玉都請進上房。

李珍寶今天是第一次看到孟照存，送了孩子二十套怪異又好看的嬰兒服、兩只七寶瓔珞圈、一尊小羊脂玉貔貅擺件、一尊小紅翡鯉魚擺件。

真是個財主，送禮都送得這麼豪放。

黃嬤嬤抱著小照存給她磕了頭。

李珍寶把孩子抱過來親了兩口，孟照存一點都不害怕，衝著她直笑，一隻小手抓著她的食指往嘴裡送。

李珍寶簡直愛死這小傢伙了，笑道：「太漂亮，太可愛了！不行，我要認小存存當乾兒子，讓他叫我娘。」

孟辭墨和鄭玉的眼睛都鼓大了，鄭玉忍不住說道：「郡主，妳還是個姑娘，也……」好意思？後面三個字沒敢說出來。

李珍寶翻了個白眼說道：「我只是先把話撂在這兒，等我嫁人了再認。」

今天沒有外人來打擾，四個人又坐在院子裡的藤蔓架下說話喝茶。

孟辭墨和鄭玉一張小几，兩人伸長雙腿說笑著，他們許久沒有這麼愜意閒適了。

旁邊江意惜和李珍寶一張小几，李珍寶懷裡抱著花花，小存哥兒躺的小籃子放在江意惜和李珍寶的腳邊，頭頂掛著啾啾，啾啾嘴裡不住喊著「寶寶」。

青藤擋住了陽光，輕風習習，四周花團錦簇，暗香浮動……

李珍寶跟江意惜說兩句話，就會側頭看著鄭玉和孟辭墨說兩句。

看著他們兩個，李珍寶一時有些恍惚，彷彿坐在前世家裡的沙發上，在追一部古裝連續劇，還是雙男主的劇……

只要李珍寶看鄭玉的目光有些呆滯了，江意惜就趕緊清清嗓子，把她的注意力吸引過來。

李珍寶看到江意惜眼裡的玩味和不贊同，笑著低頭逗逗花花，再逗逗小存存，可過不了多久，她又會情不自禁地把頭轉過去。

鄭玉和孟辭墨去上茅房的時候，發著牢騷。

「珍寶郡主就不像個女孩子，看男人也能像看女人那麼看，沒有一點顧忌……呃，何止是看男人沒有顧忌，她做什麼都沒顧忌。」

孟辭墨已經聽江意惜說了李珍寶的心思，還不許他跟鄭玉說，說要讓鄭玉自己慢慢去體會，看到李珍寶的亮點，真心心悅她。

孟辭墨玩笑道：「她不是看所有男人都那樣吧，應該是你鄭大將軍魅力無邊，她只單單那樣看你。」

鄭玉擺手說道：「誰說的，她看皇上也是直勾勾的，連娘娘們都不敢有那種眼神，說話也沒個把門，什麼都敢往外說。給她當侍衛比給皇上當侍衛還辛苦，生怕她惹禍我們挨揍。」

想到孟辭墨的言外之意，鄭玉又道：「李珍寶就是個還沒長大的小丫頭片子，沒心沒肺，還沒到想男人的時候。」

孟辭墨壞笑道：「她上年就成人了，你也聽到的。」

鄭玉搖頭道：「她來了那個，也沒有成人。」

兩人對視一眼，覺得大男人討論姑娘家那個不好，都閉了嘴。

李珍寶看不到那兩人的背影了，靠近江意惜的耳邊說道：「孟大哥長得太好看了些，相反減了分。在我看來，鄭大哥才是什麼都正好的男人；健壯、有英氣，有胸肌有腹肌，有男人味……」

江意惜給她續上茶，低聲笑道：「情人眼裡出西施。在妳眼裡，誰都比不上妳的鄭大哥。」

李珍寶得意道：「那是。」

江意惜還是提醒道：「要含蓄些。」

「知道，我又不傻，我要先走進他的心，再向他告白，讓他心甘情願娶我……」

今天應該是李珍寶來到這個世上最快樂輕鬆的一天，也不是說她在皇宮裡或在雍王府就不快樂不輕鬆，在這兩個地方，除了她和幾個上位者，其他人都緊張，或許說整個氛圍就不輕鬆，她不喜歡那種氣氛，特別是看到鄭玉緊張地站在外面，更不喜歡。

而今天，包括鄭玉在內的幾個好朋友相處在一塊兒，彼此之間不分階級，沒有設防，可以想看誰就看誰……

誰說她李珍寶沒有顧忌了，鄭玉就是她的顧忌。

他們玩到申時末才離開，本來李珍寶想在浮生居住一宿，昨天她跟鄭玉說了，鄭玉阻止道：「孟大哥一句才回家一次，妳要住，等孟大哥不在的時候再去住。」

李珍寶立即懂了，笑道：「鄭大哥的意思是小別勝新婚，怕我打擾到他們？」

鄭玉鬧了個大紅臉，皺眉說道：「郡主已經十四歲了，不用什麼話都說。」

李珍寶太喜歡看他害羞的樣子了，玩笑道：「是他們小別勝新婚，你害羞什麼？」

鄭玉語塞，逃也似的走了。

回府的路上，李珍寶問道：「鄭小將軍好像明天休班？」

鄭玉躬身道：「是，本來今天休班，因為要保護郡主來這裡，才換成明天休。」

李珍寶很想說「再換」，還是忍住沒說。

他們剛走，參加荷花宴的人就回來了，江洵居然也一起來了。

衛國公府的三爺跟江洵是同窗，兩人又玩得好，讓人給他下了花宴帖子。他不太喜歡那種場合，今天又想來看望姊姊和小外甥，可老太太和江伯爺都讓他去，他也只得去了，直到荷花宴結束，就和成國公府的人一道回來。

看到一個多月未見面的弟弟，江意惜十分歡喜，拉著他的袖子仔細看著他。

江洵被看得紅了臉，還是笑著任由姊姊打量。

江意惜道：「弟弟比上次長高了些，人也長俊了。」

孟辭墨笑道：「這才多久沒見，變化哪有那麼大。」

孟辭墨帶著兒子去了福安堂，他每旬才回家一次，還是要多陪陪長輩。

江意惜在浮生居陪江洵吃飯，聽江洵說著在家裡和學堂的事。

隨著夏日流逝，天氣漸漸轉涼，七月三十，江意惜夫婦、江洵、鄭家兄妹、崔文君、趙秋月、薛青柳幾人都去雍王府玩了一天，為李珍寶提前送行。

李珍寶的身體又逐漸變虛弱了，得再回昭明庵調養，大夥兒都很依依不捨。

八月初二，李珍寶告別淚眼汪汪的夏太后，坐著馬車向昭明庵駛去。

李珍寶憂傷地想著，這一回去，又不知多久才能再見，說不定得下輩子才能相見了，想到這一世心疼她的父王，來世父王就當她的大哥吧，大哥當二哥，至於鄭玉，希望生生世世當老公……

想到這裡，她都有些被自己的癡情感動了……

李珍寶掀開左邊的車簾，看到騎在馬上的鄭玉神情如常，絲毫沒有一點她要去遭罪的難過。

想到眼睛紅紅的父王和李奇、垂頭喪氣的李凱，她心裡不禁氣惱，嘟嘴叫道：「鄭玉。」

鄭玉側頭問道：「郡主有何吩咐？」

李珍寶本想說「我進庵堂你很高興」？說出口的卻是：「你和婷婷姊無事要多來看看我。」

鄭玉說道：「這是自然，郡主好好將養身體，努力早日康復，以後再也不必回去那裡。」

這話李珍寶愛聽，抿嘴笑起來，小聲說道：「我皇祖母已經給李喜和趙元茂賜了婚，少了一個惦記你的悍婦，高興嗎？」

鄭玉望望周圍，苦著臉低聲說道：「我說小祖宗，這些話哪能亂說，小心禍從口出。」

如願看到鄭玉嚇得不輕，李珍寶格格笑著縮回脖子，似乎心裡也沒有那麼難受了。

進入秋季，三個多月的存哥兒已經能笑出聲了，更加討人喜歡。

低迷的成國公府也迎來兩件好事，二房的孟辭晏和孟嵐先後訂了親。二夫人之前一直害怕付氏的事影響一對兒女的親事，如今兩門親事都滿意，笑開了花。

江家卻發生了一件不好的事，就是江大夫人摔了一跤，孩子流產了，由於胎兒已經比較大，她以後再也不能生孩子了。

好像這件事與江意言有關，老太太和江伯爺封鎖了消息，其他人知道的詳情不甚清楚，只知道江意言挨了打，又被禁足了。

八月初八，又傳來孟二奶奶懷孕的消息。

孟二奶奶生孟照安時傷了身子，調養了幾年終於再次懷孕，不說二老爺夫婦樂開了花，老夫婦也高興。

老太太親自上門探望，要孫媳婦滿三個月之前安心在家養胎，哪裡都不要去。

江意惜也讓臨香帶著水草和水萍去庫房找了兩疋適合孩子做衣裳的軟綿布，又拿了兩身李珍寶送存哥兒的還沒上過身的小衣裳，給二奶奶送去。

水草和水萍之前是小丫頭，如今提為二等丫頭。她們都是十二歲，正好給臨香和吳嬤嬤調教。

水香九月就要嫁人，江意惜賞了她二百兩銀子和兩副金鐲、兩根玉簪、兩套銀頭面、四疋緞子，已經讓她出府準備親事。

水香拜了吳嬤嬤為乾娘，到時在吳家發嫁。吳嬤嬤幫著她一起準備，隔三差五才會進府來看看主子。

水香服侍江意惜九年，江意惜非常不捨，但她比江意惜還大一歲，今年已經十八了。孟連山更大，已經二十三歲，不好再耽誤他們。

江意惜很為水香高興。前世她無端被打死，今生不僅好好活下來，還找到如意郎君，馬上要做新嫁娘了。

水靈接替水香的班當大丫頭，雖然她有些魯莽，但忠心又嘴甜，做事積極，不僅討江意惜喜歡，也討幾乎所有長輩的喜歡。等到她十九歲，也就是大後年，吳有貴二十，再讓他們成親。

明年臨香出嫁，臨梅接臨香的班。臨梅今年十五歲，非常得用，江意惜會多留她兩年，她二十時再放出去嫁人。

江意惜也很喜歡水清，很機靈忠心的丫頭，之前她對秦嬤嬤的印象也不錯，對扈氏忠心，又對江洵忠心，但自從知道扈氏年輕時同鄭吉那段經歷後，對秦嬤嬤的印象就大打折扣了。

扈氏做得不對，秦嬤嬤不僅沒有勸阻或告訴長輩，還幫著通風報信，可謂助紂為虐。扈氏沒敢告訴長輩實情，否則秦嬤嬤早被打死了。

秦嬤嬤那時歲數小不懂事，扈氏出事後也得了教訓，變穩重了，如今對主子非常忠心，把自己的一雙兒女也教得好。

可是，江意惜就是沒有辦法像以前那樣尊重秦嬤嬤，也不會給水清升任大丫頭的機會，打算等有了適合的後生人選，就把她嫁出去。

下晌，陽光明媚，秋風送爽，桂花樹上已經有了星星點點的小花，花香不算濃郁，在桂樹下還是能隱隱聞到。

錦園亭子裡鋪了張大絨毯，孟照存躺在上面。他穿著小腳丫都籠在裡面的連體嬰兒服，頭戴小虎頭帽，四肢在空中揮舞著，嘴裡不時發出「啊啊」的聲音，這聲音猶如天籟，把江意惜的心都暖化了。

花花趴在存弟弟身邊饒有興趣地看著他，頭頂上的啾啾也不閒著，「花兒」、「寶寶」、「佳人」一通亂叫。

這時，老爺子突然來了錦園，一臉的怒氣。

江意惜站起來，問道：「祖父怎麼了？」

小存存也感覺到太祖父來了，笑出了哈哈聲，四肢舞得更起勁了。
老爺子沒理他們，蹲下侍弄一盆開得正豔的菊花。
小存存突然大哭起來，聲音極大，似委屈得不行，花花和啾啾都不高興老爺子忽略存弟弟，一隻喵喵大叫著，一隻直接罵「回家」。
老爺子站起身問道：「存存見太祖父沒理他，難過了。」
江意惜笑道：「存存怎麼哭了？」
老爺子趕緊拍拍手走進亭子，俯下身把存存抱起來。
孩子一進他的懷裡，果真停止了號哭，癟著嘴用淚汪汪的大眼睛看著他。
老爺子的心都萌化了，和聲說道：「小存存莫哭，太祖父稀罕你。」
他臉上的怒容沒有了，眉開眼笑地逗弄起了重孫子。
花花是個好孩子，從來不吃存弟弟的醋，見老爺子喜歡弟弟，高興地扯著老爺子的褲腳喵喵直叫。
老爺子抱著孩子在錦園裡轉著，滿眼姹紫嫣紅，風中帶著花香，奶娃娃的「啊啊」聲不時響起，偶爾老臉跟柔嫩的小臉挨一挨，他的心情才平復下來。
小傢伙犯起了睏，張著小嘴打哈欠，老爺子把他交給黃嬤嬤，黃嬤嬤抱去東跨院歇息。
老爺子回到亭子裡，江意惜把好茶奉上，他喝了一口才說道：「那個臭小子又出去了。」

原來，孟辭羽又出去喝酒了。

孟辭羽如今偶爾會出府，不是會友看風景，而是去酒樓喝酒，有一次還去狎妓，回來後被老爺子打了幾鞭子，狎妓養外室，是孟家絕對不許的。

這陣子無論老爺子怎麼讓他重新樹立信心，孟辭羽都聽不進去，如扶不起的稀泥。

雖然老頭兒是有意放他出去的，可每次看到孟辭羽醉醺醺地回來，還是氣得不輕。

老爺子不願意放棄孟辭羽，希望有些事情處理完後，他能重新站起來，平安過一生。

「唉，之前那麼好的一個孩子，廢了，可惜了，他怎麼就不能堅強一些呢？看看辭墨，當初比他艱難多了，親娘死了，四面楚歌，卻有所堅持，長成了真正的男子漢。可他……」

他氣得鬍子都在顫抖著。

當著老爺子的面，江意惜不願意說孟辭羽的任何是非。

她默默聽著老爺子的數落，見他喝完茶了，又續一盅。

這時，孟沉急匆匆走了過來，低聲道：「老公爺，聽人稟報，趙互去了三爺去的福聚酒樓。」

老爺子冷哼一聲，起身去了外院。

第三十七章

福聚大酒樓距離成國公府兩條街，兩層小樓，屬於京城中高等酒樓。此時剛剛申時末，天還未黑，外面已挑起幾串長長的彩燈。

幾個懷抱琵琶的豔麗女子在外轉悠，尋找著目標，還有賣零嘴的小小子高聲吆喝著，在客人中穿梭。

二樓一間包廂裡，孟辭羽一個人坐在桌前，桌上擺著幾道菜、一壺青花雕。

如今的孟辭羽已經沒有當初的溫潤如玉，氣質如蘭。他的五官依然清秀，可臉頰過於蒼白削瘦，眼神飄忽有戾氣，唇邊有青鬍渣，一綹頭髮垂下，即使坐著，身形也不穩……

他一口接一口喝著酒，偶爾外面有腳步聲，或是幾聲放肆的笑，還有人討論付氏的淫蕩及惡毒，害了親夫又去害姦夫……

即使事情已過去幾個月，付氏和成國公府、鎮南侯府的糾纏依舊被人們津津樂道著。

孟辭羽氣得咒罵幾句，一掌把一盤菜掃在地上，盤子摔碎，菜和油湯四濺，他如沒看到一般，繼續喝酒。

門突然打開，走進一個披著斗篷的人，斗篷帽子壓得低低的，他又低著頭，看不出長相，卻頗有威儀。

孟辭羽冰冷的聲音響起。「出去。」

那人把斗篷帽子拉了下來，是一個年近五十的微胖男人。

「趙互！」孟辭羽氣得一下站了起來，罵道：「老匹夫，老不要臉的，滾！滾出去！」

趙互平靜地看著孟辭羽，坐去他對面，搖頭說道：「這麼不經事，真不像老子的種。」

孟辭羽的眸子一縮。「你說什麼？」

趙互道：「你娘沒跟你說，你是我趙互的兒子？」

孟辭羽愣愣地看著他，抖了抖嘴唇，喃喃說道：「不會，怎麼可能，我娘沒有那麼不要臉……滾！」最後一個字是吼出來的。

趙互沈了臉，皺眉說道：「大不孝！子不言父過，不許那麼說你娘，更不許罵我，你娘是個好女人，她心裡自始至終都是想著我的。唉，怪我急切了，讓她對我生出了埋怨和誤會……她死前定是受了孟老狐狸的脅迫，才走了那一遭臭棋。」

他氣得手握成拳，砸了下桌子。

孟辭羽氣道：「脅迫我娘的是你！她都嫁給我爹了，你還不放過她，讓她為你做事，最終逼得她去上吊，把你們的醜事翻出來……你這個老匹夫，你喪德敗行，勾引未婚姑娘，抓著這個把柄不放，害死了我娘，也害得我身敗名裂，生不如死……」

趙互喝道：「放肆，胡說！」又緩下口氣說道：「我跟你娘沒有那麼不堪，那時我們也是年少慕艾，真心相悅，才……唉，我爹不同意她進門，她就賭氣嫁給了孟道明那個蠢貨，等我知道想要挽回，已經來不及了。我承認，有些事是我急切了，我也是想早些把孟辭墨弄死，讓那個家最終落在我親兒子手裡……」

孟辭羽啐道：「呸，誰是你兒子！」

趙互道：「你是個聰明孩子，你就沒照照鏡子，看看你長得像我還是像孟道明？」

這話驚得孟辭羽差點跳起來。他一直知道自己長得像母親，之前妹妹經常跟母親撒嬌說，她像父親不好看，哥哥完全像母親，好看……

再看看趙互，雖然老了、胖了，還是能看出他跟母親有一絲相像……也就是說，自己真的有些像他？

孟辭羽再氣付氏，也不願意相信她在婚後還跟外男有關係，更不願意相信自己是私生子。若自己真是趙互的兒子，那兩個疼愛了自己十七年的老人就不是親祖父親祖母，他真的完了……

他氣紅了臉，指著趙互罵道：「不知羞的老潑皮，閉上你的臭嘴！我娘已經被你毀了，不許再往她身上潑髒水！我娘同我爹有多恩愛，我們都知道，你再敢渾說，別怪我不客氣。」

他的拳頭握了起來，似要衝上去打人。

趙互沒理他，看看桌上只有一個酒盅和一個碗，就把碗拿過來，倒了一碗酒喝了。

他掏出帕子擦擦嘴，抬起頭平靜地看著孟辭羽。「這麼多年來，我一直想著她……自她成親以後，我與她都謹守分際，幾乎沒見過面，但十八年前，我喝醉了，與她……一年後，她給我寫了一封信，說她給我生了一個兒子，長得非常像我……她成親後我們只有過那一次，就生下了你。」

「住嘴！住嘴！」孟辭羽氣得一掌把桌子上的菜都掃下地。「我不是你兒子，我是孟道明的兒子，是孟令的孫子！」

在孟辭羽的心底深處，是不是孟道明的兒子無所謂，但必須是孟令的孫子、孟老太太的孫子。

只要那對老夫婦還是自己的長輩，自己就不會被拋棄。

趙亙冷了臉，眼裡滿是寒意，冷哼道：「沒出息的東西，認賊作父還不自知。你長得像我，你是我趙亙的兒子，連你母親都認了，你不承認也不行。哼，孟令那隻老狐狸，說不定已經猜出你是我兒子，他不告訴你，只是想利用你達到什麼目的，再把你弄死。」

孟辭羽目光呆滯，一下跌坐在椅子上。

看到他的變化，趙亙眼底有了絲喜色。「不要急躁，咱們爺兒倆說說話……」

此時，孟老國公帶著幾個人進了福聚大酒樓，之前守在這裡的人看見他們來了，立即制住趙亙帶來的人。

趙亙來得隱秘，帶的人不多，而酒樓各處都有孟府的人守著，幾下就把趙家護衛制住了，沒鬧出太大的動靜。

見兩夥人氣氛不對勁，在大堂吃飯的人以及酒樓的掌櫃、夥計一時都愣住了。

孟中說道：「你們該做什麼就做什麼。」

孟老國公走上三樓，來到王浩站的包廂門口，抬腳把門踹開，大踏步走進去。

孟辭羽站起身喊道：「祖父。」

趙互也嚇得站起來，這老傢伙怎麼來了？

老爺子二話不說，一拳頭就打上去。

趙互鼻子一痛，頓時鼻血噴流，他趕緊捂住鼻子，高聲喊道：「來人。」

沒一個人進來。

老國公又是幾拳招呼上去，邊打邊罵道：「我打死你個畜生！你塞了你不要的女人進我家，現在又來禍害我孫子……」

趙互雖然比老國公小了十幾歲，但享福享慣了，根本不是老國公的對手，被打得頭破血流，慘叫連連。

門口的人越圍越多，王浩過來勸道：「老公爺，不要鬧出人命。」

老爺子停了手，這才看到門口和走廊上、樓梯上擠滿了人。

巡街的衙役也來了。「什麼人在這裡打架生事？」

他們撥開人群走進來，卻看到是孟老國公在打趙侯爺。

老爺子把趙互拎著扔向衙役，說道：「這是個拍花子，居然想拐騙我孫子。」

說完，就拖著孟辭羽向外走去。

眾人讓開一條路，看著他們下樓，走出酒樓，上了一輛馬車。

回到孟辭羽的院子，老爺子把孟辭羽扔在地上，孟辭羽像沒有骨頭一樣縮成一團坐在地上。

老爺子怒其不爭，又一腳踹在他身上。

孟辭羽目光沒有聚焦，喃喃說著。「你打死我吧，我不想活了……」

他居然是趙互的兒子，趙互要自己今後聽他的，若不聽，自己是私生子的事就會曝光，孟家不會管他，趙家不會認他，他就如無根的柳絮，無處依身……

老爺子氣死了，打他，就是希望在他眼裡看到憤怒，哪怕是恨也好。可他，就如一具行屍走肉！

老爺子嘆了一口氣，抓起他胸口的衣裳，眼睛直視著他說道：「趙互是不是說你是他親兒子，再讓你幫他辦什麼事？」

孟辭羽的眼裡有了懼色，驚恐地望著他。

老爺子又道：「他說的是假的，你是我孟令嫡嫡親的親孫子！」

孟辭羽的眼裡似燃起了希望，眼圈都紅了，問道：「我、我是你的孫子？」

老爺子道：「傻話，若你不是我親孫子，我為何會對你這麼好？還費盡口舌跟你講道理，希望你從悲傷中走出來，做個堂堂正正的人？」

孟辭羽喃喃說道：「你是在利用我打擊趙亙……」

這是趙亙的話。

老爺子冷哼道：「打擊趙亙，我有的是法子，還不需要利用你。你反過來想想，若你真是趙亙的兒子，付氏的下場他已經看到，怎麼捨得再利用你來害孟家，把你推進萬丈深淵？你娘特意在趙家門口上吊而死，就是為了保護你，不讓趙亙再威嚇利用你為趙家和英王辦事，她以為她徹底跟趙家決裂，趙亙就會怕了，不敢再打你的壞主意。現在看來，趙亙比她想的更壞，更迫不及待想搞垮我們孟家。」

孟辭羽的嘴唇抖了抖。「祖父，我長得一點不像我爹，我真是你的親孫子，你就一點不懷疑？」

他的口氣軟了下來。他希望自己是孟家的孩子，是眼前這位老人的親孫子。

老爺子嘆了一口氣。他也懷疑，但只要沒有肯定這孩子一定不是孟家的種，他就不能放棄他。

戎馬生涯幾十年，死在他手下的敵人不下萬計，可現在，他越老越心慈，不願意有人死於非命，更不會不給有可能是自己親孫子的人留活路。

因為不確定，把這孩子弄去雍城最好，那裡不僅遠離紛擾，遠離權力中心，也在孟家的勢力範圍內，給了他一份好生活的同時，也不怕他壞事……

當然，這也是他同付氏死前的協議。

老爺子把孟辭羽扶到椅子上坐下，語重心長地說：「你當然是我的親孫子。我孟令又不是傻子，願意幫別人養孩子，還是幫老子最恨的趙互養。光憑長相，辭墨和月丫頭也長得不像孟道明，而是像他們的母親，有誰敢說他們不是我的親孫親孫女？」

他又從懷裡掏出一封信交給孟辭羽。「你娘死之前給我寫了兩封信，一封是揭露趙互的所作所為，一封是讓我轉交給你，說若趙互真敢誘騙你，就把這封信交給你。」

孟辭羽接過信，看到上面的字跡，眼淚流了出來，看完信，更痛哭失聲。

當一個更大的打擊壓過了之前的打擊，令他快要窒息時，這個大打擊突然迎刃而解，前面出現了曙光，之前的那些打擊也就變得微不足道了。

此時的孟辭羽就是這種心情，他輕鬆多了，似乎還有了喜悅，至少他是孟家的子孫，孟令的孫子……

老爺子又說道：「你看看江南的四大才子，朝廷有意請他們出來做官，他們還不願意。還有川蜀的趙俠客，樂趣就是遊遍千山萬水……仕途不是人生唯一，人生樂趣多多，端看你怎麼想，怎樣去對待……」

這天之後，孟辭羽一下老實了，也不出去喝酒了，安安靜靜待在自己屋裡。

孟家平靜下來，而孟家以外卻熱鬧紛繁。

老爺子那麼一鬧，趙互繼逼迫付氏禍害孟家的惡毒計謀後，又再次意圖利用孟辭羽禍害孟家的事也傳了出去，眾人看熱鬧的同時，許多官員紛紛上摺子彈劾趙亙。
皇上斥責了趙淑妃和英王，又把趙亙傳進宮，打了他二十杖，直接把鎮南侯爵位降成鎮南伯。
趙亙氣得吐血，沒有老臉繼續在京城待下去，把鎮南伯的爵位傳給世子趙元會後，暫時避回老家膠東。
英王的最大倚仗被打垮，英王也萎了，不知何時才能再翻身，太子和平王極是開懷。
先前眾人紛紛猜測孟辭羽是誰的兒子時，老爺子始終信誓旦旦肯定孟辭羽就是孟家的孩子，再經過這次事件，議論孟辭羽不是孟家子孫的聲音又更少了。
對於這樣的變化，孟辭墨、江意惜只有暗自佩服老爺子的分，他們知道這是老爺子的精心安排，也表明了他的態度，哪怕孟辭羽只有一分可能是孟家孩子，老爺子都不會放棄他。
只不過孟道明如今的眼神越來越可怕，反倒是他介意著外人的議論，一直懷疑難道付葭那個賤人婚後還跟趙亙有染？
他不敢出門見人，索性請了兩天假在家生悶氣，還特意去問老爺子孟辭羽到底是不是他親兒子？
老爺子氣得想動手，咬牙說道：「你養了那麼多年的兒子，別人一挑撥你就信，你長沒長腦子？我們調查了那麼久，沒發現付氏婚後跟趙亙有來往。」
成國公才長長鬆了一口氣。若兒子再是趙亙的種，自己拿塊豆腐撞死算了。

進入九月，這件事才漸漸平息。

九月初四，孟連山娶水香。

跟水香熟悉的水靈、水清、水珠都去吳嬤嬤家吃送嫁宴，而跟孟連山熟悉的臨香、臨梅去的是他們的新家。

聽丫頭們回來說，他們的新家是個二進院，地段不錯，收拾得也漂亮，還買了一房下人。

吳嬤嬤笑道：「水香如今也是少奶奶了。」

等到丫頭們都下去，江意惜給了吳嬤嬤一紙宅子的書契，也是個二進宅院，離成國公府三條街的距離，花了六百多兩銀子。

前世，吳嬤嬤被打死，雖然她不知道吳大伯父子的結局，但猜測肯定也不好。他們一家忠心耿耿，吳大伯又守護著那個天大的秘密，她一直想多補償他們一些。

吳嬤嬤嚇了一跳。「老奴怎麼當得起？」

江意惜笑道：「我說當得起就當得起。把宅子好好拾掇拾掇，你們住著也舒坦。」

吳嬤嬤激動地跪下磕頭謝恩。自從大奶奶日子好過以後，賞了她和當家的不少銀子，再加上這個大宅子，他們都算得上財主了。

「老奴作夢都沒想到，還有這樣的好日子。」

幾天後，皇宮裡又傳出一個喜訊，曲德嬪又被封為曲德妃，與趙淑妃一起分管後宮。

皇宮沒有皇后，太后又年邁，之前趙淑妃是貴妃，就由她一直管著後宮，屬於無冕之后，如今降了位分，又不受皇上待見，正好讓曲德妃牽制她。

再單純的女人生活在皇宮也會長心眼，何況曲德妃還被陷害在皇陵待了那麼多年，再想到妹妹的死，曲德妃更是恨趙淑妃恨得欲除之而後快。但表面不顯，依然單純不知事，讓皇上很是憐惜，氣得趙淑妃牙痛。

九月初十，平王一家搬去平王府，還是小範圍請了客。

孟辭墨和孟月是平王的表弟表妹，平王頭一天下晌就給他們下了帖子。老國公明面跟平王的關係一般，不好請他。至於「姨夫」成國公，平王沒請，請了成國公也不敢去，怕挨揍。

此時在成國公府，女眷和孩子們都聚集在福安堂，送信的婆子還特地跟江意惜說：「王妃讓孟大奶奶一定要帶上哥兒，王爺和王妃都想見見。」

江意惜自是笑著允諾。

孟月依然不想去，看著女兒高興的樣子，悄聲說道：「明天妳跟大舅、舅娘一起去，娘就不去了。」

黃馨嘟起了小嘴，拉著她的袖子勸道：「娘，妳也去吧。都說妳長得特別像外祖母，也就是像德妃娘娘，平王爺看到，說不定會更加憐惜娘……咱們有了太外祖父和大舅做靠山，再有了平王和德妃娘娘做靠山，就沒人敢欺負了。」

欺負娘親和她最甚的是黃家祖母，祖母仗著自己是郡主，是皇家人，厲害得不得了。但她再厲害，也惹不起德妃娘娘。

江意惜就坐在孟月旁邊，聽到她們母女的對話，也勸道：「馨兒說得對，德妃娘娘和平王憐惜妳了，晉寧郡主也就知道怕了，她嘴下留德，對馨兒的將來也好。」

孟月和離歸家後，晉寧郡主依然不留口德，經常在外面說孟月的壞話，什麼不賢、妒婦、缺心眼、生不出兒子……

孟月想想也是，她這輩子完了，可還有女兒，不能讓自己的名聲影響女兒，點頭道：「好。」

初十上午，孟月母女、孟辭墨一家三口收拾好，去了平王府。

平王在被貶去皇陵之前，在平王府住了一年多，所有人都以為他不會再回來了，六年多沒人打理，荒草叢生，屋子和門窗斑駁不堪，這次又重新進行了翻修。

雖然皇家富貴，如今還是缺了些妝點門面的好家具和好花，所以這回孟家送的禮是一座小葉紫檀架蜀繡雙面繡九扇圍屏、兩塊波斯絨毯、兩盆二十片葉的珍品君子蘭、兩盆開得正豔的珍品菊花。

來到王府角門，孟辭墨直接去了外院，江意惜四人又坐轎前往內院正院。

廳堂裡坐著平王妃湯氏和一個眼生的美貌婦人，應該是側妃章氏，還有兩個孩子，六歲長子李敢，為平王妃所生。次子李競，五歲，為章氏所生。平王妃還生了一個閨女李清，剛剛一歲多，沒在這裡。

平王妃看到孟月，也是愣了愣，笑道：「一直聽說孟家大姑奶奶長得像德妃娘娘，真是像。」

平王妃如此，孟月也不那麼怕了，說道：「是，都說我長得特別像我娘。」

平王妃道：「唉，可惜了，姨母遇人不淑，那麼年輕就死了，母妃每每說到她，都忍不住落淚。」說著，眼圈都紅了。

聽她這麼說，孟月也流下眼淚，江意惜掏出帕子抹了抹眼睛。

章氏勸道：「還好付氏那個惡婦死了，趙互也遭到了報應……」

平王妃又把黃馨拉過來誇了誇，送了見面禮。她最後把小存存抱過去，親了親他的小臉，猛誇了一陣，讓乳娘把他抱去側屋的炕上睡。

小存存還睡得香，屋裡的動靜一點沒打擾到他。

江意惜和孟月又送了李敢和李競、李清見面禮，幾個孩子去側屋玩。

幾人說笑一陣，平王妃的母親湯夫人和一個嫂子兩個妹妹、章氏的母親和一個妹妹先後來了。

或許皇上不願意皇子有非分之想，除了太子的岳家是高門，其他皇子岳家都門庭不顯，文官沒有超過三品的，武官沒有超過二品的。

湯大人是都察院從三品文官，章大人是正三品武官。

接著文王妃和李嬌來了，後頭又來了兩個郡王世子妃及閨女。

平王低調，女眷就請了這些，這時，門外丫頭的聲音又響起來。「黃府晉寧郡主到。」

平王妃看看孟月和江意惜，納悶道：「晉寧郡主？我們沒請她啊。」

但人家已經來了，又是長輩，平王妃和章側妃也只得起身相迎。

孟月則是一下子挺直脊背，臉色蒼白，前額和鼻尖滲出小汗珠。她害怕晉寧郡主是積年形成的，即使離開那個家兩年，她還是怕得要命。

其他幾個女人都看向孟月，眼裡有同情卻不好多說。

文王妃和兩位世子妃是晚輩，湯家和章家男人的官職不高，儘管跟平王府關係要好些，她們都不敢或者不願意明面得罪晉寧郡主和黃侍郎。

江意惜斜過身對孟月道：「大姊不要怕，如今妳跟她沒有一點關係，她若再敢罵妳，不……」

她本想說「不要客氣，懟回去」，但想到孟月的個性，又改口道：「不管她說什麼，都不要搭理她，不說話，也是一種態度。我們孟家不怕她，大姊又是平王的表妹，曲德妃的嫡親外甥女，大家都會幫妳。」

江意惜沒有壓低聲音，給孟月打著氣。別人再幫她，也要她自己爭氣，不巴望孟月口齒伶俐懟人，但沈默不語也是對敵人的「藐視」。

孟月看看江意惜，點點頭，捏帕子的手還是有些發抖，還好黃馨同幾個孩子出去玩了。

說話間，晉寧郡主和她的小閨女黃三姑娘走了進來。

晉寧郡主四十多歲，穿著紫紅色妝花緞褙子，滿頭珠翠，瘦高個兒，三角眼，嘴唇很薄。雖然長相不錯，但一看就是刻薄厲害、不好相與的性子。

黃三姑娘十六歲，長得十分貌美，眼睛跟晉寧郡主非常像，也是個厲害角色，之前孟月沒少被這個小姑子欺負過。

屋裡這些人，除了平王妃外，晉寧郡主的身分是最高的，她直接被請去羅漢床上，跟平王妃坐一處。

坐著的女人都起身給她萬福見禮，兩個世子妃笑著叫「皇姑」，湯家和章家人叫「黃大夫人」。

江意惜和孟月也起身福了福，沒打招呼，都面無表情。

晉寧郡主今天的態度很好，笑著跟眾人打了招呼，目光最後定格在孟月身上，看孟月時收斂了笑容，直直地看著她。

孟月的餘光感受到壓力，沒敢看她，臉色更白。

江意惜冷冷看著晉寧郡主。

平王妃笑著。「皇姑，請喝茶。」

晉寧郡主看到孟月如此，很滿意。

還是那個蠢女人！

她喝了口茶，又看向孟月，目光變得柔和起來，柔和得非常刻意，似乎她多喜歡孟月一樣。

這個態度，不僅讓孟月更加坐立不安，也讓其他人納悶，怎麼突然變了？

晉寧郡主笑道：「月兒豐腴了，也更俊了。」

孟月嫁進黃家六年，從來沒見晉寧郡主對自己笑過，有的只是冷眼和斥責，孟月不知道她是什麼意思，嚇得眼皮都不敢抬。

但她記住了江意惜的話，不說話，也是一種態度，她的嘴唇抿得更緊。

晉寧郡主心裡氣惱。蠢貨，對她好對她歹都是這副蠢樣子，可憐了一副好皮囊！但想到公爹和男人的囑咐，還是強把氣壓下。

她收回目光，看向平王妃說道：「唉，之前我也是被蒙蔽了，月兒帶去我家的那幾個婆子丫頭，跟家裡的下人說著各種月兒的不是，哎喲，那些話可難聽了，我聽了氣得不行……現在想想，肯定是付氏搞的鬼，那女人太壞了，怎麼能這麼陷害繼女？我也後悔，心裡難過得緊，沒娘的孩子可憐，我該多多疼惜月兒的。」

說的比唱的還好聽，連「月兒」都叫上了。

孟月的眼裡湧上淚水，依然垂頭不說話。

江意惜搞懂了，這是看曲德妃重新得皇上寵愛，平王回歸京城，他們都對孟月姊弟憐惜有加，黃家害怕了，或者說後悔了，想平息孟月對黃家的怨氣，甚至想把她哄回黃家。

江意惜之前聽說黃家一直在給黃程說親事，只不過黃程喜歡絕色美人，不過想找跟孟月一樣的絕色想都別想，何況是容貌姣好又出身高門的，畢竟晉寧郡主虐待兒媳的名聲傳了出去，黃程的年紀也大了，親事就一直耽擱下來，否則早娶媳婦了……

他們怎麼敢！江意惜冷了臉，皮笑肉不笑地說道：「是啊，付氏缺德壞良心，變著法的害大姊和我家大爺，聽大爺說，他去了戰場，還放心不下大姊，怕大姊老實良善被人欺負，當時他從戰場回來，眼睛都快瞎了，還聽說大姊在婆家過得非常不好，挨罵是常事，連小婦都敢欺到頭上，他卻無能為力，只能靠老邁的祖父上門講理，難受得都流淚了……」

孟月聽了，不停用帕子擦眼淚。

當著面被戳脊梁骨，晉寧郡主氣得血往上湧，眼神也凌厲起來，怒道：「江氏，妳敢指責我？到底是小官之女，沒有一點家教。」

江意惜平靜說道：「我跟表嫂在說我家的家務事，沒提黃大夫人一個字呀。話家常這種小事，不管官大官小都可以吧？」

晉寧郡主氣得想把手中的茶碗扣上去，就像當初扣孟月一樣。

平王妃忙說道：「皇姑息怒，我常聽德妃娘娘說，她老人家在京城沒有別的親戚，只有孟世子和孟家大姑奶奶這兩個嫡親外甥和外甥女。老鎮南伯和付氏可恨，害得先孟大夫人早逝，她老人家聽說外甥和外甥女受了許多苦，也就格外憐惜他們，特別想知道他們平時的生活……」

平王妃知道自己婆婆和男人一直不高興晉寧郡主欺負孟月，如今看到孟月怕晉寧郡主怕得這樣厲害，有種婆婆被晉寧郡主欺負的感覺，晉寧郡主不知道收斂，還當著自己的面欺負江氏，她心裡更是不高興。

平王妃的話讓晉寧郡主從氣惱中醒了過來。公爹和男人都說，太子不爭氣一直在玩火，英王不知能不能翻身，弄不好平王會異軍突起，笑到最後。

這次讓她和兒子、閨女厚著臉皮來平王府，就是為了找機會跟孟月說說話，緩和一下之前的緊張關係。

他們也一直在讓黃程找機會接近孟月，想哄得她破鏡重圓，只是找不到人送信，孟月又深居簡出，到現在還沒找到兩人見面的機會。

晉寧郡主又壓下氣，笑道：「可不是，自從我聽說付氏的作派後，也是心疼月兒之前遭的罪。」

江意惜不想再繼續聽下去，拉著孟月起身笑道：「我們第一次來平王府，想去外面看看。」

平王妃笑道：「去吧。」

兩人剛走到門口，晉寧郡主又問道：「馨兒來了沒有？那是我嫡嫡親的孫女，我想她了。」

孟月的腳步頓了頓，又被江意惜拉走了。

平王妃說道：「馨兒也來了，同孩子們坐畫舫去了，等她回來，讓她給妳磕頭……」聲音甩在後面。

出了正院，孟月惶恐問道：「黃家會不會把馨兒搶回去？不行，無論如何都不還。」

江意惜說道：「馨兒已經給了妳，就是妳的，和離書上寫得很清楚，律法認可的，只要大姊不回去，馨兒就不會回去。」

孟月紅了臉。「我當然不可能回去，那個家我現在都不願意去想，比冰窟窿還冷。」

江意惜非常滿意她的態度。她相信孟月不願意回去，但就怕孟月心軟，那家人打著孩子的旗號哄騙她，或者找機會設個什麼局，逼孟月就範。

江意惜提醒道：「看樣子，那家人見德妃娘娘得寵，又開始打大姊的主意了，以後大姊出門一定要注意安全，別鑽進套子。」

跟在她們身後的是四個孟家丫頭，還有一個帶路的是平王妃身邊的丫頭。她們沿著花徑慢慢走著，在離湖一段距離的地方有一座亭子，她們進亭子裡坐下。

湖面有一條畫舫，船上孩子們正在笑鬧，連小存存都被黃嬷嬷抱上去玩了。

她們正說著話，就聽見不遠處的一片小樹林裡有聲音，有罵人聲，有「哎喲」一聲。

罵人聲江意惜很熟悉，是孟辭墨的，「哎喲」聲孟月也很熟悉，哪怕有兩年沒聽到這個聲音了，她也聽得出來是黃程的。

江意惜和孟月對視一眼，都忍不住起身向那個小樹林急步走去。

樹林裡，孟辭墨正在打黃程，黃程毫無還手之力，又不禁打，已經被打趴在地。

孟辭墨方才看到黃程來了平王府就氣不打一處來，但平王今天搬家，他總不好在王府鬧事。

平王也不高興黃家人不請自來，又看到黃程低聲下氣找孟辭墨說話，便猜到了黃家人的打算。

後來黃程離開，孟辭墨跟出去，平王裝作沒看見，只要孟辭墨不當著他和其他客人的面教訓黃程，怎麼教訓都成。

孟辭墨跟蹤黃程來到湖邊，發現他居然在偷瞄孟月，心裡就更加生氣，直接就上前開打。男子偷窺人家的女眷，挨揍也是活該。

孟辭墨見江意惜和孟月來了才停了手，用帕子擦著手說道：「這個登徒子膽子忒大，居然敢躲在樹林裡看孟家女眷。」又踹了黃程一腳說道：「若以後再敢如此，我直接打死你！」

黃程抬頭看見孟月，忍著痛爬起來。他被打得鼻青臉腫，頭髮散亂，衝孟月說道：「月兒，我知道錯了，我娘也後悔了，為了馨兒，妳原諒我吧，我們好好過日子……」

他想把孟月哄回去，不全是因為長輩的原因，兩年過去，他才知道再也找不到比孟月更美更溫柔的女子了……

孟辭墨這時沒有打黃程，也沒有打斷黃程的話，他要看孟月的態度。

孟月抖了抖嘴唇，眼淚也流了下來，她憋了許久，終於憋出一個字。「呸！」然後，扭身跑了。

江意惜和孟辭墨都非常滿意孟月的表現，雖然軟弱，還是知道不吃回頭草。

江意惜快步追上孟月，勸道：「大姊，別傷心，都死心了，幹麼還為這種人難過，這只是剛開始，以後他們家無論出什麼招，大姊都這樣……」

她們沒有馬上回府。晉寧郡主是皇親，又是長輩，她們不好硬剛，也不好讓平王妃為難。

畫舫靠岸，孩子們下船在亭子裡玩，有李敢、李競、李嬌、黃馨及另外兩個五、六歲的小郡主李果、李沅，李清及小存存是被乳娘抱著來的。

李果笑道：「聽嬌嬌姊姊說孟姨家的花花會翻跟頭、拿帕子、開櫃子，啾啾會說好多話，我們想看。」

黃馨一副「我沒顯擺，不是我說的」的表情，另幾個孩子則一臉羨慕、一副我好想看的表情，只有李敢像個小大人，似乎對貓兒鳥兒不感興趣。

江意惜笑道：「歡迎你們去我家玩，我家花花的確有些本事，啾啾又會說新詞了……」

李嬌和黃馨一樣大，今年七歲，是這幾個孩子裡年紀最長的兩個。她又長高了，同之前嬌嬌糯糯的小模樣有了很大變化，她同李敢一起領著這群孩子玩。

文王依然只有這一個閨女，但李嬌是侍妾生的，那名侍妾已經死了，放在文王妃跟前養著。不是生母，哪怕是獨女也不可能太任性。

眾人說了一陣話，除了黃馨和存存，其他孩子都回了正院。

直至晌午，花廳的人來請，江意惜和孟月才帶著孩子過去。

晉寧郡主心裡還打著鼓，她讓丫頭去外院報信了，不知兒子同孟月見到面沒有。

她見到同來的黃馨，眼睛亮了一下。

黃程還有兩個庶子、一個庶女，晉寧郡主不得不承認，這個曾經的嫡長孫女長得最好，哪怕小小年紀也看得出沈穩，舉止有度，比她那個沒用的娘強多了。

黃馨害怕這個祖母，心裡還有恨，但也必須去給她磕頭。

她過去跪下磕了一個頭。「馨兒見過祖母。」

晉寧郡主笑道：「起來吧！快過來，讓祖母好好瞧瞧。」

黃馨起身，硬著頭皮過去，在離晉寧郡主半步遠的地方停下。

看到她充滿戒備和疏離的眸子，晉寧郡主的臉色又沈下來。什麼人生什麼種，這個木頭樣子跟她娘一樣。

聽到黃三姑娘的清咳聲，晉寧郡主又壓下心中的厭惡，扯著嘴角笑道：「祖母祖父，還有妳爹都想妳想得緊，無事回去看看我們。」

她身後的丫頭捧上一個錦盒。

長輩賜不能辭，何況是當著這麼多人的面，孟月和江意惜都沒表態，平王妃給自己的丫頭使了個眼色，丫頭上前接過。

飯後，晉寧郡主坐得四平八穩，江意惜和孟月起身告辭。

討嫌的人不走，受歡迎的人只得走，平王妃十分無奈。她笑道：「我喜歡存存和馨兒，以後常帶他們來玩。」

晉寧郡主和黃三姑娘非常不高興孟月今天的表現，見她們這就要走了，都沈了臉。

晉寧郡主說道：「馨兒還姓黃，改天我讓人接她回家住兩天。」

江意惜和孟月都沒言語，走了，只有黃馨遠遠給晉寧郡主屈膝福了福。

丫頭已經給孟辭墨報了信，他正等在角門處，看到他，孟月和黃馨都不由自主鬆了口氣。

孟月和黃馨上了第二輛馬車，江意惜和抱存存的黃嬤嬤上了第一輛馬車，四個丫頭上第三輛馬車，孟辭墨和幾個護衛翻身上馬。

馬車跑動起來，孟月掀開窗簾，看到遠處樹下站著一個熟悉的身影望著她們。

黃馨也看到了，輕喚一聲。「爹爹。」

孟月把窗簾放下，黃馨摟著她的胳膊，小身子都有些發抖。

「娘，我不想回黃家，娘也不要回去，祖母厲害得很，爹爹又不幫我們……」

孟月說道：「我們的家在孟府，當然不會回去，放心，祖父和辭墨不會讓黃家接走妳的，住兩天也不成，唉，娘沒用，若不是靠著娘家，興許已經死了……」

黃馨眼裡溢出淚水，喃喃說道：「娘，若爹爹跟我大舅一樣，該多好。」

孟月輕嘆一口氣，不知該怎麼回答。

孟辭墨騎馬來到她們的馬車旁。「大姊，妳們難得出次門，已經跟長輩說了吃完晚飯再回去，不如我再帶妳們去南風閣玩？」

孟月知道南風閣是江氏的嫁妝，做的藥膳很不錯，酒樓經常送湯品菜品到孟府。她去哪裡都無所謂，只要跟弟弟在一起，她都很放心，便說道：「好啊。」

黃馨一聽能在酒樓吃晚飯，又高興起來。

孟辭墨已經讓人快馬去江府通知江洵了。他知道江意惜想江洵，就找機會讓他們姊弟見見面。

來到南風閣，江洵已經來了。他和郭掌櫃一起在酒樓門前等他們，身後站著江大。

江意惜幾人下車，江洵過來把存存接了過去，笑道：「兩旬沒見，長這麼大了，越來越俊，像我。」

小存存已經醒了，他似乎還認得舅舅，衝江洵格格笑得歡，抓著他的耳朵不放。

孟辭墨玩笑道：「我兒子哪裡像你了？」

孟照存像孟辭墨多些，還真的一點都不像江洵。

江洵嘴硬道：「外甥肖舅，他本來就像我，個子也像我，高高大大的。」

孟辭墨無語，他還沒有自己高好不好，這個優點也像他了。

幾人進了酒樓，現在不是吃飯時間，大堂裡只有一桌吃飯的客人。

上了二樓，孟辭墨領著孟月和黃馨進了一間包廂，江意惜姊弟進了隔壁包廂。雖然是親戚，但孟月性格靦腆，不願意跟外男相處。

江意惜又吩咐郭掌櫃去外面買些蜜餞、點心等零嘴來招待孟月母女。

江大和水靈留在大堂，許久未見面的兄妹坐在靠樓梯的桌前，既能說悄悄話，又能保護主子。

有了小外甥，江洵已經顧不得跟姊姊說話了，他念念叨叨著。「好小子，以後要像舅舅，好好練武，當武秀才，再考武舉人、武進士……」

覺得光說不練沒意思，就把孩子放在大桌子上，他在桌子前「嘿嘿哈哈」開始練武。自己練兩招，又把孩子當對手一樣抓起來轉個方向，或是翻個身。

小存存一點沒覺得自己被虐待，激動得不行，手腳跟著他亂舞，眼睛不眨地看著他，連笑聲都比平時大得多。

黃嬤嬤嚇得要死，哪有這麼玩孩子的，摔下來可怎麼辦，她站在一邊，張開雙手時刻準備搶孩子。

江意惜沒管他們，江洵從小淘氣，但知道輕重。

這間包廂正是她和孟辭墨未成親前秘密約會的地方，想到之前難得相聚的甜蜜時光，江意惜心裡泛起絲絲柔情。

她走去小窗前，把開了條小縫的窗戶大打開，此時是申時初，偏西的日頭依然刺眼，照在人身上暖洋洋的。

外面街道上車水馬龍，行人熙熙攘攘，突然，江意惜的眼睛一下鼓圓了，呆呆看著某處。

街道對面是一家銀樓，她看到成國公背著手從銀樓裡走出來。他穿著便服，笑得非常開心，閃著大白牙，沒有一點在府裡的陰鬱。

他上了門前的一輛普通馬車，馬車沒走，趕車人江意惜認識，是國公府的一個護衛小管事。

江意惜正納悶，就看見一位頂多十五、六歲的女子從銀樓走出來。

女子臉帶稚氣，梳著姑娘頭，長得美麗迷人，但身上不自覺散發出的風情跟臉上的稚氣很不相襯。她身後跟著一個丫頭，丫頭懷裡抱著七、八個錦盒，兩人俱是一臉喜色。

女子左右看了看，快速鑽進成國公坐的馬車，丫頭上了後面一輛馬車，兩輛馬車向前跑去，趕車的護衛小管事還戴上斗笠，生怕有人認出他。

江意惜眼睛瞪得更大了。那女子是成國公的相好？或者說，成國公置外室了？

江意惜再次為曲芳不值。那麼美好的姑娘，怎麼找了這麼個猥瑣好色的男人。

看來那句「龍生龍，鳳生鳳，耗子生來會打洞」的說法也不完全正確，一身正氣的孟令怎麼會有這樣一個兒子？這麼個男人又怎麼能生出清風霽月的孟辭墨？

這麼想來，沒有「地恩誒」，真的難以界定孟辭羽到底是誰的兒子……

江洵玩夠了，見姊姊站在窗前發呆，抱起小存存來到她旁邊。

「姊看什麼呢？」

話音剛落，就看到鄭璟騎馬走至南風閣大門前停下，他翻身下馬，後面的馬車裡下來一位姑娘，正是鄭婷婷。

江意惜知道，宜昌大長公主非常喜歡吃南風閣的藥膳，經常讓人來買。他們兩個來這裡，應該是為彰顯孝心親自來買。

因為有鄭璟，江意惜不願意招呼鄭婷婷，誰知她剛想縮回頭，鄭婷婷就看到了她，笑著招呼。「大嫂，真巧！」

江意惜也只得笑道：「婷婷，巧啊。」

鄭婷婷高興地說：「我正好有事找大嫂，今天就遇見了。」

鄭璟和江洵也相視笑了笑，兩人接觸不多，但彼此印象都很好。

鄭婷婷和鄭璟先跟小二點了參茸藥膳羊骨湯、花雕藥膳蝦，就去了江意惜的包廂。

鄭婷婷看見江洵懷裡抱著孩子，笑瞇了眼。「小存存也在，快，讓我抱抱。」

她逗了一會兒小存存，把孩子還給江洵，對江意惜說道：「我和我大哥過幾天要去看珍寶，要不要一起去？否則天氣再冷些，她就閉關見不到了。」

江意惜也想去看望李珍寶，卻沒想過約鄭家姊弟一起去。

江洵聽了笑道：「什麼時候去？我請假一起去。」

他也想去看望李珍寶，更想找機會多跟鄭玉結交。

鄭璟沒言語。論親戚關係，他跟李珍寶是遠房表兄妹，但他同李珍寶沒近距離接觸過，只遠遠看過幾次，覺得那個小妮子古靈精怪，厲害得緊。

江意惜道：「那就十五那天吧，我們早些去……」

江洵又把小存存放在桌子上，開始教他練武，逗得鄭璟和鄭婷婷大笑。

江意惜餘光看著鄭璟。這孩子話不多，矜貴清高，但笑容燦爛，眼神清澈，跟他那個陰鬱的母親一點都不一樣，像鄭家人多些。

看到那兩個一動一靜的大男孩，江意惜心中頗多感慨。這兩個都是她的弟弟，一個同母，一個同父；一個跟她一起長大，姊弟二人同甘共苦，感情篤深；一個相見不相識，永不會相認……

兩罐藥膳做好，鄭婷婷和鄭璟匆匆回府，他們要趕在晚飯前回去。

第三十八章

吃飯的時候，黃嬤嬤抱著小存存去另一間屋餵奶，姊弟兩個才說了一下江家的事。

江意言去庵堂看過周氏後，回來就偷偷在大夫人要路過的地方撒了油，應該是周氏挑唆她做的。

之所以斷定是她做的，是因為有人看到她那天早上拿著一個茶盅在那裡出現過……

江意惜暗哼。江意言又蠢又壞，還真比不上孟華，孟華之前恨孟辭墨幾人，也只是嘴巴厲害，說話刻薄，並不敢動手。知道付氏的所作所為後，也知道是付氏做錯事，於是便老實了，認清自己的形勢後，開始謀劃對自己最有利的路走。

付氏雖然比周氏做了更多壞事，但對兒女的安排卻比周氏好多了。她壞，卻不願意兒女跟著她一起壞，死之前，留下了嫁妝給兒女，還把孟辭羽的路鋪好。

而周氏，她難道不知道江意言做了那件事會有什麼後果嗎？為了洩私憤，不惜搭進親閨女的後半生……

「江大夫人如今都恨死江意言了，老太太和江伯爺急著給江意言找婆家。這位大伯娘比之前的周氏好多了，做事公允，沒有歪心，卻被江意言害得不輕。等到江意言嫁出去，家裡就能徹底清靜了。」

江洵同情江大夫人，又特別討厭江意言，巴不得她明天就嫁人。

為了江洵的日子好過，那位江大夫人嫁進江家後，江意惜讓人給她送過多次東西。她也會做人，對江洵很照顧，衣食住行都打理得非常好，江意惜姊弟也記了她的情。

吃完飯已是暮色四合，幾人出酒樓各回各家。

回到浮生居，江意惜跟孟辭墨講了看到成國公的事。

孟辭墨扯著嘴角嘲諷地笑了下，這的確是孟道明做得出來的事。

如今孟辭墨在忙公務和為平王辦事，老爺子的心思都用在孟辭羽身上，沒精力去注意成國公。付氏剛死沒多久，那些不好聽的傳言還沒散去，卻不想他又耐不住寂寞了。

孟家家規不許置外室，付氏的事鬧出來，成國公大受打擊，又被降了職，老爺子就只抽了他十馬鞭，並沒有狠揍他。若那個女人真是他的外室，當家人敢率先違反家規，老爺子肯定會狠狠收拾他。

孟辭墨的心早被那個父親傷透了，他做了任何丟臉的事，孟辭墨都不會覺得丟了自己的臉。

他說道：「我會跟祖父透一下。」

祖父派人去調查，成國公挨揍也不關自己和自己媳婦一點事。

九月十九晚上，老國公和成國公、孟辭墨、孟辭晏都沒回來吃晚飯。孟辭墨和孟辭晏是還沒趕回來，老爺子和成國公都說有事要辦。

晚飯還沒吃完，外院的婆子就飛奔來福安堂稟報，婆子跑得一頭汗，喘著粗氣說：「老夫人，老公爺和國公爺回府了，他們直接進了外書房，老公爺讓人去祠堂請家法，說、說要打死國公爺呢。」

孟家的家法是軍棍，到目前為止，這是老爺子第一次請家法，之前再生氣都是用馬鞭教訓兒孫。

二老爺驚道：「為什麼？」

「奴才不知。」

老太太不知大兒子又惹了什麼天大的事，怕他被老爺子打死，著急道：「老二，快，去外院。」

二老爺扶著老太太去坐轎，孟辭閱緊跟其後。

飯也不能吃了，女人孩子不敢多說，都起身回了自己院子。

江意惜表面不顯，心裡了然，那個女人的確是成國公置的外室無疑了。

每個院子都悄悄讓人去二門附近打聽，水萍回來稟報說，老太太連外書房的門都沒進去，就被孟辭閱送回福安堂，二老爺倒是進去了。

等到晚上亥時末，孟辭墨才一身疲憊回到浮生居。

江意惜親自去淨房給他洗頭，見他疲倦，還給他按摩了頭皮，孟辭墨極是享受，「嗯」出了聲。

兩人出來，飯菜已經擺上桌。

江意惜晚上沒吃飽，也陪他一起吃飯。

孟辭墨道：「祖父氣得不輕，打了他幾十杖，打得皮開肉綻，起碼半個月下不了地。若不是先有二叔攔著，後又有我們勸著，祖父真的會把他打死。」

老爺子生氣的不是他找女人，而是他作為當家人，明知故犯，帶頭違反家規。作為父親，兒子女兒還沒從痛苦中走出來，他不知關心，卻還自己出去找樂子……

這次連帶把老太太一起罵了進去，說這個逆子如此不爭氣，就有老太婆嬌慣的原因。

老爺子還放狠話，若孟道明再胡鬧，直接打殘，讓他爵位官位都保不住，成國公這次是真嚇著了，痛哭求饒。

老爺子還把外院的管事重新換了，以後，成國公只是對外的成國公府當家人，而實際上的當家人是卸任多年的老爺子，老爺子之後是孟辭墨，再之後是二老爺，他們三個之後才會是成國公……

孟辭墨的笑又燦爛起來。「祖父又給我爹看好一個媳婦，他已經寫了信，明天就讓人送去吳城。」

江意惜道：「看你高興的，萬一娶個糟心媳婦，更鬧心。」

孟辭墨說：「是吳城水軍都督劉總兵的女兒，今年二十八歲，這位劉姑姑前幾年我曾經見過一次，身材高眺，力大如牛，豪爽仗義，就是好妒，特別不喜歡先夫君偷偷找女人，夫妻兩人經常打架，後來和離了……」

劉氏因為身材高大，不容易找到門當戶對的男人，劉總兵就把她嫁給出身寒門又長相清秀的牛把總，並為他生了一個女兒。

牛把總憑著老丈人官越做越大，漸漸開始嫌棄劉氏高壯，又沒生兒子，就偷偷在外面找嬌嬌弱弱的小娘子。

劉氏知道後跟牛將軍大打出手，打得牛將軍到處躲，牛將軍老實一段時間，過後又繼續找，這樣打打鬧鬧幾年，牛將軍已經在外面有了兩個庶子、一個庶女。劉氏徹底失望，提出和離。

他們兩人的事也是吳城一帶的談資，但幾乎所有人都認為是劉氏不對，好妒、生不出兒子，還敢打男人，應該直接休了。

劉總兵也知道自己女兒不占理，對牛將軍提出的唯一條件是兩人和離後，他要把外孫女一起接回來。牛將軍同意了，劉總兵也就沒找牛將軍的晦氣。

還真是個妙人兒。江意惜說道：「國公爺不會喜歡吧？」

孟辭墨道：「祖父已定下，他喜不喜歡都要娶，其實劉姑姑長得不錯，性格也好，愛說愛笑，心裡不藏事，不像有些姑娘那樣愛裝，就是個子高些，比我矮了不到兩寸，只比我爹矮一點。劉總兵也豪爽仗義，胸襟坦蕩，我祖父非常欣賞他……」

江意惜想起來了，老國公之前說過吳城的一個老部下偶爾會給他帶東西，包括明前吳湖龍井。那個老部下應該就是這位劉總兵。

老爺子是要找個厲害媳婦把大兒子管住，不求他有出息，只要他不惹事……而孟家也有劉家看上的理由，不需要劉家姑娘生兒子，還有不許納妾、不許置外室的家規，有大家長的支持……

成國公正當壯年，肯定要找媳婦，找個這樣的，比找那些心眼多愛耍手段的女人強多了。

想像著成國公被媳婦追著打的畫面，江意惜不厚道地笑起來。

孟辭墨見小媳婦樂得歡，知道她想到了什麼，伸手捏了捏她的鼻子，悄聲問道：「那個乾淨了嗎？」

一直蹲在炕頭的花花喵喵叫了幾聲。「聽得正高興，又說到了那上面，還說你爹好色，你也一樣。」

叫完跳下地，找水清洗臉刷牙去了。

江意惜的笑聲更大了，孟辭墨還以為她在笑成國公和劉姑姑，提醒道：「誒，誒，妳可是兒媳婦，想什麼呢！」

江意惜方收斂笑容，說道：「今天還有點，明天應該可以了。」

次日一早，孟辭墨和江意惜都早早起來，一個晨練，一個去小廚房。

她要親自煲湯和做點心孝敬老夫婦，昨天老太太一嚇一氣，身體肯定吃不消，老國公身體這樣好，六十多歲還能拿著軍棍把兒子打得起不來，都是自己時時給他老人家吃補補來的。

做好、吃完早飯，還不到辰時，孟辭墨帶著拿了食盒的臨梅去外院。

老爺子這段時間都在外院歇息，既要看兒子，還要看孫子。孟辭墨也不得不去成國公跟前盡孝，守在床前為他端茶倒水。

江意惜則帶著花花和還睡著的小存存去了福安堂。老太太心情不好，讓他們去解解悶。老太太還沒起身，臥房門闔著，家裡的女眷孩子都候在側屋，連懷孕的二奶奶和孟華都來了。

聽說江氏拿補湯來了，老太太讓人服侍穿衣裳。

她出來喝了補湯，方覺胸口沒有那麼緊，再看到一溜站在炕前的小五、小安安、小花花、被乳娘抱著的小存存，心裡又高興起來。

大兒子不懂事，連隻貓都不如，可後人們懂事，孟家會越來越好。

連小存存都會看臉色，之前老太太沈著臉，他嚇得一聲不敢吭，見太祖母有了笑臉，馬上格格笑出了聲。

把孩子和花花留在福安堂，江意惜和二夫人、孟夫人去議事堂處理家事。

午時初，江意惜剛回到浮生居，一個外院婆子就領來兩個和尚，小和尚江意惜認識，是戒九。

大和尚站在院子裡沒進屋，只是把挑著的兩筐茶葉交給婆子，婆子和丫頭都被他的樣子嚇了一跳，離他遠遠的。

江意惜知道戒九跟愚和出門雲遊去了，笑道：「愚和大師回來了？」

戒九雙手合十道：「阿彌陀佛，貧僧的師父回來了。師父還在外面收了一個徒弟，呵呵，是貧僧的師弟，叫戒十。師父說，戒十師弟是他的關門弟子，以後不會再收徒弟了。」他指指地上放著的兩個大筐說：「貧僧師父說女施主的好茶應該喝完了，就讓貧僧和師弟送了這麼多好茶過來，順便再要些素點回去。」

江意惜往窗外看了一眼，一個和尚站在外面。那個和尚三十左右，長得魁梧健壯、落腮鬍、四方大臉，銅鈴一樣的圓眼睛露著凶光，左臉還有一道長疤。

竟是他！

哪怕隔了兩輩子，江意惜還是嚇了一跳。

她強把驚訝壓下，垂目斂去眼裡的驚濤駭浪，待平撫下心緒，才低聲說道：「大師收了那個人當弟子？可我哪怕是凡夫俗子，也看得出那位戒十師父不像佛門中人。」

戒九明白江意惜的意思，許多人都不解。他笑了一下，雙手合十道：「阿彌陀佛，不能以貌取人。師父帶貧僧雲遊到廣東海縣時，化緣到了師弟的家裡，師弟俗名樊魁，母親病重，多年未癒，師父說師弟跟佛門有緣，希望若治好那位女施主的病，師弟就拜他為師，皈依佛門，一心向善。師弟同意了，師父花了一個月治好了他母親的頑疾，師弟便依諾剃度出家……」

的確是他。

江意惜笑道：「做素點要些時間，請兩位師父稍候，順便在這裡吃頓齋飯。」

先讓臨香請戒九和戒十去東廂耳房喝茶，她去小廚房做素點及齋飯。

那個和尚江意惜前世見過，樊魁這個名字江意惜前世也聽過，但今天才知道原來他們是同一人。

前世建榮十七年，也就是江意惜當姑子的第一年，庵堂來了一個上香的人。那個人極其虔誠，從山下一跪一磕頭來到庵堂。

他對住持說，小時候母親為了救他不慎被蛇咬了，小腿腫得比大腿還粗，看了許多大夫都沒治好，如今越來越嚴重，已經全身浮腫。老家的一位和尚指點他，一路往北拜菩薩，興許有意想不到的收穫。

他就一路北上，有寺廟就拜，等拜到晉和朝最北邊的遼城就返回，因為再往北的地方不供奉佛祖菩薩。

那個人長相極凶，模樣到現在江意惜都記得，就是那個叫戒十的和尚。

而樊魁，是前世建榮十九年，湖廣一帶遭災，帶領災民造反的逆賊首領，他們逐步把勢力擴大至三個省分，朝廷派重兵鎮壓，用了兩年多的時間才把逆賊消滅，這場戰亂死傷無數。

那時她雖然已經出家，還是聽說了一些消息，有香客說的，也有後來沈老神醫說的，江洵死前來看她也會說一些，江洵還提到一位鄭小將軍在平叛中陣亡，他的死讓孟辭墨和偶爾教他武功的孟連山悲痛萬分……

現在想來，那位鄭小將軍應該是鄭玉。鄭玉是孟辭墨的好朋友，若前世他一直留在京城，孟辭墨也不會那麼孤立無援。

不提鄭玉與孟辭墨和李珍寶的關係，也不提他是鄭婷婷的大哥，光是這麼一個有為青年年紀輕輕送命，她也覺得可惜……

她記得很清楚，帶領災民造反的頭領就叫樊魁沒錯。那個人窮凶極惡、力大無窮，據說是個孝子，老母病死已讓他怒不可遏，而後妻兒又在災荒中餓死，他便氣得領人造反，最後被押回京城判凌遲處死。

樊魁死後不久，孟辭墨自盡，江意惜重生。

前世沒有眼淚水，愚和大師治不了樊母的病，然而這一世花花的到來，讓愚和大師得以提前把樊魁點化，讓他當了和尚，不知他是否能就此向善，放下屠刀？

如果可以這麼順利，江意惜心裡也高興，彷彿花花和自己也為天下蒼生做了一點好事。

江意惜把點心放進燜爐烤，齋飯也做好了，讓人送去給那兩個大小和尚吃。

她回了臥房關上門，把她之前用光珠照過的茶葉拿出來，覺得有些少，又拿出光珠處理了一些茶葉。

未時，戒九和挑著兩個大筐的戒十離開浮生居，他們剛走到院門口，就跟兩位小貴客相遇，兩個孩子一看到戒十都嚇得一個趔趄，慌忙抓緊下人的衣袖。

戒九和戒十來到外院，又繞去外書房跟老國公告辭。

正好外書房坐了兩位來訪的貴客，是文王李紹和雍王世子李凱。

老爺子和孟辭墨、二老爺都十分納悶，他們跟那二位少有來往，他們怎麼會突然上門拜訪？而且，一看就是文王要來，硬把李凱拉來的，幾人沒話找話地說笑著。

戒九笑道：「老施主，貧僧打擾了，感謝！」

戒十望天，一言不發。

送走兩個和尚，老國公笑道：「機緣巧合，愚和大師去辭墨媳婦的莊子化緣，特別喜歡她做的素點，偶爾便會來要一些。」

文王笑道：「孟少夫人善美食，本王聽說宜昌皇姑也特別喜歡她煲的藥膳。」

孟辭墨謙虛道：「要說善美食，誰也比不上珍寶郡主。」

李凱最喜歡聽別人誇妹妹，聽孟辭墨這麼一說，立即眉開眼笑，接話說起了妹妹如何美麗聰慧，無人能及。

文王想多打聽一些事，偏偏插不上話，又不願意引起別人的注意，氣得拳頭在袖子裡握了又握。

怎麼會這樣，一切都變了……

前幾天，他派去跟蹤樊魁的人回京稟報，樊魁的母親被愚和大師把頑疾治好了，樊魁居然剃度出家，還當了愚和老和尚的關門弟子。

早知道這樣，就不該等到明年遭災，而該早些施恩把樊魁收攏過來，再悄悄把那個老太婆弄死……

浮生居裡，孩子們的笑鬧聲和貓叫鳥鳴聲不時響起。

廳屋裡，兩個孩子吃著剛做好的點心，他們吃一點，再餵花花和啾啾吃一點，然後看一貓一鳥耍寶。

他們看得高興，黃嬤嬤懷裡的小存存也看得高興，又吼又叫，聲音一點也不比他們的小。

江意惜非常納悶，怎麼李嬌和李奇突然來了？若他們跟著李珍寶來玩還想得通，可跟著文王和李凱這兩個愛看戲的人來，真不知道是什麼意思。

套了幾句話便得知，是李嬌想看花花和啾啾，文王愛女心切，只好帶她來看；又覺得一個人不好玩，去雍王府叫李凱。李凱不願意，說看貓看鳥不如看戲，可文王硬把他請來了……

文王是幾個皇子裡最不得寵的，雖然貴為親王，但在皇上和太后的眼裡，還真比不上雍王世子李凱。為了閨女，能硬把李凱「請」來孟府，也的確算是把這個獨女寵到天上去了。

酉時初，前院婆子才來說，文王和李世子要走了，請小郡主和小公子去前院。

江意惜送了他們一人一盒點心，帶著花花和啾啾、存存把他們送出浮生居。

送走小貴客，江意惜帶著存存和花花去了福安堂。

老爺子晚飯也沒過來吃，二老爺等幾個成年男人都在前院陪他。

老太太唉聲嘆氣，在晚輩的勸解下只喝了碗湯，而後下人服侍老太太上了床，眾人候在側屋，聽到老太太睡熟，才各回各院。

江意惜等到亥時末，也沒等到孟辭墨回來。

孟辭墨盼了十天，按理今天晚上會想盡辦法回來抱媳婦。他沒回，說明被成國公纏得回不來。

江意惜也失望得不行，獨自上床歇息，心裡暗罵成國公老不修，自己的日子不好過，還要折騰得兒子不好過。

長夜漫漫，江意惜輾轉反側睡不著，連府外隱隱的打更聲都聽得異常清楚，那種許久沒出現的不踏實感又油然而生，眼前時時出現那張恐怖的臉。

直到下半夜，她才迷迷糊糊睡著。夢裡，孟辭墨回來了，那兩片溫暖濕潤的薄唇在她臉上游移……

夢境越來越真切，能聽得見喘息聲，感覺得到呼吸的灼熱，江意惜徹底清醒過來睜開眼睛，真是孟辭墨回來了。

她心下歡喜，嘟囔道：「回來了？」

孟辭墨喉嚨裡笑著咕嚕兩聲。「嗯，已經寅時初了，完了我就去營裡。」

「你夜裡沒睡？」

「噓，集中精力，再給我生個跟妳一樣漂亮的閨女……」

完事後，孟辭墨急匆匆洗漱完，江意惜親自服侍他穿上戎裝。

孟辭墨一看就知道整宿未睡，眼裡有血絲，一臉疲憊，但表情輕鬆，很滿足的樣子。

江意惜心疼道：「國公爺也真是，明知道你大早上要回營，怎麼能讓你服侍一宿？」

孟辭墨也氣得要命。一整個晚上，成國公一會兒喊痛一會兒要喝水，還時不時睜開眼睛看他有沒有走開，若不是知道他要回營，現在都不會放他出來。

孟辭墨心裡再不耐煩也得忍著，孟辭羽託病不能出門，大姊和孟華是女眷，他若再不服侍床邊，恐遭詬病。

他笑道：「無事，之前打仗有時候幾天幾夜不能睡覺。」

二人攜手走出院門。

夜色茫茫，晚秋的風已經有了寒意，半輪明月斜掛天邊。

直至看不到那個身影了，江意惜才緊了緊領子，去了後院小廚房。

老太太身體康復前，她每天都要煲湯盡孝，做給別人看，補湯還不能少了成國公的。

下晌，江意惜讓人去前院把老國公請來，送了他兩斤愚和大師「送」的好茶。

又有好茶喝了，老爺子陰沈的臉有了一絲笑意。

江意惜親手奉上茶水，說了一下戒十的事。

她當然不能說前世樊魁造反，而是說愚和大師曾經說過有人會造反的預言。愚和大師出去雲遊，治好了樊魁母親的頑疾，前提是樊魁出家，一心向善。

江意惜看樊魁的面相不善，懷疑樊魁會不會跟造反有關，愚和大師收他當弟子是想釜底抽薪，先把參與的人弄進佛門，但是，敢造反肯定有同夥……

老爺子對戰事比一般人更敏感，他猜測，愚和大師把這事透露給孫媳婦，還特地讓戒十來這裡送茶，是不是在拐彎暗示自己什麼？

他說道：「我知道了，我會派人去樊魁的老家查一查……」

老爺子重視這件事了，江意惜便撂開了手。

這段時間成國公府的氣氛非常壓抑，連孟辭令和孟照安這兩個小娃娃都不敢當眾笑，只有小存存快樂而茁壯地成長著。

十月中旬，成國公傷好能上衙了，老太太的身體在江意惜的調養下也大好起來。

李珍寶又開始長時間泡藥浴，不能再見外人，所幸今年李珍寶的情況比往年都要好，泡藥浴大多時間是清醒的。

身體狀況是好些了，但這種清醒對李珍寶的精神更是一種考驗和摧殘。江意惜非常心疼，每隔幾天就會讓人送一次補湯和點心過去。

小存存滿半歲了，長得比一般孩子要高、又漂亮，也聰明得多，不僅會坐，會翻身，還會爬。

老夫婦都非常喜歡小傢伙，覺得孟辭墨小時候就應該這麼聰明，否則也不會極有心眼地發現付氏的不慈，不聽那些惡奴挑唆做壞事……可惜那時一個忙，一個身體不好，都沒留意他是如何長大的。

江意惜暗道，老爺子是不在家沒法子，而老太太，即使身體再不好也把孟辭羽寵上了天，她沒多注意孟辭墨，還是因為不喜歡他罷了。

之前，老太太最喜歡的兒子是長子，最喜歡的孫子就是三孫。可惜這兩個人都不頂事，一遇逆境就意志消沈。

老太太也覺得對不起大孫子，賞了小存存不少好東西當補償，老爺子就更不用說了，每次進內院第一是看小存存，第二是侍弄花草，第三才是跟老太太和其他晚輩見見面。

十七下晌未時末，老爺子又來了浮生居，還帶來一籃子波斯棗，說是鄭吉讓人送來的，他讓人每個院子送了一籃子。

他抱著小存哥兒逗弄了一陣，江意惜親自把茶奉給他。

下人退下後，老爺子才說道：「鄭吉給華丫頭看了戶好人家……」

後生名叫蔣昌，也是軍人，長得不錯，十九歲，在守軍中任七品把總。

他父親蔣凡之前在老爺子手下做事，軍戶出身，從新兵蛋子升到五品千總，得以擺脫軍戶身分，可惜五年前在大戰中失去右臂，如今榮養在家。蔣凡憨厚不怕死，老爺子對他的印象很好，現在還記得……

老爺子爽朗地笑了幾聲，看似對蔣昌非常滿意。

「過兩天就讓辭閔親自去一趟雍城，若是那個後生的確不錯，就把華丫頭的真實情況告訴他們，他們若不願意，我們也不要為難他們，但絕不許把這些情況說出去。若他們願意，就把那樁親事訂下，辭閔之後在那裡幫他們買宅子置產，明年春天華丫頭嫁過去，辭羽送嫁。今後兩兄妹就能改換名字，自在生活在那片天地了。其實，相比京城，我更喜歡雍城，天高地遠，民風開化，沒有這麼多束縛……」

雍城在晉和朝西北部，屬於西慶，卻並不在邊陲，遠離京城，又不怕韃子來犯，老爺子的幾個親信都在那裡當權，那裡的確是個好地方，老爺子為了那兩人真是煞費苦心。當然，鄭吉也會看人。

江意惜沒說話，默默地聽著。

對普通姑娘來說，蔣昌各方面條件都不錯，身材高大、性格憨厚，父母寬厚和善、家有薄資……

但是，孟華是成國公之女、太師孫女，之前眼高於頂，看上的都是豪門大戶的青年才俊。真正要嫁給這樣的男人，其中落差可想而知，她會心甘情願嗎？

之後老爺子去了福安堂，把孟華叫過去，同老太太一起講了蔣昌的情況。

孟華當即表示願意。據說，孟華回流丹院後哭了整整一夜，這是埋藏了過去所有美好的願望和期盼吧？

江意惜聽說後，也不得不佩服那個丫頭。她不像自己重生過一次，把所有事都看透想透了，她才十五歲，之前一直嬌生慣養，走到這一步著實不易，比她的父兄有擔當多了。

他們兄妹去雍城是秘密，不能從京城帶太多東西，之前付氏嫁妝裡的田地實物要變換成金銀，兄妹二人各一半，留一部分在他們手裡，另一部分在雍城一帶置產。

孟家還會給孟華二萬兩銀子，是孟家給她的嫁妝，再給孟辭羽五萬兩銀子，其中二萬兩是聘禮銀子、三萬兩是分家銀子。

老爺子擔心孟辭羽心性不定，孟家給的五萬兩銀子暫時不會交到他手裡，而是由二老爺和孟辭墨共同保管，等到他定性後或是三十歲後再給。

放出的風聲是，老爺子正託人在老家陝西一帶給孟華找人家，或許孟辭羽也會回老家。

初六這天下晌，老爺子收到了劉總兵的回信和信物。

劉總兵同意把和離女兒劉恬許配給孟道明，劉恬也十分願意，她只提了一個條件，就是要帶著十二歲的閨女牛繡一起來孟家生活。

這點老爺子沒有任何異議，他拿著信和信物去了福安堂。

福安堂東側屋正熱鬧，除了孟華沒來，其他女眷、孩子都在這裡湊趣兒。

老爺子把信給老太太，老太太才知道老頭兒瞞著她給大兒子說了一門親事。

老太太雖然沒見過劉恬，但見過劉總兵及其夫人，說道：「劉總兵兩口子都長得黑黑壯壯，他家的閨女……還那麼大歲數了，大兒特別愛美女，他會願意嗎？別害了劉氏。」

當初，孟道明聽說曲家姑娘長得好，天天纏著母親去曲家說親，老夫人不願意，覺得曲家門戶低，後來曲家大姑娘成了太子良媛，老夫人就更不願意了，因為老國公不許自家子孫站隊。

孟道明是用「不讓他娶，他就要上戰場」才讓老夫人同意，後來他又被付妖精迷惑，把好不容易求來的曲氏丟在腦後，現在讓他娶一個其貌不揚的女子，他會願意嗎？

老爺子沈著臉說道：「婚姻大事父母做主，他不娶也得娶，若再敢作妖，看我怎麼收拾他！哼，劉氏可不是軟弱的曲氏……」

晚輩們不好再聽下去，起身去了廳屋。

江意惜看出來，除了孟辭令和孟照安、小存存三個小豆丁外，其他人都有看熱鬧的興奮之色，立著耳朵仔細聽側屋的動靜。她暗樂，孟道明的人緣關係可見一斑。

不多時，成國公和二老爺下衙回來見女眷、孩子都待在廳屋，愣了愣。

二老爺問道：「你們怎麼沒進屋服侍父親母親？」

二夫人看了成國公一眼，對二老爺笑道：「公爹婆婆在商議要事，我們……」

成國公和二老爺聽了，急急去了側屋。

不多時，就聽見成國公的大嗓門傳來。「爹，劉大駱駝的閨女，我不娶……」一聲清脆的瓷響聲，老爺子砸了茶盅，喝道：「你敢……」

孟辭令嚇得眼淚都出來了，癟著嘴不敢出聲，孟照安也嚇得緊緊抓住二奶奶的衣裳。

二夫人起身，帶著眾人避去西側屋。

不多時，二老爺走過來，讓他們各自回自己院子吃飯，他們哥兒倆陪老夫婦。

路上，二奶奶悄聲問江意惜。「大嫂，妳說大伯父會娶那個人嗎？」

按理，江意惜該說「不知」，畢竟成國公是她的公爹，但江意惜還是說了。「咱們家，誰能違背祖父的意思？」

二奶奶抿嘴笑道：「我也覺得是這樣。呵呵，大伯父有福了，一個姿色絕豔，一個風情萬種，如今又來了個……」覺得自己說了不該說的話，她紅著臉住了嘴。

次日早上，晚輩們去福安堂請安。

老太太神色懨懨，還是對江意惜說道：「我們要請媒人去吳城說親，記得準備厚禮，要送劉親家。」

江意惜問道：「按慣例準備嗎？」

老太太道：「再加厚五成，還有，把正院拾掇出來，除了上房劉家會運家具過來，其他屋裡的擺設儘量大氣些，不要付氏在時的調調。另外，再收拾一處院子給牛小丫頭住，抓緊時間，老公爺的意思是，等到付氏死了滿一年，明年六月，妳公爹就把劉氏娶進來。」

江意惜腹誹，沒想到自己還要給孟道明準備婚事？卻也只得點頭應是。

成國公要娶吳城劉總兵之女的消息立即在成國公府傳開了，流丹院裡，李嬤嬤小心翼翼把這個消息跟孟華說了，還勸道：「姑娘莫難過，男人都這樣。」

孟華搖頭苦笑道：「我早對我爹沒有念想了。當年他迎娶我娘時，曲氏也才剛走了一年，如今他都恨死我娘了，難道還巴望著他記著那夫妻情分？」

李嬤嬤又道：「聽說那位力大如牛，國公爺不願意，是老公爺硬押著娶的。」

「管他願不願意？再過幾個月，這世上就沒有孟華這個人了，妳也拘著咱們院子裡的人，不管別人怎麼議論，我們的人不要出去多嘴。」

忙到晌午，江意惜才從議事堂匆匆往浮生居走去。

她覺得非常疲倦，想睡覺。不知何時天空又飄起了小雪，水靈給她打著傘。

看到娘親回來了，黃嬤嬤懷裡的小存存「啊啊」叫著，向娘親伸出手要抱抱。

江意惜在銅盆裡淨了手，才笑著抱過小存存，在他的小臉上親一口。

丫頭把五菜一湯擺上炕几，其中包括一條松鼠魚。

松鼠魚是浮生居小廚房做的，沒有新鮮番茄，用的是番茄醬，做了兩條，一條放去高几上，花花一下跳上高几，蹲著吃起來。

看到魚，江意惜就聞到一股強烈的腥味，一陣反胃，她皺眉道：「把魚撤下去，今天誰做的魚，怎麼這樣腥？」

水靈趕緊把炕几上的魚端出去，水清又過去把高几的魚端出去，花花一路跟著跑出去。

吳嬤嬤納悶道：「水珠做的，不腥啊。」她的眼裡突然冒出精光。「大奶奶，妳是不是又懷孕了？」

生了小存存後，江意惜的月信就不太準，有時候會提前兩天，有時候會推遲幾天，今天距上次月事過了三十三天，吳嬤嬤念叨過幾次，讓主子吃幾副調月信的藥，可江意惜覺得眼淚水是最佳良藥，胃裡的光珠算得上仙丹，自己又沒有大毛病，一直堅持沒吃。

江意惜再想到這兩天總是感到疲憊，也覺得有可能又懷孕了，笑道：「還不一定，暫時不要說出去。」

黃嬤嬤趕緊從江意惜懷裡抱過小存存，笑道：「大奶奶可不要累著了。」

飯後，江意惜為自己把了脈，沒摸出滑脈，有可能時間還早她摸不出來，也有可能她真沒懷孕。

她上床睡覺，不過剛睡著就又被一陣嘈雜聲吵醒。

「怎麼了？」

臨香進來說道：「季嬤嬤來了，說宜昌大長公主突發眼疾，看不到了，又吵著眼睛痛，鄭大姑娘和鄭公子去福安堂求老夫人，希望大奶奶能去大長公主府看病。老公爺和老夫人都同意了，讓大奶奶盡力。」

江意惜聽鄭婷婷說過，太醫院的御醫一直在給大長公主治眼睛，怎麼會突然病情加重？她不想去宜昌大長公主府，何況她現在有可能懷孕了，她還有一次與水有關的大凶沒過，之前一直怕付氏陷害，雖然付氏已經死了，不過前三次與水有關的事都跟宜昌大長公主府有關，兩次是在他們府出的事，一次是扈氏因為大長公主反對婚事而跳河自盡……但老國公和老太太都同意了，她再不想去也得去，只好今天先去看看，治不治再說。

她剛把衣裳穿好，鄭婷婷和鄭璟就來了浮生居。

鄭婷婷的眼睛都哭腫了，拉著江意惜的手說：「江二姊姊，上個月開始，我大伯祖母的眼睛就開始痛，頭也昏得厲害，越來越嚴重，今天上午突然看不見了……御醫說是青風內障，這段時間心疾也犯了，時常喘不上氣，還暈厥過……」

現在才來求江意惜，也是沒法子了，半個月前，鄭婷婷就跟大長公主說過不如讓江意惜來試試。

一旁的何氏沈臉說道：「小丫頭不知輕重，大長公主有多尊貴，能隨便讓人來試試？那江氏年紀輕輕，會的不過是些旁門左道，治的鬥雞眼和斜眼都不算正經疾病，大長公主的病如此凶險，萬一被她耽誤了可怎生是好？還是應該找醫術高的御醫和正經大夫……」

看到何氏冷冷的眼神，鄭婷婷不敢再說。她不明白，平時何氏不愛說話不愛拿主意，從來都是溫溫柔柔，怎麼會如此嚴厲地阻止江意惜給大長公主看病，難不成真是自己不知輕重，讓小小年紀的江意惜看病會耽誤大長公主的病情？

鄭婷婷便不敢再說，她也怕江意惜治不好，不僅自己被何氏怪罪，也連累了江意惜。

本來大長公主也想讓江意惜來看看，可聽到何氏說她治的都是鬥雞眼和斜眼這種病，也怕自己的病被耽誤，就也沒提。

但是今天大長公主的眼睛突然看不見，這麼多御醫都束手無策，老駙馬才又提起了江意惜，還讓鄭婷婷和鄭璟一起去請，何氏也不敢再攔……

鄭璟給江意惜作了個長揖，懇求道：「孟大嫂，求妳了，我祖母痛得緊……」說到後面都有了哭聲。

江意惜道：「好，你們都冷靜些，我不敢說能治好大長公主，但自當全力以赴。」

此時外面風雪更大，狂風呼呼吹著，江意惜穿著斗篷，手裡拿著小炭爐，帶著身手好的水靈和心細的臨梅同鄭婷婷和鄭璟一同坐轎去了前院，又乘馬車前往大長公主府。

馬車裡，鄭婷婷跟江意惜大概講了大長公主的症狀，江意惜覺得是青風內障無疑。前世師父重點教過她這種病，但就連師父都說過，這個病嚴重了基本治不好，連他也沒有把握。

不過江意惜肯定自己能治好，就是要加一點這個世上不應該有的東西。不過，她目前還不知道自己該不該為那個老太太治病。

若論血緣關係，那個老太太是自己嫡嫡親的親祖母，無論如何她都該治。可是想到母親曾經的絕望和痛不欲生，還有自己前世的倍受欺凌，她又不願意治。

來到了大長公主府裡的正堂，側屋坐著老駙馬及幾個不認識的人。

臥房裡，鄭夫人何氏和鄭婷婷的娘謝氏服侍在床前，還有幾個御醫在忙碌。

宜昌大長公主躺在床上哼哼，眼睛閉著，消瘦許多，臉色青白。這是一個普通老太太，被疾病折磨得不成樣子，跟之前那個充滿威儀又慈眉善目的老太太判若兩人。

江意惜的心竟然猛地一痛！

真是見鬼了。她摸了摸胸口，告誡自已不要心軟。

何氏看到江意惜，扯了扯嘴角，沒說話。

謝氏上前拉住江意惜的手說道：「好孩子，妳快看看，大長公主的病能不能治？」

鄭璟來到床邊，俯身在大長公主的耳邊說道：「祖母，我和婷婷把孟大嫂請來了。」

幾個御醫看看江意惜，雖然沒說話，眼裡都有不屑。

江意惜解下斗篷，過去床邊給大長公主把脈，再翻開她的眼皮看。

大長公主的眼疾的確是青風內障，還伴隨著心疾。前一種病這些人束手無策，後一種病御醫就能控制。

江意惜剛要把手收回來，大長公主就一把抓住她的手，閉著眼睛顫巍巍說道：「江小丫頭，妳又來看本宮了，本宮想再看看妳的小模樣，可惜看不到了，瞎了……」

說到後面，老太太的聲音都哽咽起來。

江意惜安慰道：「大長公主保重身體，會好起來的。」

她想把手抽回來，卻沒抽回來，又不好使勁抽。

大長公主又說道：「好生奇怪，我昨天夢到了吉兒，居然還夢到了妳，終於想起妳像誰了，像吉兒的小姑姑……」

話沒說完，又張大嘴巴喘不上氣來，善心疾的御醫趕緊過來施針，江意惜才得以離開床邊。她腦子裡快速轉著，鄭吉的小姑姑，就應該是鄭老駙馬和鄭老少保的妹妹了。

她側頭看了何氏一眼，何氏正吃驚地看著她，見江意惜看過來，何氏趕緊轉過頭走去床頭。

江意惜去了側屋，何氏、謝氏、鄭璟都跟了出來。

鄭老駙馬起身問道：「江小丫頭，大長公主的眼睛……」

江意惜說道：「是青風內障，已經到了晚期。」

這跟御醫診斷的一樣，幾人臉上都透出絕望。

鄭老駙馬說道：「都說江小丫頭有特殊本事，妳還有沒有治好的法子？」

江意惜沈思了片刻，才抬頭說道：「不敢說有特殊本事，但若駙馬爺信我，我姑且試上一試。」

鄭老駙馬又把幾個善眼疾的御醫招過來。「大長公主的眼疾，你們還有辦法嗎？」

幾個御醫躬身說道：「下官無能，只能儘量減少大長公主的痛苦，沒有辦法治癒青風內障，讓大長公主重見光明。」

鄭老駙馬捏了捏拳頭，那只得死馬當作活馬醫了。大長公主身分貴重，不能害了小丫頭，規定期限，有好轉就繼續治，沒有起色就停止，讓御醫接手。

剛才他也聽到了大長公主的話，怪不得他覺得江小丫頭面善，原來是像幾十年前的小妹。現在看看，還真的有些像。

他還是非常感動。宜昌是真心對自己的，連他死了幾十年的妹妹都還記得。

他對江意惜說道：「既然這樣，江小丫頭就試一試吧，期限為一個月……」

江意惜知道老爺子是為她考慮，說道：「這兩天主要把大長公主的心疾控制住，下一步再主治眼睛，我準備準備，後日再來。」

鄭婷婷送江意惜出去。

江意惜悄聲問道：「鄭將軍的小姑姑……」

鄭婷婷說道：「是我的姑祖母，十五歲時仙逝了。」她又仔細看了看江意惜，不可思議道：「經伯祖母一說，我才發現咱們倆也有點像呢。」

江意惜似是無意地笑道：「你們鄭家老祖宗和我們江家老祖宗有可能是親戚。」

鄭婷婷深以為然。「還真有可能，這麼說來，我們兩人是親戚了。」又道：「前幾天我大哥去看了小珍寶，回來說，小珍寶好可憐，隔了一道門都能聽到她痛苦的呻吟聲。」

鄭玉去看李珍寶之前還告訴了江意惜，江意惜託他帶了補湯和點心去。

江意惜道：「有感覺總比沒感覺強。雖然痛苦，病情總算有了緩解。」

出了垂花門，江意惜停下腳步，四處望著。

雪還下著，天空陰暗，樹上、房頂上都堆滿了雪花，江意惜指著一處院子說：「這裡人少，顯得更加空曠了，那一片是妳的院子，對不對？」

鄭婷婷點點頭，指著一處房頂說：「那邊是吉叔和嬸子的院子，那邊是客人聽戲的院子，那邊挨著牡丹園，是大伯祖母賞牡丹的地方……」

江意惜已經猜到那處第二大的院子是何氏住的地方，只不過想再次確認一下。

回到成國公府已是暮色四合，燈籠在風雪中飄搖著。

江意惜直接坐轎去了福安堂，下了轎，水靈拎著羊角燈走前面，臨梅扶著江意惜走在後面。

除了成國公和孟辭羽兄妹，在家的主子都在這裡。

老倆口坐在炕上，小存存坐在一旁跟花花玩得歡，看到娘親了，高興地往炕沿爬來，嘴裡「啊啊」叫著，一串銀線流出來。

老爺子趕緊把他抱進懷裡，拿起博浪鼓逗他。

花花也高興，跳下炕，再跳進江意惜懷裡。

江意惜樂呵呵地擼了牠幾下再把牠放去炕上，給老倆口見了禮，接過兒子坐下，說了宜昌大長公主的病情。

老爺子比老太太還憂心。孟、鄭兩家是世交，他又佩服宜昌大長公主堅決不站隊英王，還有一點，若大長公主有個三長兩短，鄭吉也會被人詬病，他一直把鄭吉當兒子，可捨不得他背負不孝的罵名。

大長公主病重，鄭家肯定會給鄭吉送信，他也寫了一封信讓人送去，勸鄭吉回家一趟。算算時間，他已經有八年沒回過京城了，連官員回京城考核都找藉口推了，那個臭小子，這次比之前隔的時間還長。最好能跟辭閱一起趕在年前回來，孟辭閱去雍城，不僅要把那樁親事訂下來，還要幫忙置產，所以會耽擱久一些。

老爺子囑咐道：「辭墨媳婦要盡心醫治……」

他知道江意惜的真實醫術，這個孫媳婦可是沈老神醫的親傳弟子，連辭墨那麼嚴重的眼疾都治好了。

飯後回到浮生居，江意惜悄悄跟花花佈置了任務。

她有可能懷孕了，這個時期不管在哪裡都要注意安全，何氏已經在懷疑她的身世，看樣子把丈夫的冷漠和無情都恨在了她身上，萬一何氏腦抽陷害她一把，那可得不償失。

雖說她可以不管大長公主，硬是裝病在家，別人也拿她沒辦法，但看到那個老太太，她還做不到完全坐視不理，那麼，就得讓花花幫忙設個局，減少她和何氏見面的機會了……

花花聽了江意惜的悄悄話，邪惡地喵了幾聲，天天待在這個大宅子裡太無趣，終於又有好玩的事了。

次日，江意惜就讓人去藥堂買治眼睛的藥回來熬特製藥湯。

這天還沒有來月信，早孕反應雖然不強烈，還是有一些，讓她更加肯定自己懷了孕。

傍晚，謝氏從自家趕到宜昌大長公主府。她對一臉疲憊的何氏說道：「今天夜裡我守著，妳回去歇歇。」

白天，鄭璟會守在大長公主身邊盡孝，有時鄭芳芳和鄭晶晶也會來。而何氏不僅白天要守，夜裡還要和謝氏、鄭婷婷輪流換班守，雖然不像下人那樣夜裡不睡覺，卻也睡不踏實。

何氏看了一眼床上的大長公主。經過御醫調理，心疾得到控制，眼疾卻沒有一點起色，明天江意惜就要來治療眼疾了，最好的御醫和大夫都沒辦法，江氏能有什麼法子？

江氏……

何氏的心沈了沈，斂去眼裡的不甘，輕聲對謝氏說道：「麻煩嫂子了。」

來到外面，看到晚霞鋪滿半個天際，融融暖色籠罩著這片望不到邊的大宅子。

天大地大，她的天地只有這片宅子的二分之一。

在這方小天地裡，服侍婆婆、教養兒子、數念珠，日復一日，年復一年……但她知道，真正陪伴她和屬於她的，只有這串珠子。

等到婆婆死了，兒子大了，自己也該入土了，繼續陪伴自己的，依然是這串珠子。

何氏摸摸左手腕上的念珠，快步走回自己的院子，院子裡死氣沈沈，沒有一點聲音，比大長公主住的正堂還要靜謐，所有下人走路都悄無聲息，說話也是輕言細語，唯一一點動靜，就是鄭璟來請安的時候。

何氏淨了手，丫頭把茶奉上，她沒接茶。「唐嬤嬤留下，妳們都下去吧。」

唐嬤嬤來到何氏身旁。

何氏問道：「原武襄伯夫人周氏在哪裡出家？」

唐嬤嬤沒想到夫人會問那個人，想了片刻才說道：「老奴約莫聽說是在京郊的那個庵堂，名字記不得了，明兒讓唐貴去打聽打聽。」

唐貴是她的小兒子。

何氏道：「萬不能讓江家人察覺，去周氏的娘家打聽，打聽到了，妳親自去見她，問她幾件事……一定要問詳細，不要有絲毫遺漏。」交代幾句後，又道：「這事只限妳和唐貴知道。」

唐嬤嬤的臉色越來越驚恐，點頭道：「是，老奴這就去辦。」

唐嬤嬤走後，何氏又取下念珠轉起來。

晚上，江意惜和花花在炕上逗著小存存。

或許小存存也知道今天爹爹要回來，戌時該睡覺了依然興奮，黃嬤嬤伸手抱他，他「啊啊」叫著不讓抱，還知道爬去炕裡，求助地看著花花。

弟弟求助牠而不是求助娘親，花花被感動了，瞪著眼睛衝黃嬤嬤喵喵直叫，厲害得不得了。

江意惜笑道：「讓他多玩一會兒。」

孟辭墨還沒進屋，就能聽見兒子的格格笑聲、花花的喵喵叫聲，間或有幾聲江意惜的溫言軟語。

汲汲營營，為的就是屋裡那一幕。

他先在廳屋把身上烤暖和，淨完手，才進側屋把兒子抱起來。小存存摟著爹爹的脖子，哈哈聲打得更響。

江意惜讓下人把酒菜端上來。

跟爹爹親熱了一會兒，小存存心滿意足由黃嬤嬤抱著去跨院歇息。

等到孟辭墨吃完飯，江意惜才說自己有可能又懷孕了，孟辭墨大喜，可下一刻又聽說江意惜要去給宜昌大長公主治眼疾，他臉皮一變。

「不行，妳還有一次危險，我怕何氏對妳不利。」

江意惜道：「別說現在還沒確定懷沒懷上，就是確定了，祖父也不可能讓我坐視不管，而且即使我跟老太太沒有感情，我也做不到不管她。昨天她拉著我的手，說她要瞎了，我莫名的有些不忍……放心，我不會每天去，就隔幾天去一次，會小心的。」

孟辭墨神色莫測，沈思片刻後說道：「我會想辦法給何氏娘家找些事，這樣哪怕何氏不回娘家，也沒有那麼多心思算計妳。」

宜昌大長公主府人口簡單，想找麻煩不容易，孟辭墨也不忍心找鄭老駙馬和鄭璟的麻煩，只有從何氏娘家想辦法了。

江意惜不好說她有「神器」，笑道：「好。」

冬月初十上午，江意惜親了親孟照存，讓人把小傢伙送去福安堂玩。她要去大長公主府，今天孟辭墨會陪著一起去。

水靈拎著裝了補湯和點心的食盒，臨梅扶著江意惜，幾人還沒走出浮生居，花花就喵喵叫著奔出來。

牠知道現在不能硬拉江意惜，抱著孟辭墨的一條腿喵喵直叫，所有人都看出來牠想跟著去。

孟辭墨皺眉道：「我們是去看病，他們家也沒有小孩子陪你玩。」

花花就是喵喵叫著不鬆爪，孟辭墨扯不下來，又不敢太使勁，氣得讓人去掰柳樹枝，他要抽貓。

花花更委屈了，眼裡泛起了淚水。

江意惜道：「牠要去就去吧，覺得不好玩就自己回家。」又對花花說道：「不許淘氣，敢淘氣就再也不讓你去山裡玩。」

花花點著小腦袋，孟辭墨便沒再言語。那麼大的山，花花都有本事進去玩一趟再出來，成國公府到宜昌大長公主府的距離還不到五里。

小轎已經等在浮生居外，江意惜上轎，花花一下鑽了進去。現在牠與娘親不能靠得太近，就非常自覺地蹲坐在轎門邊。娘親說了，若好好完成這次任務，就讓牠去山裡玩兩天。

到了外院，江意惜換乘男人抬的軟轎，水靈和臨梅坐馬車，花花又跳上了馬車，兩個丫頭已經得了主子吩咐，就讓花花趴在車窗上看外面記路，若牠不想玩了，就能自己回家。

來到宜昌大長公主府，鄭璟已等在角門門口迎接，見孟辭墨也來了，鄭璟又給他作揖表示感謝。

來到二門，江意惜換乘婆子抬的小轎，花花已經一溜煙跑不見，其他人也不以為意，以為牠覺得不好玩，已經自己回家了。

只有江意惜心中有數，小轎行到內院，她悄悄揭開轎簾一角往外看，不遠處，一隻狸花貓一路跟著。

等看得到何氏的院子了，江意惜咳嗽一聲，給花花指了指那個方向。

第三十九章

廳堂裡坐著鄭老駙馬、鄭老少保、鄭副統領、鄭玉、鄭名，孟辭墨給幾位長輩見了禮，坐在這裡喝茶。

鄭芳芳、鄭晶晶坐在側屋，鄭婷婷陪著江意惜進了臥房，裡面有兩個御醫，何氏和謝氏都在，大長公主似乎睡得正熟。

除了鄭吉，鄭家兩房的人都在這裡了。

謝氏很疲倦，悄聲說道：「大長公主夜裡沒睡好，多夢，偶爾還喊眼睛痛、頭昏。」

江意惜坐在床邊的凳子上，剛把手搭在大長公主的手腕上，大長公主就說道：「吉兒，是吉兒回來了？」

江意惜笑道：「大長公主，是我，江氏。」

大長公主才清醒過來，捏了捏她的手，失望道：「可不是，吉兒的手怎麼會這麼小，八年，不知他變成什麼樣了，可惜我再也看不到他了……」

說著，就流出淚來。

鄭璟趕緊握住她的手說道：「祖母，祖父已經寫信給我爹了，用不了多久他就會回來看妳的。」

謝氏又說道：「江氏有特殊本事，說不定能治好您老人家的病，您不要太焦心了。」

何氏張了張嘴，什麼話都沒說出來，看向江意惜，江意惜正好也看向她，她又趕緊把頭轉過去。

她眼裡的冷意江意惜還是捕捉到了，江意惜覺得自己很冤枉，她也氣鄭吉兩頭辜負，她更不願意當鄭吉的女兒好不好。何氏要恨，不該恨她。

江意惜不好說自己能治好病，也不好說自己不能治好病，只得說道：「大長公主莫難過，聽我祖父說，他也給鄭將軍寫信了……我帶了補湯過來，能緩解胸悶。」

大長公主知道江意惜煲的補湯好，由著謝氏和鄭婷婷把她扶起來斜靠在床頭，何氏餵她喝了一小碗。

江意惜開了藥讓人去煎，又用特製藥湯給她洗眼睛，再來是施針。

做完這些已經午時末，大長公主又睡著了。

廳堂裡的男人們都吃完了飯，幾個女人和鄭璟又出去吃飯。

桌上有一道清蒸桂魚，江意惜又是一陣噁心。

很奇怪，這次她只對魚味非常敏感，對其他味道都沒有特殊感覺。

見她這樣，謝氏問道：「辭墨媳婦這是又有了？」

江意惜紅了臉，悄聲說道：「時間短，還不確定。」

謝氏讓人把魚撤下去，拉著她的手說道：「難為妳了，小心些。」

飯後，江意惜跟鄭老駙馬等人說了一下治療方案。「眼睛要每天洗兩次，我會告訴嬤嬤怎麼洗，內服湯藥我會看情況更換。前三天每天施一次針，之後的一個月每隔四天施一次，一個月以後再看情況定……」

江意惜又教大長公主身邊最得力的夏嬤嬤和王嬤嬤如何洗眼睛。「我即使不來，也會每天讓人送藥湯過來，隔了夜的不能用。」

江意惜和孟辭墨走的時候，大長公主府送了一車禮物。

回到成國公府，江意惜覺得非常疲倦，回浮生居歇息去了。

孟辭墨去了福安堂，跟老夫婦說了江意惜可能懷孕的事。

老太太一迭聲地讓人去請溫御醫來診脈。溫御醫精婦科，極淺的滑脈也能摸到。

傍晚時分溫御醫被請來，老太太親自去了浮生居。

溫御醫診過脈後笑道：「恭喜老太君，恭喜孟大奶奶，雖然滑脈很淺，還是摸到了。」

老太太高興地賞了溫御醫五十兩銀子。

老倆口又是高興又是擔心，但宜昌大長公主的忙不能不幫，只得把抬轎的人換成最妥當的人。

孟辭墨又提議，今後抬轎的人不能換，哪怕是去了大長公主府，也得是他們。

老爺子道：「我會給駙馬爺寫信說明情況。」

子時，半輪明月升至中天，水一樣的月光傾洩下來，把冬夜沖洗得更加寒冷和明亮。

宜昌大長公主府裡，一隻貓走在前頭，後面跟了一群老鼠。牠們悄無聲息，隊形整齊，穿過樹林，走過牆根，來到一片宅子前。

貓咪跳上圍牆，再跳下去，後面的老鼠爬上去再爬下來。

貓咪用小爪子往那扇小窗一指，老鼠呈一字隊形往那扇小窗挺進……

突然，一聲尖叫劃破寧靜的夜空。「啊……鬼啊，怪物啊！」

另一邊，浮生居裡，在西廂房等到半夜花花還沒回來，水靈和水清有些急切起來，可大奶奶懷孕了，又不敢拿這事去煩她。

突然聽到一聲貓叫，她們高興地跑出屋，只見一隻貓從圍牆上跳下來，正是花花。

花花沒理她們，往娘親的小窗邊跑去，被水靈一把抓住。

她小聲說道：「大奶奶和世子爺歇息了，不許去煩他們。」

若只有娘親一個人，花花肯定會不管不顧跑去告訴娘親這個好消息，但孟老大在，牠就不願意去了。由著水靈和水清把牠洗乾淨，擦乾毛毛，鑽進被窩裡先睡覺。

寅時，江意惜還睡得香，孟辭墨悄悄起身，沒敢在東側屋吃早飯，而是讓人擺在了西側屋。

花花聽到孟老大走了，悄悄去了娘親的屋裡。

牠站在踏板上立起身子，前爪把在床沿上輕輕叫了兩聲。「娘親，醒醒。」

江意惜睜開眼睛，朦朧中看見花花正銜著她笑，她愣了一下才想起來，昨天夜裡讓花花執行任務去了。

她問道：「怎麼樣，完成任務了嗎？」

花花輕輕喵了幾聲。「嘻嘻，何婆子嚇昏過去了。」

江意惜笑起來。那些貴婦嬌貴，何氏的身體也不算多好，這麼一嚇，起碼要病一個月，一個月以後，她娘家的事也會消耗她一部分精力。

江意惜笑道：「好兒子，過幾天讓吳有貴送你去鄉下玩。」

還是睏，她打了個哈欠，又躺下繼續睡覺。

上午，浮生居門口來了一頂四人轎子，很寬敞，是老太太的專座，抬轎的是四個三十幾歲的中年人，江意惜坐上去，的確穩多了，幾乎感覺不到顛簸。

到了大長公主府，再一路到正堂，轎子和抬轎的人都沒換。當轎子停下，臨梅把江意惜扶下來。

臥房裡，只有兩個御醫和謝氏、鄭婷婷，鄭璟也不在，不知是上學去了，還是去何氏床前盡孝了。

鄭婷婷和下人輕聲說了一下大長公主夜裡的情況，江意惜仔細聽著，而後謝氏和鄭婷婷把大長公主扶起來倚在床頭，方便江意惜親自餵補湯。

大長公主依然不敢睜眼睛，問道：「璟兒上學去了吧？課業重要，不要耽誤久了。」

謝氏說道：「聽您的吩咐，璟兒昨天下晌就去了國子監。弟妹也病了，過幾天再來服侍妳老人家。」

大長公主像是想到了什麼，試圖睜開眼睛，但隨即感到頭昏，又閉緊了。

「何氏生病了？昨天夜裡本宮隱約聽到有人大喊大叫，像何氏的聲音。」

大長公主的藥有催眠作用，她昨晚似夢似醒地聽見喊聲，只是片刻後又沈睡過去。

「還有這樣的事？」謝氏故作驚訝問另幾人。「你們聽到了嗎，怎麼回事？」

昨天她不在這裡，守夜的是鄭婷婷，不過她已經知道昨夜的情形，何氏就像撞了邪，一會兒說有鬼爬上她的床，一會兒又說有耗子精咬她，可值夜的下人進去什麼都沒看到。

何氏嚇病了，天還沒亮就去請了御醫，御醫說她寒邪入體，肺氣失宣，以致產生幻覺……

鄭老駙馬覺得大長公主正病重，再有人說家裡鬧鬼或是撞邪，不吉利，因此這件事不僅不能讓大長公主知道，也不能傳出去。

鄭婷婷忙說道：「我沒聽見，你們聽見了嗎？」

夏嬤嬤幾人也都搖頭道：「奴才沒聽見。」

謝氏笑道：「興許是妳老人家作的夢，弟妹內向斯文，平時連大聲說話都沒有過，怎麼會大喊大叫？她得了風寒，正臥床養病呢……」

大長公主就沒再糾結這事，她伸出手來。「江小丫頭？」

江意惜只得把一隻手遞到她手上。

大長公主捏著她軟滑的手說道：「那種洗眼睛的藥湯極好，洗後眼睛清涼舒適，都沒那麼痛了，頭也沒那麼暈了。」

謝氏又道：「辭墨媳婦是個好孩子。她剛剛懷孕，還不辭勞苦來給妳老人家治病。」

大長公主更感動了，手捏得更緊。「好孩子，謝謝妳，之前本宮就看妳面善，不僅覺得妳是乖巧良善的好孩子，還有親近之感。」

鄭婷婷笑道：「當然有親近之感了，我同江二姊姊也有些像呢。等伯祖母眼睛好了，再仔細瞧瞧，江二姊姊說，興許咱們鄭家老祖宗同他們江家老祖宗是親戚。」

眾人看看鄭婷婷，又看看江意惜，都笑說：「真的有些像，之前怎麼沒注意到？」

大長公主很有些遺憾，嘆道：「像有什麼用？若她是本宮嫡嫡親的親孫女該多好，再不濟，是婷丫頭的親姊姊也好啊。」

老太太的孩子話把眾人說樂了，謝氏笑道：「哎喲，我更巴不得！」

難得大長公主高興，眾人都湊著趣，江意惜輕輕把手收回來，她不喜歡這個老太太，卻不得不盡心醫治她。

說笑幾句後，江意惜親自給大長公主洗眼睛，把她的眼睛掰開一點縫，用蘸了藥湯的棉籤輕輕擦拭，擦半刻鐘即可，之後開始施眼針，就是拿針刺眼球周圍和眼眶邊緣的穴位。

這套針法是沈老神醫自創的，不僅要特殊的銀針，施針人還必須膽大心細，技藝高超。眼針用時一刻鐘，為了避免打擾，除了謝氏和夏嬤嬤留下，其他人都避出臥房。

江意惜小心翼翼施著針，前額鼻尖滲出汗水都顧不得擦一下。

老太太則是連嚇帶怕，連那一點點疼痛都忽略了，她不敢動眼睛，不敢皺眉，甚至不敢叫出聲，生怕把江小丫頭嚇著，手一偏或是把持不好力道，把她的眼睛徹底戳瞎。

屋裡寂靜無聲，彷彿世界都靜止了，短短一刻鐘像是過了許久，終於時間到了，拔出針，用布巾擦去長公主眼睛周圍的小血點，江意惜才長鬆一口氣。

謝氏和夏嬤嬤見了，也都吁出一口氣。

「總算完了。」

江意惜掏出帕子擦乾汗水，又開始在另幾個穴位施針，這是一般性的針灸，把銀針埋下即可。

她剛把針埋下，長公主就又伸出一隻手來，嘴裡喊著。「江小丫頭。」

江意惜看看那掌心有許多掌紋，卻依舊白皙的手，還是把手放了上去。

長公主握著那隻小手沒有說話，不知為何，她就是想握著，甚至覺得，這隻小手比婷婷的手還讓她心暖……好生奇怪。

過了許久，大長公主講起了鄭吉。

「江小丫頭還沒見過我的吉兒，告訴妳，吉兒長得非常俊俏，是鄭家最漂亮的孩子，辭墨都不及他俊俏，武功也不及他……」

鄭婷婷玩笑道：「伯祖母，哪有您這樣誇兒子的，您應該說吉叔跟孟大哥一樣俊俏。」

她的話逗樂了眾人，大長公主也笑起來，只不過笑著笑著，又溢出淚來。

「本宮沒瞎的時候，罵他罵得多，實際上心裡都是誇他的，現在瞎了，也想通了，想多誇誇他，再多看看他，他小時候特別討人喜歡，連太后娘娘都說他孝順懂事，皇上的幾個表弟中，對他是頭一份，說他熟讀兵書，胸有韜略……唉，只因為那個已經死了多年的女人，我們母子起了齟齬，本宮沒再說過他的好，他也跟本宮置氣到現在，這麼多年沒有回家看看我……」

謝氏忙阻止道：「大長公主……」

何氏雖然不在這裡，但這話跟一個外人說，人家不聽不好，聽了也不好。

鄭婷婷和另幾個下人聽了，知道這話她們不該聽，都退去了側屋。江意惜也想走，可她的手被大長公主握著，走不了。

大長公主頓了頓，又喃喃說道：「本宮後悔呀，早知道他這麼決絕，就該妥協的，無論什麼時候，當娘的都爭不過兒子，本宮怎麼那麼傻，想了近二十年才想通這個理。」

謝氏用帕子給她擦了淚，勸道：「或許是因為那個女人死了，小叔的鬱氣無法釋放才這樣的。等小叔回來，您老人家就不要再跟他剛著了，好好說話，興許能把他留下……」

大長公主哽咽道：「即使他回來，本宮也看不見了，兒子變成什麼樣，臉上多了幾道皺紋，頭上有沒有白髮，我這個當娘的都看不到了……」

謝氏和夏嬤嬤都流下了眼淚，江意惜摸了摸肚子，也有了幾分心酸。當母親的，總是以自己的方式愛護兒女，哪裡捨得跟兒女爭。

鬼使神差，她的眼前又浮現出江老太太刻薄的面孔。

江意惜相信，不管江辰有多長時間沒見過江老太太，江老太太都不會心軟。

所以事情不是絕對的，不是每一個母親對子女都無私，或者說不是每一個母親對所有子女都有愛。

她後來聽說，江辰一意孤行娶扈氏惹怒了江老太太，老太太從此以後對這個兒子和他的妻兒不再上心，心思都放在另兩個兒子身上。

她的江辰爹爹那麼好，那個親娘卻不再心疼他……想到江意惜的心都在隱隱作痛。

江意惜的目光又滑向大長公主。

這個老太太對兒子的愛肯定是真實的，因為她只有這一個兒子，只不過，愛得太強勢，愛得太自私，相反傷到了兒子，把他推得越遠……

謝氏勸道：「辭墨媳婦醫術好，興許能治好您的眼疾。」

夏嬤嬤也勸道：「老爺心裡還是有您的，前些日子不是特地帶了波斯棗和天竺薄紗回來？老爺這次回來，公主就不要刀子嘴豆腐心了，把您的真實想法告訴他，沒準老爺心一軟，就留在您身邊了……」

老太太沒再言語，所有人都知道她聽勸了，或者說後悔了。

忙完，已是午時，謝氏等人服侍大長公主吃晌飯，鄭婷婷請江意惜去廂房用飯。

江意惜並不想在這裡吃飯，但此時是飯點，拒絕這份好意頗無禮，想著何氏現在想害自己也沒精力，也就勉強吃了一點。

不是她過分小心，而是她如今懷著身孕，再想到何氏那冰冷的眼神，她就有些不安。雖然鄭婷婷一直陪她吃飯，何氏不可能連著鄭婷婷一起害，但有些藥只對孕婦有害。

知道江意惜不能聞魚味，沒有魚蝦等菜，廚房特地做了適合孕婦吃的燕窩等補品。

飯後回府，大長公主府又送了許多適合孕婦吃的補品。

回到浮生居，吳嬤嬤服侍江意惜洗漱，臉笑成了包子。

「上午老太太就遣人把哥兒接去了福安堂，說等晚飯後跟大奶奶一起回來。花花也去了。」

她十分得意，老太爺老太太對自家哥兒的寵愛是獨一份，連大少爺孟照安都比不上。

江意惜覺得特別疲倦，急著躺上床睡覺，不知睡了多久，睡得迷迷糊糊時，被窗外啾啾的罵人聲驚醒。

「滾！回家，軍棍侍候……」

聲音略沙啞，頗有威嚴。

江意惜睜開眼睛，看到白色窗紙鍍上了一層金光，外面冬陽正好，又傳來啾啾的聲音。

「滾！滾，出去、出去……」

這是鄭吉的鳥兒，鄭吉的聲音，今天她還給鄭吉他娘看病了，過些時候，興許還會跟鄭吉碰面……

見面就見面，不管自己像誰，都是江辰的女兒，哪怕鄭吉有所懷疑，她也堅決不認。

她坐起身問道：「誰又得罪啾啾了？」

水靈進屋說道：「啾啾的嘴越來越刁了，吃了幾次琥珀核桃仁，就不吃一般核桃仁了，剛才餵牠吃核桃，牠不吃，還罵人。」

上午，大長公主也說了鄭吉年少時喜歡吃琥珀核桃，這隻鳥兒還真像他。

江意惜說道：「以後就都給牠吃琥珀核桃仁吧。」

水靈納悶道：「大奶奶，妳不是說不能慣著牠嗎？」下一刻又想通了，笑道：「大奶奶真好，不管是人是鳥還是貓，只要跟了大奶奶，就享福了，什麼都要最好的。」

臨香笑道：「瞧這嘴甜的。」見吳嬤嬤走進來，又笑道：「嬤嬤有福，找了這麼會說話的好兒媳，不要說大奶奶，就是我聽了她的話都高興。」

水靈被她們打趣慣了，紅著臉服侍主子穿衣。

吳嬤嬤呵呵笑，心裡越發得意，還好自己眼神準，下手快，早早替兒子把她搶在手裡。

之前江家人都說水靈缺心眼，她哪裡缺心眼了？只不過拳頭硬了些，脾氣急了些，人好人壞，她比誰都分得清，還嘴甜、忠心，不僅討了大奶奶的喜歡，連老公爺都喜歡得緊，如今還當上國公府世子奶奶的大丫頭，江家那些人都羨慕死了。

大奶奶還想栽培她，將來即使成了親生了娃，可以再回浮生居當管事娘子。等世子爺承了爵，水靈就是國公夫人最信任的管事娘子了，多了不起！

江意惜剛把斗篷穿上，準備去福安堂，黃馨就來了。

小姑娘眼睛紅紅的，一看就哭過，江意惜把斗篷解下遞給丫頭，拉著小姑娘坐去炕上。

「馨兒怎麼了，是黃家人又來找麻煩了？放心，祖父和祖母不會讓妳們回黃家。」

晉寧郡主派二兒媳婦來成國公府接黃馨回黃家玩，孟老太太連人都沒見，直接拒了。

後來黃程又來過幾次，不僅想接閨女回家，還想跟孟月見一面，老國公見過他一次，罵了他還踢了他，之後連大門都不許黃家人進。

因為這事，黃侍郎去皇上面前告御狀，晉寧郡主去太后娘娘面前哭訴，說孟家霸道不講理，不許他們見黃家孩子。

幸而皇上和太后都知道晉寧郡主當初是如何虐待孟月的，並沒有幫黃家。

黃馨搖搖頭說道：「不是那件事。是……是……我說出來，大舅娘不要怪我才好。」

江意惜把她摟進懷裡，笑道：「舅娘這麼喜歡馨兒，當然不會怪罪。」

黃馨小聲說道：「昨天，我聽我娘和林嬤嬤在說悄悄話，我娘還哭了，怕得緊，又不敢跟別人說。」

「什麼事？」

小姑娘清澈的眸子盛滿迷茫。「我也不太懂，好像是二姨的嫁妝出了錯，誰多要了銀子，我娘怕得緊，怕鬧出來長輩以為是她做的，又不敢得罪二外祖母。我跟我娘說，不管什麼事都去跟大舅和大舅娘商量，他們不會嫌我們沒用，還會幫著我們，林嬤嬤也勸我娘告訴你們，可我娘不願意，怕你們為難……」還怕你們嫌她沒用，笨……最後半句話小姑娘沒敢說。

小姑娘說得不清不楚，江意惜還是想明白了。

江意惜懷孕，給孟華置辦嫁妝的事主要由孟二夫人、孟月同外院幾個管事一起張羅。因為孟辭閱帶了大筆銀錢去雍城置辦田地宅子，孟二夫人便不好再多管置辦嫁妝的事，讓孟月主管。

因為孟華情況特殊，管事採買時以次充好，他們覺得孟華不會發現，哪怕發現也不怕，這件事由孟月主管，孟華會認為是孟月伺機報復。

以現在孟華的隱忍，又顧忌孟辭墨的情況，再生氣也只得啞巴吃黃連，自己忍下。

這麼大的事管事肯定不敢自己做主，有很大的可能性孟二夫人參與其中，而孟月和林嬤嬤發現了端倪，但怕得罪二房，不敢鬧出來，可不鬧出來又害怕，怕萬一長輩知道了以為是孟月貪墨……

江意惜看看小姑娘，剛剛七歲的孩子，比她娘想得通透多了。

她心裡氣悶，還是笑道：「好，我知道了，等妳大舅回來，我會跟他商量怎麼做，不會讓妳娘被人冤枉。」

這件事的確不好鬧出來，若孟二夫人真的參與其中，鬧出來對二老爺和二爺、四爺的面子不好看。

江意惜相信，那點銀子他們三個還不至於看得上眼。經過老爺子的調教，他們比成國公頂用多了，是孟辭墨的好幫手。

她打算先悄悄派人調查，若二夫人真的參與了，再讓孟辭墨悄悄告訴孟辭晏，由孟辭晏私下把事情擺平，填上虧空，也算給二房一個面子，給二夫人一個教訓……

管家的人總會落些好處，除了傻傻的孟月，哪怕拿著大筆銀錢去雍城的孟辭閱，也會變相得些銀子。

水至清則無魚。只要不過分，當家的也會睜隻眼閉隻眼，卻不能你得了好處，還想著把污水潑給別人，以為自己做了什麼，別人不知道。

孟月的確不爭氣，但好歹有了進步，沒有輕易被蒙蔽，發現了實物與價值不對等，其中有人貪墨。

既然孟辭墨不許別人欺負她，那自己也不許別人欺負。

江意惜讓丫頭給黃馨重新洗了臉，才同她一起去福安堂。

冬陽燦爛，雖沒有暖意，但亮晃晃很舒適，江意惜沒坐轎子，牽著黃馨慢慢走著。

黃馨糯糯的聲音響起。「大舅娘，謝謝妳和大舅舅，現在我娘很少哭了，多是笑著的。」

江意惜捏了捏她的小手。「人在磨礪中成長，妳娘也有了進步，她發現了其中的不妥。」

黃馨格格笑了幾聲，笑聲清脆，又是開懷又是得意。「我要告訴我娘，大舅娘說她聰慧呢。」

江意惜莞爾。

來到福安堂，還沒進屋就能聽到側屋裡的說笑聲，二夫人的聲音尤為清晰。沒有了付氏，三夫人又是沈默性子，更顯得二夫人長袖善舞，會討長輩歡心。

次日，天空灰暗，又飄起了小雪。

吳嬤嬤把主子送上轎，又一再叮囑跟著的水靈和臨梅，注意主子安全。

坐在轎子裡的江意惜有一種終於能歇一歇的輕鬆。

今天之後就可以每隔四天再去一次大長公主府了，說真的，她一點都不想去那裡。

何氏依然沒出現，聽說她病得厲害，連床都起不來。

這一日的行程一如往常，先為大長公主洗眼睛、施眼針，最後針灸，江意惜剛把針埋進去，外面就傳來嘈雜的腳步聲，打破屋裡的寂靜。

丫頭進來稟報，駙馬爺陪著文王爺和雍王世子爺來看望大長公主。

謝氏幾人都十分納悶，該來的宗室親戚前些日子都來過了，包括文王和雍王世子，今天他們怎麼又來了？之前沒發現這兩人跟大長公主的關係特別熱絡啊。

哪怕再熱絡，女性親戚生病，男性晚輩探望勤了也顯唐突啊。

他們是姪孫，不好進臥房，只在臥房門外隔著幃幔向大長公主問了安。

文王躬身說：「姪孫得了一根百年人參，特拿來孝敬皇姑祖母，望皇姑祖母早日康復。」

李凱也躬身說道：「姪孫明日就去昭明庵，為皇姑祖母抄經茹素三日。」

宜昌大長公主眼睛看不到，心裡卻門兒清。

李紹滿腦子裝的全是戲，連皇上老子都沒上心過，怎麼可能對她這個姑祖母上心？還有李凱，作為姪孫子，他與自己的關係也沒好到要為了她去庵堂抄經茹素祈福呀！明明是去看小珍寶，偏還跑到她跟前來說這些話。

這兩個小子如此，難不成是有求於自己？不過好像自己也沒有什麼能讓他們求的，特別是李凱，小珍寶是太后娘娘的心尖尖，有什麼要求的，也該求太后才是……想是這麼想，嘴裡還是客氣道：「好孩子，你們有心了。」

鄭老駙馬請他們在側屋坐下喝茶，又大概講了一下大長公主的病情，她眼睛依然不敢睜，但用江氏調製的藥湯洗了眼睛後，眼睛已經沒有那麼疼痛了……

李凱聽說後笑道：「孟少夫人在診治眼疾上的確有幾分真本事……」

話沒說完趕緊打住，尬笑著端起茶碗喝茶，他可不願意承認妹妹有過「鬥雞眼」。想到妹妹，他又笑道：「我妹子越發俊了，興許是跟孟少夫人玩得好，都說她們兩人越來越像。」

這話讓臥房裡的幾個女人都微不可察地撇了一下嘴，他還真敢說！

文王也禁不住看了李凱一眼。那天去看戲，連那麼漂亮的小彩鳳都被他說成醜，誇李珍寶卻誇得這麼不切實際，可見這個人說話從來不講良心。

雖然說話不講良心，卻從來沒有瞧不起自己，比自己那幾個尾巴翹上天的哥哥弟弟強多了，以後若自己真能得償所願，要對他好些。

文王沒接李凱的話，側頭對鄭老駙馬笑道：「孟少夫人乃閨閣女子，竟有這樣一手好本事，比御醫還強，真真巾幗不輸鬚眉。」似才想起來，問道：「對了，當初孟世子眼睛突然好了，或許也是孟少夫人治的吧？」

鄭老駙馬忙擺手說道：「這倒不是，給孟世子治好眼睛的是一位蜀中老郎中，還是鄭吉幫忙找的，大長公主眼睛不好之初，我也派人去蜀中尋過他，可惜老郎中已於數月前死了。至於會請辭墨媳婦來給大長公主治眼疾的淵源，是聽孟老太師說江氏曾得到過愚和大師和一位奇人指點，又喜鑽研醫書，就讓她來試一試，能否治好，現在還不敢說。」

孟老國公讓江意惜來治眼睛，理由已經跟鄭老駙馬說過了，鄭老駙馬也就這樣跟別人解釋。

文王的眼皮垂下，再次抬起眼神又木訥起來，彷彿剛才的那一問只是一時興起，但他心裡卻暗哼，屁話！若江氏再把大長公主的眼睛治好，孟辭墨的眼睛就鐵定是她治好的！突然有那樣一手本事，再有她弟弟救下雙紅喜戲班的事，這江氏有問題。

當然，更有問題的是孟辭墨。前世他徹底瞎了，殺了付氏再自盡。而這一世，他不但眼睛好了，還進了五團營當參將，利用本該死了的孟月把趙家女送進東宮，聯合孟老頭一起揭露付氏和趙互的醜事，逼付氏上吊，順利把趙貴妃和趙家拉下來，讓英王失勢的同時，平王和曲德妃得以回京……

這夫妻二人之中，總有一個跟自己一樣。若真與自己一樣，他或她是什麼時候來的？知道多少事？

這兩人重生，他更希望是江氏。江氏前世出家當姑子，雖不知她之後的處境，更不知道她何時死亡，但一個姑子哪怕有一手醫術，也當不了大用。而孟辭墨，就是一匹狼，是平王最強的助力……

而且，前世宜昌大長公主在今年上半年就死了，鄭吉傷心自責，又被人罵不孝子，氣得吐了血，半年後也病死了，孟老頭此時也已經病得不輕，可上次看到他依然健壯如昔……

為何這一世出現了這麼多的意外和偏差？

他本想先把樊魁這員猛將拉攏過來，等過幾年平王、英王和太子鬥得三敗俱傷，他再出場收拾以「清君側」造反的平王，趁亂殺了英王，脅迫老皇帝把位置傳給自己。

能實現最好，哪怕得到的天下不能傳給自己後人，自己也登上了大寶，把那些瞧不起自己的人踩在腳下。

實在打不過就毀了，讓李家天下轟然坍塌，反正自己斷子絕孫，那些笑話欺辱瞧不上他的兄弟也一個都別想好。

前世自己活得窩囊，不要說最起碼的尊重，連唯一的閨女都是別人的種，活著還有什麼意思？既然上天讓他重生一次，就要把前世別人欠他的都討回來……

文王眼神木訥，表情呆滯，但指甲已經把手心摳破了，身體都有些微微發抖。他極力穩住情緒，告訴自己千萬不能在這裡失態，自己能重生，說明得上天眷顧，定能心想事成……

鄭老駙馬起先還納悶文王的問題怎麼突然犀利起來，可再看他的眼神，又覺純屬巧合，畢竟糊塗那麼多年的人，怎麼可能突然變精明？

聽說前幾天的宮宴上，這位王爺又大放厥詞惹怒皇上，被皇上潑了一身茶，太后娘娘也嗔怪了幾句……

文王的話也讓江意惜非常不踏實。那個草包王爺，洞察力怎地突然變強了？看不到文王的表情，對他說的話和口氣反倒更加留意。

二人走之前，李凱問道：「孟少夫人，明天我要去昭明庵，妳可有東西要帶給珍寶？」

江意惜笑道：「有的，明天早上我讓人送去雍王府。」

無論李凱還是鄭玉，去探望李珍寶前都會事先告知她一聲，若有東西要送就順帶一起。

江意惜回到浮生居已是午後未時末。
雪已經停了，庭院蕭瑟，枯枝和房頂堆積著厚厚的白雪，風一過，枝上積雪簌簌落下。
小存存和花花依然去了福安堂，只有啾啾跳著腳跟她打招呼。「花兒，江姑娘……」
自從把奸細打發走，江意惜只要一走進這個庭院就特別踏實自在，但此時此刻，她的心依然提得老高，心慌得厲害，隱約覺得有危險靠近。
不是與水有關的事，而是更大的危險，甚至會波及整個家，包括她的丈夫和兒子，以及這個院子。
她更想孟辭墨了，有些事，只有跟他在一起才更有信心和力量去面對。
江意惜沒心思搭理小東西，直接進了屋。
啾啾又受傷了，罵道：「回家！滾！軍棍侍候……」
江意惜洗漱完沒去床上歇息，而是坐在炕上想心事。
水靈跟臨梅咬著耳朵。「我覺得大奶奶心情不好，一定跟文王有關。」
臨梅道：「不要瞎說。」
水靈道：「我沒瞎說，李世子是珍寶郡主的哥哥，不會對大奶奶不利，大長公主一家人也不會對大奶奶不利，只有……」
臨梅打斷她的話。「若妳還想當大奶奶的大丫頭，甚至管事娘子，有些事就算看到了也要放在心裡。」

水靈一聽，趕緊閉上嘴，還拍了嘴巴一下。吳嬤嬤也常常跟她說，有些事只能放在心裡，或是只能跟主子說，萬萬不能嘴快……

她的目標是當管事娘子，確實得更加穩重些才是。

江意惜的確是在想文王的事。

今日在大長公主府時她看出謝氏幾人驚訝的表情，知道宗親肯定之前早已來探望過大長公主，關係不算親近的姪孫探望勤了，反倒是失禮。

她直覺李凱又是被文王硬拉來的，李凱所說的要去昭明庵為大長公主抄經茹素，完全是去看望李珍寶的行程順帶一提的。

上次她在成國公府，戒九和戒十來找她，文王正好也拉著李凱前來成國公府。而這次她在大長公主府治眼疾，恰巧他們又來了……

江意惜不得不警鈴大作。文王，不會是對她感興趣吧？

前世，雙紅喜戲班被燒，孟辭墨和李珍寶的眼疾沒好，大長公主的眼疾肯定也沒好，戒十沒出家……在這一世，這幾件事的當事人，恰恰都與她有交集。

自己參與一、兩件事或許是巧合，可多件事她都參與就不能說是巧合了，難不成文王因此就懷疑起她了？

文王變聰明了，又格外注意她，難道他跟她一樣是重生回來的人？

可他是什麼時候重生的，又知道多少即將發生的事？

江意惜不得不沮喪地承認，若文王真是重生的，知道的肯定比自己多，畢竟前世她在庵堂出家，除了關心孟辭墨和老國公的事，其他事都鮮少在意，也沒有多的訊息來源……

不管如何，現在都不能讓文王對自己有所懷疑，還要把他的不妥告訴老國公和孟辭墨，但是該怎麼跟他們說呢……

江意惜想得肚子痛，對臨梅說道：「去把老公爺請來。」

冬天老公爺也會來錦園暖房侍弄花草，大多都是上午來。

兩刻鐘後，老國公來了，江意惜起身去了廳屋，親自奉上好茶。

老頭兒本來笑咪咪的，但見孫媳婦表情嚴肅，立即收起笑容。「出什麼事了？」

下人退下後，江意惜說道：「孫媳想去報國寺求見愚和大師。」

老爺子不贊同。「天寒地凍的，妳又是特殊時期，有何急事一定要見他？」

江意惜不能說她懷疑文王有可能是重生人，但把文王和戒十聯繫上，老爺子和孟辭墨就不得不重視了。

她思索著說道：「今天文王和雍王世子又去看望大長公主，孫媳覺得，文王不似表面上看到的那樣簡單，有可能是大智若愚，掩藏了鋒芒，而且，他似乎對戒十很感興趣。」

老爺子不可思議。「文王對戒十感興趣？」

「孫媳有這種感覺。上次戒十送茶葉來給孫媳，他正好也來了，聽李嬌和李奇說，是他硬把李凱拉來的。這次孫媳去給大長公主治眼睛，他又去了大長公主府，還旁敲側擊問世子爺的眼疾是不是我治好的？我覺得，他不是單純想調查我，而是想知道戒十跟我背後的世子爺有沒有關係。」

一個出身不高又被皇上厭棄的皇子，能理解他大智若愚、掩藏鋒芒的原因，但是，對一個可能的反賊感興趣，就值得玩味了，何況他還注意到了自己家？不管是注意孫子，還是注意孫媳婦，老爺子都不願意。

他轉了轉大拇指上的扳指說道：「這世上，有愚和大師這樣的高僧，也會有別的什麼高人，或許文王是得了高人提點，知道樊魁有造反的可能，心中另有打算。去樊家打探的人快回來了，若文王對樊魁感興趣，肯定已經有了行動，我們的人應該會有所收穫。人不可貌相，想不到文王也起了那個心思，我會讓人悄悄注意他……對了，妳要找愚和大師，就是為了詢問文王和戒十的事？」

江意惜搖頭道：「我也希望能打聽到一些消息，但可能性不大，許多事大師都託辭天機不可洩漏，我問也沒用。我去是為了另一件事，我為大長公主特製的藥湯快用完了，得再多做一些，只是這藥方的其中一味藥是大師送的奇藥，那種藥用完了，所以想再去要一些……」

她刻意說有一味奇藥，一個原因是方便大師拒絕他人，若有人去向愚和大師討要，大師可以推說奇藥可遇不可求。

二是方便自己拒絕他人。以後若有她不想醫治的人，她大可以推說沒藥了，這也是在告訴外人，她的醫術沒有那麼神奇，主要還是大師的奇藥厲害。

當然，為了藥效更好，她還是會往裡頭加了一點點眼淚水，有了眼淚水的加持，宜昌大長公主的眼疾肯定能治好。

老爺子明白了，但他高興孫媳婦得高僧看重的同時，也擔心她的身體。

「但如今妳有孕在身，行動必要小心，不如還是等辭墨休沐陪妳一起去……」

江意惜也是這個意思。其實她也不確定自己去報國寺是否能見到愚和大師，但只要可以見到戒五師父就夠了，當愚和大師不在的時候，戒五師父就能夠代表他。

老爺子走後，江意惜鬆了一口氣。老爺子可是有勇有謀的「戰神」，孟辭墨是老爺子的接班人，自己是知道一些先機的重生人，只要對可能到來的危險稍作提醒，讓他們先注意到，會有辦法對付敵人的。

不多時，江府一個婆子過來遞上帖子，明天上午江大夫人、江三夫人會來看望江意惜。

幾天前，江意惜再次懷孕的事就傳回了江府，但聽說江意惜要連續三天去給大長公主治眼疾，只得過幾天再上門探望。

江老太太高興極了，沒想到二孫女有大福氣還有大本事，成親第二年生下個大胖小子，第三年又懷了身孕，關鍵是，懷孕期間夫君還沒納妾。

因為孟家的提攜，如今大兒子、三兒子都升了官，特別是三兒子，更是前程大好。現在，二孫女又去給宜昌大長公主治眼疾。宜昌可是皇上的嫡親姑母、鄭吉大將軍的親娘，若是治好了，自家也能跟著借些光。

高興之餘還是有些遺憾，若大長公主的眼疾是在惜丫頭還沒出嫁時犯了該多好，人情、謝禮自家會分得更多。

她讓江大夫人、江三夫人、江大奶奶攜著禮物去看江意惜。

三夫人笑道：「惜丫頭一直掛念柔丫頭，帶柔丫頭一起去。」

老太太道：「這是自然。」

江大夫人又笑道：「之前去看二姑奶奶，二姑奶奶問過幾次珊丫頭呢。」

她不可能再有自己的親生子，恨不得殺了江意言，心裡也清楚江晉靠不住，如今她對江意珊很是抬舉，江意珊和她的姨娘都憨厚老實，她刻意拉攏，將來伯爺死了，自己總有個說話的和幫忙的，江晉也不敢對她這個繼母太過分。

老太太看看身體還沒完全恢復的大兒媳婦，也知道她心裡的算盤，說道：「那就把珊丫頭帶去吧。」

江大奶奶沈了臉，江大夫人當沒看見，回自己院子後，又讓人把禮物加厚三成。

江大夫人是繼室，剛嫁進江家時並沒有管家權，江家中饋主要由江大奶奶管理，江三夫人協助。

因為後來江意惜帶信或是送禮都刻意透過江大夫人，老太太和江伯爺看出江意惜願意跟江大夫人交好。而江伯爺是既氣閨女狠毒，又心疼這個小媳婦不會再有自己的孩子，因此更加寵著她，江大夫人在江家的地位也就越來越高，如今已經把江大奶奶壓下，大部分管家權落到她手裡。

她也投桃報李，知道江意惜最不放心江洵，對江洵格外照顧。

次日巳時，江意惜正同小存存和花花在炕上玩，江大夫人等人來了。

江意惜把她們請進側屋，落坐上茶，還特地把江意柔拉到自己身邊坐下，問了嫁妝準備情況。

之後，江意惜又把江意珊招到身邊，拉著她的手說了幾句話，然後問大夫人。「五妹妹已經十五歲了，親事說得怎麼樣了？」

江意珊羞得滿臉通紅，撒嬌道：「姊姊。」

江大夫人呵呵笑了。

江意柔知道接下來她們要說不該讓江意珊聽到的話，抱起炕上的小存存笑道：「走，四姨帶你去廳屋玩。」

江意珊見了，也跟了出去。

因為江意珊前一世找的親事好，江意惜就沒有格外關注她的親事，可翻年小姑娘該滿十六歲了，不知為何那門親事還沒訂下，她擔心這一世江家行情比前一世好，老太太想攀高枝，或是想把小姑娘賣更高的價，反而耽誤了她。

那個老太太就是愛財又刻薄，但因為她是江辰的母親，又因為當初答應江辰娶扈氏，江意惜才對她多了一分容忍。
直到江意珊出去了，江大夫人才悄聲說道：「幾個月前有家宮姓舉子來說親，老太太原先還喜歡，後來又有人說了一個柴姓人家的後生。柴家在石州府是做酒生意的，聽說生意遍佈半個晉和朝，比宮家有錢得多……老太太就說宮家後生歲數大了，柴家後生更好。」
果真老太太見錢眼開，又看上了更有錢的。
江意惜又細問了兩家情況，說道：「我倒覺得宮家後生好，後生立志不考上舉人不娶親，說明他有志氣，二十二歲不算大，我家大爺也是二十二歲成親的。若是他將來考上進士，有了好前程，對大哥和三個弟弟都是一個助力。」
江大夫人明白了，這位二姑奶奶看上的是宮家後生。
她笑道：「二姑奶奶說得是，回去我就跟老太太和伯爺說。」
三夫人和三老爺也覺得宮家後生好，三老爺還勸過老太太和江伯爺，可那兩人不聽，他們也無法。
三夫人笑道：「我家老爺也說宮家後生不錯，年紀輕輕就中了舉，雖說家境比不上柴家，卻也開了好些鋪子，不愁吃喝……」
江意惜留她們吃了晌飯，又送了回禮。
回去時，江大夫人和江意珊坐一輛車，江大夫人笑道：「珊丫頭有福，得二姑奶奶另眼相待……」

江意珊和她姨娘一直憂心她的親事，又不敢問，聽了大夫人的話，心裡終於有了底。

她雖然害羞，還是囁嚅著說道：「謝謝二姊，謝謝大夫人。」

她們走後，吳嬤嬤呈上禮單。

禮物準備得非常用心，比之前江大奶奶管家時強了許多。江意惜不在乎這些東西，卻也領了江大夫人的情。

傍晚時分，彩霞朵朵，天地間飄浮著淡淡的橘色，也讓人感到了一絲暖意。

大長公主府的一處院子裡，沈寂得如死水一般。

何氏終於覺得身體好些了，對服侍在一旁的丫頭說道：「把唐嬤嬤叫來。」

丫頭悄無聲息走出去，唐嬤嬤悄無聲息走進來，她走至床前，低聲道：「夫人。」

何氏睜開眼睛問道：「那件事打探到消息了嗎？」

唐嬤嬤看看臉色蒼白、瘦得臉頰都陷下去的主子，眼裡有了淚意。

這兩天，府裡很多人都在說孟大奶奶不僅像死了幾十年的姑奶奶，還像鄭大姑娘，玩笑說江家、鄭家一百年前是親戚……

她雖然還沒去找周氏打聽，已經相信大夫人的猜測是真的。她怕刺激大夫人，特地囑咐丫頭婆子不要把這些傳言說給大夫人聽。

唐嬤嬤說道：「周氏出家的地方已經打聽清楚，在七峰山上的青石庵，法號無思，等夫人身體好些了，老奴再去。」

何氏道：「我身子已經好多了，妳明天就去，周氏敢貪墨姪女嫁妝，就是貪財的人。妳送她五百兩銀子，不怕撬不開她的嘴。」

唐嬤嬤遲疑著說道：「夫人，老奴覺得，那件事沒必要打探得那樣清楚，知道多了白生氣，男人都喜歡左擁右抱，那邊府裡的松老爺還不是納了兩房小妾，生了庶子庶女。咱家老爺常年在外，又身居高位，俊逸偉岸，身邊說不定圍了不少小妖精，生了孩子都有可能，要打探，也該打探那邊呀……」

她沒敢說的是，要收拾就收拾活人，何苦跟一個死人去爭？不僅生氣，還會讓江氏的真實身分被暴露出來。

看江氏的樣子，並不知道自己真正的身世，這再好不過，若她知道了，不得想盡辦法跑來認祖歸宗攀高枝？

老爺對那個女人那麼上心，肯定會認她，而大長公主如今想兒子想得厲害，也會縱著兒子認，如此豈不便宜了那個女人的後人？

何氏的目光望向床頂。若鄭吉真的有小妖精和庶子庶女，她反倒不生氣，說明鄭吉對扈明雅也就那樣。她接受不了的是，鄭吉為了那個已經嫁了人又死了好些年的狐狸精拒絕一切女人，包括她這個正妻。

十六年了，除了新婚之夜，她都是在守活寡。

之前婆婆還罵鄭吉鬼迷心竅，罵那個狐狸精不要臉，可近兩年看自己更不順眼，覺得她沒本事，連男人都守不住……

她，就是京城中的一個笑話。

若江氏真是扈明雅的後人，扈明雅死了沒法子，她的債就讓她閨女償吧！正好江氏懷孕，又經常來府裡給婆婆治病……

何氏閉上眼睛。「不要囉嗦，明天就去辦。」

「是。」

唐嬤嬤剛要退下，就聽到外面傳來細碎的腳步聲，十分突兀。

何氏的臉色極是難看，睜開眼望向門口，只見丫頭領著一個婆子進來，婆子是她娘家大嫂身邊的人。

何氏問道：「慌慌張張的，又出了什麼事？」

婆子屈膝行了禮說道：「姑太太，老太爺今兒上午出去玩耍，不慎把腿摔斷了，哎喲，家裡亂著呢，我家老爺和夫人請姑太太回家瞧瞧。」

唐嬤嬤氣得要命，家裡亂就想辦法壓下唄，找她家大夫人做甚？無非又是讓大夫人掏銀子。

何氏覺得嗓子有股甜腥味。她苦苦在婆家支撐，娘家沒說幫一點忙，還一有事情就找她。她氣道：「老太爺六十多歲了，大雪天的怎麼能讓他出門？養兒防老，立著一堆兒孫，可一有事他們就只找我這個出嫁女……」

話沒說完，已是冷汗淋漓。

唐嬤嬤忙勸道：「大夫人莫氣，有話好好說。」

何氏又道：「我生病臥床，暫時不能回去，唐嬤嬤，拿五百兩銀子，再帶些補藥，代我回去看看老太爺。」

唐嬤嬤和何家婆子走後，天色越加昏暗，丫頭把燈拿近才發現，何氏臉色蒼白，臉上頸上全是汗，頭髮也濕透了。

丫頭嚇壞了，趕緊拿乾布巾把她的汗擦乾，再看看，連枕頭都被汗浸濕了，問道：「夫人洗個熱水澡吧？」

何氏閉著眼睛道：「好。」

等到晚上，唐嬤嬤從何家回來，看到兩個御醫正在給自家夫人施針。

何氏一氣，病情又加重了幾分。

唐嬤嬤氣得直咬牙，暗罵老何家，想著那件事又得再往後推推了，不僅她要貼身服侍大夫人，還怕大夫人知道真相更生氣，身體受不了。

冬月十七，江意惜去了宜昌大長公主府，告知了洗眼睛的藥湯裡含有愚和大師贈的奇藥，因為這味藥快用完了，所以過幾天她要去報國寺找愚和大師再討一些。

屋裡的人都恍然大悟，怪不得那藥湯那麼有效，原來裡面有愚和大師送的奇藥。

大長公主拉著江意惜的手說道：「江小丫頭有大福，能跟愚和大師走得近，不僅得了他的傳承，還得了他的好藥。」

江意惜笑道：「這得要感謝小珍寶……」便說了愚和大師去昭明庵給李珍寶看病，路過她的莊子，她請大師去莊子用飯，兩人相談甚歡的往事。

「大師說我有些悟性，就教了我幾招治眼睛的本事，還給了點奇藥，那種藥極是珍貴，之前我一直沒捨得用，正好給大長公主用上了。」

大長公主更感動了，也對自己能重見光明充滿了信心。她連連說著。「好孩子，好孩子。」想了想又道：「若是大師不在寺裡，或是閉關修行怎麼辦？本宮的眼睛豈不是又要耽擱了？」

所有人都知道，愚和大師在寺裡的時間不多，哪怕在寺裡也多在閉關修行。大長公主的胖臉皺成包子，謝氏等人也都擔憂地看向江意惜。

江意惜說道：「大師不在或是閉關都不怕，他的徒弟戒五為他管著寺裡的雜事，若有那種奇藥，倒是會給我一些，怕就怕正好沒有藥了……」

她們原先聽得高興，聽到後面心又提了起來。

江意惜暗道，這就對了，就是要讓你們急一急，若不是自己有奇遇，這種病哪有那麼好治！

吃飯的時候，鄭婷婷講了何氏病情又加重的事。

「孀子的祖父很能幹，是帝師，父親也當過三品大員，可惜她的幾個兄弟不爭氣，每次有丁點大的事就愛找她……」話沒說完趕緊住了嘴，嚥下「好在大長公主憐惜她不易，不計較她拿婆家錢貼補娘家」的話。

鄭婷婷紅了臉，自己雖然在這個府長大，卻不是這個府裡的正經主子，怎麼好說這種話。

江意惜的心跳了一下。何老太爺受傷，八成是孟辭墨下的手，目的是讓何氏沒有多的心思為難自己。

第四十章

連著幾日豔陽天，陽光把房頂和枝上的積雪照得熠熠生輝。

孟老太太怕江意惜累著，不讓她早上請安，只要晚上去吃飯即可。孩子和花花上午就被帶去福安堂，江意惜又可以過幾天什麼都不用做的懶散日子。

孟華嫁妝那件事很快查清楚了，辦事的採買管事是孟二夫人陪房的親家，孟二夫人也的確參與進去了。

被動手腳的主要是一些首飾和幾樣玉擺件，聽著名字一樣，幾顆寶石、幾顆珍珠，大小一致，但質地不一樣，價格差異就大。江意惜看了實物和帳本，又找人去銀樓問了實際價格，差額二千多兩銀子。

光首飾和擺件就貪墨那麼多銀子，可見買的實物有多麼糟糕，他們是真的沒把失勢的孟華放在眼裡。

而且，二房根本不缺這二千多兩銀子，二夫人不知被誰蠱惑了，或者說是抱著便宜不占白不占的心思。

聽了臨香的稟報，江意惜道：「這事不要傳出去，大爺和我會處理。」

「是，奴婢也囑咐了那幾個辦事的。」

到了冬月十九，孟辭墨晚上要回家了，不說江意惜心情雀躍，連老夫婦和小存存、花花、二房幾人都高興。

小存存不知道今天爹爹要回來，但看到太祖父、太祖母、娘親、花哥哥高興，他就高興。

二房幾人高興，是因為孟辭晏今天也會回家。

下晌，江意惜寫了一封信讓人給江洵送去，明天早上她和孟辭墨去報國寺，下晌約在南風閣同他相見。

多日不見江洵，她想他了。

在福安堂吃完晚飯，就見老爺子急急把二老爺叫去了外院。江意惜知道，孟辭墨應是已回了府，照常會先在外院跟老爺子和二老爺、孟辭晏商議事情，最後才回浮生居休息。

夜深人靜，江意惜把下人打發去休息，拿出一個小銅筒看了看，裡面只裝了小半筒眼淚水，時間不久，也只積攢了這麼點，明日去報國寺又要把這個寶貝送出去，江意惜的心都在流血，再想到還有三個小銅筒，更覺任重而道遠。

等到亥時末，孟辭墨才回浮生居。

他面容嚴肅，匆匆沐浴後把下人打發下去。

「出了什麼事？」一直到兩人上床，江意惜才問出來。

孟辭墨側頭親了她一下，眼睛亮晶晶地看著她說道：「惜惜，妳真是我的福星，文王的確有問題。」

去樊魁老家打探的人回來了，說了樊魁出家前的情況及人際交往，其中一個人很詭異，查不到他背後的勢力，只知道非常有錢，想盡辦法跟樊魁結交，還到處找大夫為樊魁母親治病，只可惜找了許多大夫都沒治好，結果被愚和大師治好，樊魁因此出家……

現在因為江意惜提起對文王的懷疑，他們細查後發現那個人背後的勢力有很大的可能性跟文王有關，文王不知透過什麼管道知道樊魁這人有特殊本事，因此想拉攏他。

事關重大，這事還要跟平王稟報，所以他明天上午會先陪江意惜去報國寺，回來就跟平王在別院相見會談。

聽了孟辭墨的話，江意惜也更加肯定文王是重生人，才會知道樊魁是個孝子，只要治好他母親的病，就能拉攏樊魁為他所用。只不過他沒料到樊母的病是多年頑疾，俗藥根本治不好。

江意惜仔細想了想，推測文王應該是在火燒雙紅喜戲班之後重生的，否則他就不會涉險去看戲了，哪怕去了，也會安排人救火，不止保障他和李嬌的安全，也能藉此在皇上面前掙一份功績……

江意惜不想讓文王也懷疑自己是重生人，打算想辦法把他的懷疑引到愚和大師身上，愚和大師是得道高僧，有未卜先知的本事，不好插手俗世事務，必要時得透過無關緊要的人改變一些事情也有可能。

她又問道：「文王是不是什麼時候曾生過重病？」

「重病？」孟辭墨有些納悶，這倒未曾聽說……

江意惜又解釋道：「因為有些人生了場大病後，有可能會心性大變。」

孟辭墨皺眉想了一會兒，說道：「沒聽說文王生什麼大病，倒是上年元宵節，皇上帶領宮妃和皇子皇孫們在皇城樓上看燈會，文王曾跌落城樓，差點摔死，昏迷了一天才醒來。」

他回想這事，忍不住搖頭。「這事當時對外說是不小心，實際上是英王故意挑起太子的怒氣，太子忍不住推了英王，英王不小心撞向文王，文王因此被撞下城樓。英王的本意應該是想讓皇上怪罪太子不顧兄弟情分，可皇上見文王沒死，根本沒深究……唉，天家無情，親兄弟、親兒子都能如此欺負、如此漠視。」

江意惜恍然大悟，文王一定是從那一「摔」之後重生的。

親王在元宵節差點摔死，按理是件大事，應該傳得沸沸揚揚，但她卻連聽都沒聽說過，可見文王在皇室之中有多麼被輕視。

之前的文王是軟弱可欺的，但此時的文王意圖拉攏殘暴的樊魁，肯定懷有不好的心思，關鍵還注意到了她和孟辭墨，最終目的應該是針對他們背後的平王……被欺負久了的人一旦轉變性情，報復心是可怕的。

朦朧中，看到江意惜墨色的眸子微瞇，似在想著什麼計謀，顯得非常有智慧，孟辭墨輕笑出聲，捏了捏她的小鼻子笑道：「妳懷著孩子，不要想那麼多，那些事交給我們去處理。」

兩人躺下，江意惜又說了孟二夫人在孟華嫁妝中動手腳的事。

孟辭墨沈下臉。「我知道了，我會私下跟四弟說清楚。如今二叔、二弟、四弟跟祖父、我是一條心，我們孟家不能再四分五裂，可二嬸這事做的，讓二叔和兩個弟弟情何以堪？」

不過想到大姊終於有了進步，小外甥女更是通透，心裡還是高興的。

次日，天還沒亮江意惜就起來了，同吳嬤嬤和水珠一起做了六食盒素點。

早飯後，孟辭墨先去跨院看了睡得正香的小存存，才陪同江意惜去報國寺。

江意惜和花花乘轎，兩個丫頭坐車，孟辭墨和幾個護衛騎馬，到達報國寺時正好巳時初，一眾人直接來到愚和大師的禪院。

一個青年和尚守在禪院門外，是戒七。他接過孟東山手裡的食盒，對江意惜和花花說道：「阿彌陀佛，大師正在等女施主和小客人。」

他只請了江意惜和花花進院子，卻請孟辭墨等人去旁邊的小亭子歇息。

自己還不如一隻貓！

孟辭墨很沒面子，但也不得不走向小亭子。

進了禪院，看見戒九和戒十候在門外，戒九給了江意惜一個大大的笑臉，戒十面無表情，能感覺到他身上散發出一股殺氣，連經過他的花花都不由自主打了個寒顫，忍不住以最快的速度鑽進禪房，再跳到愚和大師的腿上，逗得老和尚哈哈大笑。

江意惜把小銅筒交給老和尚，他打開蓋子一看，很是嫌棄。「就這麼一點？」

花花不高興，伸出爪子抓了一把他的白鬍子。

就算只有這麼一點，也是人家傷心的眼淚。

江意惜道：「這才過多久，能攢這麼多已經很不容易了。」

嫌棄歸嫌棄，老和尚還是把小銅筒寶貝似的收起來，又笑眯了眼，從碟子裡拿起一塊素點放進花花的小爪子裡。

「小東西脾氣不好，老衲的寶貝鬍子已經被你扯下好多根了。」

江意惜這時說了自己的來意，有幾件事都必須請老和尚先擔著了。

老和尚笑道：「老衲不喜欠人情，女施主有分寸，想怎麼說就怎麼說吧！老衲還可以再送女施主一種奇藥，叫西雪龍，加艾片，能夠治幻覺、焦躁、狂躁等病症；加白英，又能治離魂、驚嚇等症。四條西雪龍磨成粉，可分十次用，每次用量不能多了，否則適得其反。」

說完，他拿出一個小紙包遞給江意惜。

江意惜拿過小紙包打開，只見裡面有四條小蟲子，白色的，有些像小四腳蛇。這種東西若其他大家閨秀看了，肯定會嚇得大聲尖叫，但前世她在庵堂出家時，夏天經常會看到四腳蛇和蜈蚣、蚯蚓等蟲子，此時倒也不害怕了。

江意惜笑著謝過，這還真是奇藥，能治離魂症，或許治李珍寶的藥裡就有這種藥。雖然她不知道愚和大師為何送她這種藥，也不知道以後能不能用得上，但有總比沒有強。

而且，眼淚水能治很多病，但就是治不了精神方面的病症，有了這種藥，她可不就是包治百病的「神醫」了？

這時，江意惜想到一事，急忙說道：「對了，大師，近來我覺得文王……」

愚和大師立即擺手阻攔道：「女施主莫要道人長短，俗世中的事老衲不好多言，阿彌陀佛……」

他把手腕上的念珠取下，閉著眼睛念起了經。

這是送客了。

江意惜只得起身，給花花作了一個走的手勢。

雖然沒打聽到該打聽的，但愚和大師如此反應，正說明文王不單單只是一個皇子那麼簡單。老和尚曾經說過，有些人哪怕是做壞事，也有其使命，得上天眷顧，他不能隨意透露。

出了側屋，戒五遞上兩包素點，笑道：「小客人喜歡吃這種素點，送與牠慢慢吃。」

花花沒吃夠點心就被攆走，正不高興地喵喵叫，現在見和尚送了兩大包點心可以拿回家慢慢吃，也就高興地閉上了嘴。

出了禪院，孟辭墨立即迎上來，用目光詢問著如何？

江意惜朝他點點頭，意思是有收穫。

臨梅上前扶著江意惜，水靈把花花抱起來，孟東山把點心接過去，幾人去了前殿。

孟辭墨是貴客，報國寺的知事僧和知客僧特地陪著他們去大殿拜菩薩，拜完菩薩，他們捐了五百兩銀子，又去吃了素齋。

直到出了報國寺，江意惜和孟辭墨上了一輛馬車密談。

她悄聲說了大師贈了奇藥，並拒絕評價文王，但從他嚴肅和鄭重的態度可以看出文王不簡單。

孟辭墨面沈如水，之前的都是猜測，愚和大師的態度讓猜測變成了肯定，好，知道文王不簡單就夠了，平王也會有所準備……

江意惜又悄聲提醒道：「不管那個人是一直在裝糊塗，還是真的近來性情大變，總之他已經難以忍受被父親看輕、被兄弟們欺壓的日子，你要小心，人被欺負狠了，一旦爆發是很可怕的……」

孟辭墨明白她的意思，說道：「沒事的，我會提醒平王儘量不去招惹他，也不會讓他發現我們已經注意到他。」

之前平王不像太子等人那樣欺負文王，屬於無視，以後要繼續無視，儘量把他的怒氣引向太子和英王及另兩個皇子身上就好。

孟辭墨把江意惜送到南風閣，讓穩重的孟東山留下來保護她，自己則去了別院見平王。

早已來到南風閣的江洵站在窗前看到江意惜，高興地跑下樓。

「姊！」

少年笑得燦爛，猶如頭頂明媚的冬陽。

聽到這個聲音，看到這張笑臉，江意惜的心也明媚起來。

她習慣性的用帕子擦擦少年沒有灰的肩膀，開玩笑道：「我弟弟更加俊俏了，以後不知要惹多少姑娘傷心。」

江洵紅著臉嗔了一聲。「姊。」

突然從他後面鑽出兩個人來，是江意柔和江斐。

江斐嘻嘻笑道：「二姊說對了，有好幾家請人來給二哥說親，二哥都拒了，說要等考上舉人後再說，那些人家的姑娘都好傷心的。」

說得幾人大樂。

因為江意惜的態度，江老太太不敢再拿捏江洵的親事。

江意柔又笑道：「我們知道二弟要來見妳，硬跟來了。」

兩對姊弟上了二樓包廂，江意柔悄聲道：「聽我娘說，祖母又讓大伯娘跟宮家商議五妹的親事了。」

江意惜滿意地點點頭。她既然有幸重生，不好的事要改變，好的事當然不能變。

幾人說了一陣話，突然聽到外面有李奇的聲音，江意惜想到，文王同李凱交情不錯，有些事也許可以透過李凱轉而讓文王知道。

她跟江洵耳語幾句，江洵開門出去，看到正走上樓的李凱和李奇，抱拳笑道：「世子爺、小公子，好巧。」

李凱一看是他，一副不太想搭理的樣子。「哦，你也來這裡吃飯？」

江洵笑道：「我姊才從報國寺見了愚和大師回來，和我約在這裡見面。」

李凱眼睛一亮。「孟少夫人也在？」

李奇立即跑向江洵身後的包廂，嘴裡嚷道：「江姨，我們才從小姑姑那裡回來！」

聽說他們才從昭明庵回來，江意惜起身走出包廂，被迎面而來的李奇抱住。

江意惜牽著他的小手，給李凱屈膝行禮，笑道：「世子爺，珍寶如何了？」

江洵道：「有話進屋說。」

幾人進屋，李奇看到花花居然也在，高興地把牠抱起來逗弄。

李奇去看小姑姑，都是在門外說幾句話就被打發走，根本不知道小姑姑受了怎樣的罪，可作為兄長的李凱，想到妹妹受的苦就一臉愁雲慘霧。「唉！珍寶遭了大罪，我在門外聽到她的呻吟聲，心都碎了，恨不得能代她受苦……」

聽他這麼一說，江意惜的眼圈也紅了，偏偏她如今懷著身孕，長輩不許她遠行，她想去看看李珍寶都不行。

她喃喃說道：「可憐的小珍寶，但願她這回把今生的苦都吃夠了，後面剩的只有福氣。」

李凱道：「但願如此，對了，我跟珍寶說妳又有喜了，她很高興，說若生的是女兒，等她嫁人後就要認作乾女兒，還說她如今已經『兒女雙全』了。」

若妹妹身體正好，說這種話，李凱一定會說她不知羞，更不會轉述這種玩笑話。可李珍寶是在那種病痛的情況下苦中作樂，他怎麼忍心怪她？

何況珍寶從小就身體不好，十幾年有大半時間都泡在藥浴裡，就算她將來嫁了人也不一定能生孩子，多認幾個乾兒子乾閨女也不錯。

江意惜摸著肚子說道：「好啊，若是閨女，一定認她當乾娘。」

幾人聊了一會兒李珍寶的近況後，李凱又道：「前天愚和大師也親自去昭明庵給珍寶換了藥，還吃了妳送去的素點。」

江意惜笑起來。「是嗎？我今天去見大師，又送了他幾盒素點，大師菩薩心腸，我給大長公主治眼疾的藥湯裡會用到他給的奇藥，可是這陣子用得差不多了，大師那還剩一點，便都給了我。」

她順勢解釋了她治青風內障的醫術是因緣際會得到愚和大師指點的，李凱挑了挑眉，一副原來如此的表情。

他笑道：「孟少夫人有福，能得愚和大師厚愛，我皇姑祖母更有福，如此嚴重的眼疾還能治好。」

江意惜謙虛道：「大師說我是有幾分機緣，又於醫術上有些天分罷了，不是所有眼疾我都會治，其他病症更不通，而且，我也是第一次治青風內障，能不能治好還不好說。」

李凱了然。他也知道幾個青風內障嚴重的病人連御醫都治不好，最後徹底瞎了，他早先還納悶年紀輕輕的江意惜怎麼這麼厲害，不止會治鬥雞眼，還會治青風內障？原來是得了老神仙的指導和奇藥。

據他所知，妹妹泡澡的藥浴裡就有幾種罕見奇藥，不是深海裡採的，就是高山之巔找來的，虧文王還把江意惜說成天上有地下無，一定是有什麼非凡際遇的奇人……當然，能得愚和大師厚愛和指點，也是了不起的際遇。

李凱喝了一口茶，納悶道：「這是青山毛尖吧，怎麼比我平時喝的香醇？」

江意惜笑道：「這是愚和大師送的茶葉，他說他前年才從奇人異士那裡學會此種處理茶葉的法子，也只給了我兩斤，世子爺若喜歡，我借花獻佛，包點給你。」

「孟少夫人客氣了，如今我也少有閒情逸致喝茶，妳就留著吧。」李凱心領了，心裡想著等妹妹的病好些了，再請她向老神仙討要一些。

江意惜回到家時已是明月高懸，寒星閃爍，孟中正在角門處候著。

他躬身對轎子裡的江意惜笑道：「大奶奶，老公爺正在外書房等妳呢。」

江意惜猜測應該是孟辭墨還沒回家，老爺子急著知道愚和大師的態度。

抬轎的人直接把轎子抬去外書房門口。

孟府的外書房是孟家男人商議大事的機密地方，閒雜人等不能隨意進去，江意惜是第一次來到這個神秘的地方，也是第一個來這裡的女人。

這裡是個三合院，五間上房連著各三間東西廂房，院子中間空空如也，只角落裡有幾竿翠竹，哪怕有人想來此偷聽情報，也沒有藏身的地方。

竹葉在寒風中沙沙響著，清冷的月光灑下來，襯得夜晚更加幽靜肅穆。

臨梅把江意惜扶上外書房的臺階，由孟東山和孟沉接手，她和水靈就被領去廂房等候。

孟東山不僅是孟辭墨的絕對心腹，也是老公爺的絕對心腹，他同孟沉一起站在廊下，瞧見大奶奶來了，馬上為她打開書房的門。

江意惜一進屋，孟香便領著她往側屋走去，老爺子正坐在書案後看信，見她來了，抬頭指著右邊的椅子說道：「辭墨媳婦坐。」

孟香倒上茶，悄聲退出去。

老爺子開門見山問：「老神仙怎麼說？」

江意惜把跟孟辭墨說的話又重複一遍。

老爺子若有所思。愚和大師看似沒有評價文王，態度卻印證了他們之前的猜測，而且他相信，老神仙的藥不是白給的。

老爺子又說道：「辭閱已經讓人快馬送信回來，他和鄭吉臘月初就會抵京。」

「鄭將軍也會回來？」江意惜問。

她猜到鄭吉會回來看大長公主，但真不得不與那個人見面了，心裡還是十分抗拒。

老爺子說道：「大長公主病重，他若再不回來，就真成不孝子了。還有，華丫頭與蔣昌已定於明年四月二十二成親，華丫頭和辭羽二月初就會離京。妳公爹和劉氏也定於明年七月初二成親，現在妳只管安心養胎，不必理會那些事，交予老二媳婦與月丫頭即可。」

江意惜允諾，起身告辭。

臨梅剛扶著她走至院門外，就看見成國公來了這裡，正跟守門的小廝說他要見老國公。小廝讓他在院門外等候，他進去請示老公爺。

看到江意惜從裡面走出來，成國公的眉毛都皺緊了。

老父越來越糊塗，寵這兩口子都寵得沒邊了，書房重地怎能讓一個婦人進來？自己再糊塗，當初也沒敢讓付氏來這裡。

更令他氣憤的是，之前自己是這座院子的主人，現在卻被老父趕出去，他要來，還得老父同意。

江意惜給他屈膝見了禮，成國公冷哼一聲，沈聲說道：「再得長輩看重，也不能恃寵而驕，書房重地不是婦人能來的，小心給家裡帶來晦氣。」

江意惜不想跟這糊塗蟲一般見識都不行，扯著嘴角笑道：「我才從愚和大師的禪院回來，身上帶著福氣呢。」

說完自顧自上了轎子。

看到漸漸走遠的轎子，成國公氣得說不出話來。

他來找老父，還是想把劉家那件婚事賴掉，若實在賴不掉，就要提條件，母親已經同意了。

小廝走出來，躬身道：「稟國公爺，老公爺請您進去。」

成國公進去，給老父行了禮，說道：「爹，除了劉氏，不管要娶哪家姑娘我都同意，可要我娶劉氏那樣一個潑婦，不止我會被笑話，咱們整個孟家都會被笑話。」

老爺子擺手道：「這事已經定下，明年七月初二你娶劉氏進門。」

成國公氣得閉了閉眼睛，又說道：「那個潑婦生不出兒子，還不會紅袖添香，爹若一定要讓我娶她，我就把香香納進府，別忘了我們孟家家法還有一條，妻子生不出兒子，三十歲可納妾。」

香香是他之前置的外室，不知道被人打發去了哪裡，他想她。

老爺子看看歲數一大把的大兒子，氣得抬了抬手，又放下。

兒子被養成這樣，自己也有責任。

老爺子壓住怒氣說道：「你已經有了兩個兒子、一個孫子，現下兒媳婦又有了身孕，不需要其他女人再為你生子。劉氏嫁給你的條件之一，就是你不能納妾，我已替你允下，還承諾劉家，若你敢找別的女人，劉氏怎麼揍你都成。」

成國公吼道：「爹！我再如何也是你兒子，你怎麼能合著外人欺負我……」

他氣得臉通紅，眼珠子都快鼓到眼眶外。

老爺子對他遠沒有對孟辭羽有耐心，很快便揮手讓他出去。

孟香和孟沉上前躬身說道：「國公爺，請吧。」

成國公知道劉恬身手好，自己不一定是她的對手，若像她前夫一樣被打得到處躲，多丟臉！

他只得退而求其次，跪下說道：「爹，兒子娶劉氏也認了，但你不能縱著劉氏隨意對兒子動手，兒子情何以堪！」

老國公說道：「劉氏又不是瘋子，只要你不找其他女人，與她琴瑟和鳴，她怎麼可能隨意打你？她敢隨意動手，我和老太婆都不答應。」

成國公悲傷地往回走著，眼前又出現曲氏的面孔，美麗、溫柔又賢慧，若她一直活著該多好，他便不會娶到害了整個家族又讓他顏面盡失的付氏，也不會被逼著娶那個又壯又潑辣的劉氏……

江意惜回到浮生居，小存存正哼哼嘰嘰不自在，他一天沒見到娘親和花哥哥，不高興。

江意惜淨了手和臉，抱著兒子親熱了一陣，花花也舔了幾下他的小胖臉和小鼻子。

她坐在炕上等到亥時末，孟辭墨還沒回來，只得獨自睡下，睡得迷迷糊糊時，她想起前世孟辭羽冰冷的眼神、把休書扔在她身上的畫面，那種無力感現在想起來都寒徹肺腑。

今生，自己成了這個家的主人，孟辭羽即將被家族放逐，再想到孟辭墨溫柔的眸子、溫暖的懷抱、濕潤的嘴唇，她只感到滿腹柔情……

次日，江意惜醒來已是辰時末。

她不知道孟辭墨夜裡何時回來，但確定他回來過，枕上有他的痕跡，還殘留了淡淡的他特有的氣息。

自己居然睡得這樣死，她遺憾得不行，本想抱抱他、親親他的。

胃裡的不適讓她打了兩個乾嘔，問進來的臨梅。「大爺什麼時候回來的，怎麼不叫我？」

臨梅見大奶奶不高興，忙說道：「大爺回來時已經丑時，歇了不到一個時辰又走了。大爺不讓奴婢吵醒大奶奶，還讓奴婢告訴妳，那些事他會操心，讓大奶奶安心養胎……」

想到孟辭墨只歇息了一個時辰，還要在風雪天跑那麼遠的路，江意惜心疼不已。

午時初，從議事堂回來的臨香悄聲稟報道：「四爺今天沒有上衙，先去二夫人院子說了一陣話，又單獨見了大姑奶奶，現在去了外院……」

孟辭晏專門留在家收拾二夫人捅的爛攤子，下晌就傳出外院有奴才挨打，接著傳出二夫人生病，派人去請御醫的消息。

二夫人不好意思出現在人前，肯定會裝病一段時間。

冬月二十八，大雪連續下了三天還在下，天地間白茫茫一片。

申時末天就全部黑了，何氏終於把唐嬤嬤盼回來了。

唐嬤嬤頭上身上落滿了雪花，在廳屋把斗篷脫下，隨後在炭盆前把身上烤暖和，才進了臥房。

她的步子很慢，不忍心跟大夫人說那件事。

何氏已經坐起身，殷殷看著唐嬤嬤。「嬤嬤，打聽出來了嗎？」

她早有猜測，可還是抱著一絲僥倖。鄭吉心性冷清，對自己這個正妻、年輕時有才女之稱的帝師孫女都不屑一顧，怎麼會如此死心塌地愛慕一個縣官之女？江氏長得像鄭家人，純屬巧合。

唐嬤嬤動了動嘴唇，眼裡有了濕意。「夫人，打聽出來了。」

看到唐嬤嬤的表情，何氏的那一點點僥倖徹底沒了，無力地斜靠在床頭，眼裡一片冰冷。「說吧，怎麼回事？」

唐嬤嬤說道：「老奴說自己是扈氏娘家親戚，給了無思五百兩銀子，問扈氏剛嫁進江家的事，無思痛快地都說了……」

從江辰看上扈明雅到成親，只用了兩個月的時間。成完親，江辰就調去了石州府軍營，還堅持把扈氏帶去任上。

為這事，江老太太不止氣兒子，更不待見扈氏，當江辰再次帶著扈氏回江家，已是扈氏生下江意惜四個多月以後，孩子長得非常好，但比一般四個多月的孩子大得多……

無思說完才恍然大悟，瞠著眼睛說道：「我當時就猜測，江辰那麼著急把扈氏娶回家，一定是兩人有了不要臉的勾當，現在才想通，他們何止有了首尾，原來早就連孩子都懷上了！江辰怕對扈氏名聲有礙，故意把她帶走藏起來，那孩子被抱回家時看著就足足有七、八個月大了，他們還說只有四個月，是孩子長得大……」

無思本就恨江意惜，再想到這件事，忍不住大罵江辰和扈氏不要臉，生的兒女也不好……

何氏的臉越來越冷，過了許久，她才冷笑道：「原來如此，這一招騙過了所有人，不要說我，就是任何人都想不到，這世上真有甘願戴綠帽子的傻子！那個扈明雅到底有什麼好？讓鄭吉為了她把正妻拋之腦後，讓江辰寧可忤逆母親、混淆江家血脈，也要娶她……鄭吉啊鄭吉，這些年我為你孝敬父母，為你教養兒子，受夠了別人笑話，你怎麼能這樣對我？那個女人就算再好，也死了……」

說到後面，何氏掩面而泣，還怕別人聽見，壓抑著哭聲。

「我在這片大宅子裡守了十六年，從芳華正茂到中年婦人，逝去的不僅是韶華，還有希望、信念、一切的美好……十六年，彈指之間，我卻像熬了一輩子，還要繼續熬，什麼時候是個頭啊……我的苦、我的痛，又有誰知道……」

何氏嗚嗚咽咽哭訴著，唐嬤嬤也流淚了。「大夫人莫傷心，那個女人再會討男人歡心又如何，還不是早早就死了？妳活得比她久就是勝利，何況妳還有少爺，少爺又那麼有出息，年紀輕輕就中了秀才……夫人，老奴覺得，這件事萬莫鬧出來，江家落敗，若江氏知道她真正的身世，八成會跑來認高門，若老爺知道江氏是他和扈氏的親閨女，會毫不猶豫認下她。看大長公主對江氏的態度，也會願意認，那樣就太便宜她們母女了！」

何氏把臉上的帕子放下。「我當然不會便宜她們，那個不要臉的狐狸精，當姑娘時跟男人苟合，還好意思帶著身孕嫁給另一個男人，她不配跟我夫君有後人……」

再想到那個後人嫁給了孟辭墨，過著夫妻和美的好日子，正為丈夫孕育著第二個孩子，何氏更是氣得胸口痛。

唐嬤嬤為她抹著胸口，輕言勸解著。「夫人，那個女人已經死了，妳才是贏家。江氏是孟老太師的孫媳婦，又治好了大長公主的眼睛，找她的麻煩，萬一被發現，得不償失啊！」

何氏搖頭說道：「我不是贏家，那個女人兒女雙全，是生孩子病死的，沒有被沈塘，不要臉的事別人不知道，她的後人還活得那麼光鮮……我哪裡贏了？我不甘心哪！」

風雪越來越大，江晉的馬車剛走到江府那條小街，就被一個女人攔住了。

車夫仔細看了看，才喊道：「大爺，是知能小師父。」

知能之前是周氏的丫頭，後來跟著周氏出家。

江晉掀開車簾看了看，這時候來，一定是他娘遇到了什麼難事，他只得把知能帶去街口一家茶樓。

知能講了無思讓她帶的話，江晉沈著臉問道：「我娘讓妳跟我說這些，目的是什麼？」

知能道：「無思師父的意思是，讓大爺把這些話傳出去，不僅讓江家人知道，還要讓孟家人知道，江氏的生母是個輕浮的女人。」

原來是這事，江晉氣得要命。

「把這件事傳出去，對我們有什麼好處？損人不利己，蠢人才會做。」

江意惜是扈氏婚前懷上還是婚後懷上的有什麼關係？反正都是二叔的種！二叔二嬸的墳頭早已經長滿青草了，還追究這件事做甚？

娘都出家了還要挑事，先教唆妹妹做了那件惡事，讓妹妹徹底惹怒了祖母和父親，現在又來挑唆他找江意惜的晦氣，如今他和父親都恨不得把江意惜當祖宗一樣供著，怎麼可能得罪她……

知能紅了臉，說道：「無思師父一直覺得是江氏把她害成這樣，她不想讓江氏好過。」

江晉道：「我娘已經出家了，就應該跟前塵往事斷乾淨，回去跟她說，不要再管世俗中事，有時間多誦誦經，為來生祈福。」

晚上，江晉還是對妻子說了這件事。

閔氏若有所思說道：「都隔了十八年，還有人去打探這件事，肯定有問題。」

江晉問道：「什麼問題？」

閔氏搖頭道：「我也猜不出來，就是覺得有問題。」

江晉說道：「不管什麼問題，這件事都不要說出去，不能讓老太太和父親知道母親還有跟我們來往，還有那位，一直在抓咱們的錯處，別再被她拿去討好二妹妹……」

閔氏想到大夫人的嘴臉，也是一陣肝痛，年紀不大卻頗有手段，嫁進府才半年多就把老太太、江伯爺、江意惜、江洵的心都籠了過去，是自己大意了……

她點頭道：「我知道了，不會說出去。」

臘月初二，江意惜又去大長公主府看診。

來到正堂，人還沒進屋就聽到裡面傳出說笑聲，她走進去，鄭老駙馬、鄭老少保正笑咪咪坐在廳屋裡喝茶。

鄭老駙馬笑道：「江小丫頭醫術高超，大長公主的眼睛好多了。」

鄭老少保向江意惜比了比大拇指。

江意惜一陣驚喜，給他們屈膝施了禮，急急向臥房走去，扶著她的臨梅低聲提醒一句。「大奶奶，慢些。」江意惜才緩下腳步。

臥房裡，不僅謝氏和鄭婷婷、兩位御醫在，連多日不見的何氏都來了。

大長公主聽說江意惜來了，睜開眼睛看了她一眼，笑道：「頭痛和眼脹好多了，還能看清人影……」

主治她的張御醫笑著說明了一下大長公主目前的病情，江意惜翻開大長公主的眼皮看了看，又診了脈，笑道：「的確好多了，以後，三天洗一次眼睛，我隔五天來施一次針，施三次後再看看。」她又把內服湯藥換了兩味。

聽了江意惜的話，眾人更加開心，鄭婷婷笑道：「咱們家可是雙喜臨門，吉叔就快回來，伯祖母的病又大好了。」

大長公主向江意惜伸出手。「江小丫頭。」

江意惜無奈地把手放在她的手心上。

大長公主的手用力握了握，笑道：「本宮以為這輩子要瞎了，再也看不到吉兒了，謝謝妳，讓本宮重見光明。」

江意惜謙虛幾句，無意間掃了何氏一眼。

何氏正恨恨地盯著那兩隻手，見江意惜的目光掃過來，趕緊垂目斂去眼裡的內容。

何氏瘦多了，感覺風都能吹倒，她今天打扮得比較刻意，衣裳比平時鮮豔，妝容也要濃一些，或許這是為鄭吉回來做鋪墊，總不能男人回來還一身寡淡，又不好意思男人回來以後再隆重打扮。

看到何氏眼裡的恨意，江意惜更加警鈴大作，連這裡的茶都不願意再喝。

大長公主又跟何氏和謝氏說著要把府裡重新佈置一番，要隆重、喜慶，之後還要大宴賓客、要邀請哪些人來做客，包括孟家全家……還拉著江意惜說：「吉兒是老國公帶出來的，辭墨又是吉兒帶出來的，咱們兩家有淵源，咱們娘兒倆也有緣分……」

這話氣得何氏想打人，偏又不敢表現出來，悄然退了出去。

眾人說笑一陣，把無關的人請出去，江意惜又開始為大長公主洗眼睛、施針。

治療完已是晌午，江意惜被鄭婷婷請去廂房吃飯。

江意惜剛坐在桌前就犯起噁心，用帕子捂住嘴乾嘔幾聲，起身說道：「我的反應越來越大，一聞到菜味就想吐。」

鄭婷婷心疼道：「那怎麼辦，總不能不吃飯吧？」

江意惜道：「我先回家好了，什麼時候不想吐了再吃。」

鄭婷婷只得送她出門，站在正房門外的唐嬤嬤見江氏沒吃飯就走了出來，禁不住的失望。

只有兩個人吃飯，還有兩樣菜是專門為孕婦準備的，可惜，這麼好的機會失去了……

來到垂花門外，鄭婷婷指著半車禮物笑道：「這是我伯祖母和伯祖父讓人準備的謝禮，謝謝妳讓她重見光明。」說完，又從丫頭手中接過一個錦盒，放在江意惜手上。

江意惜推辭一番，終究還是受了。謝禮也算是診金，她不願意那家人欠自己一個大人情，這錦盒遞到她手上，應該有什麼特定意義吧。

上轎前，江意惜特別對四個轎夫叮囑說道：「天寒地凍，小心腳下。」

轎夫躬身應是，臨梅這才扶江意惜上了轎。

此時鄭婷婷走到轎邊笑道：「對了，嫂子，今兒我大哥休班，又去昭明庵看望珍寶了。」

江意惜掀開轎簾道：「他怎麼沒跟我說一聲？我也讓人送些吃食過去。」

鄭婷婷笑道：「或許我大哥覺得自己去得勤了些，不好意思說吧。」

江意惜笑得眉眼彎彎，意有所指道：「小珍寶是個好姑娘，希望她早日康復，一切如意。」

想到小珍寶的願望，她也希望鄭玉對她能有那份情。

轎子漸行漸遠，鄭婷婷想起哥哥的解釋，不禁覺得好笑——

「不要亂猜，我就是想多給珍寶郡主一些鼓勵，那種病痛之苦，連男人都受不了，何況一個小姑娘……」

不過想到江意惜近來的態度，常常只有在聽到李珍寶的消息時才笑得真誠，鄭婷婷的笑容不見了，反倒輕輕嘆了一口氣。她有一種感覺，江意惜對自己好像沒有之前那麼熱絡了……

回到浮生居，江意惜把錦盒打開，裡面裝了一對極品紅翡手鐲，鮮豔奪目，細膩透亮。

江意惜記得大長公主經常戴這對鐲子，是貼身的珍貴物品，大長公主是在向自己表示她有多看重自己嗎？

她撇了一下嘴，又拿起禮單看了一眼，首飾、擺件，足足有千兩銀子以上。

她轉頭就對吳嬤嬤說道：「把這些東西放進庫房吧。」

臘月初七上午，江意惜再度前往宜昌大長公主府。

本來應該明天去看診，但前幾天收到鄭吉和孟辭閱初八回京的消息，江意惜昨天就派人給大長公主送了信，說明天她臨時有事，今天提前去看診。

江意惜知道跟鄭吉見面避不過，她就是本能地想能往後拖就往後拖。

大長公主還以為是江意惜懂事，不願意在自家團聚的時候來打擾，她拉著江意惜的手笑道：「妳這孩子，想的就是多……」

接著又開始念念叨叨講著鄭吉的事，江意惜不想聽，這些話她已經說過好幾遍了，卻又不好意思打斷她。

最後還是鄭婷婷笑道：「伯祖母，孟嫂子等著給您施針呢，等施完針您再說。」

大長公主被說得笑起來。

閒人退下，江意惜開始給她洗眼睛、施眼針……一刻多鐘後，屋外多了一個人在默默地看著大長公主和她。

鄭吉回來了。

日夜兼程，他提前一天趕回來了。

怕影響江意惜施眼針，鄭吉回來，眾人沒敢鬧出一點動靜，鄭吉在廳屋給鄭老駙馬磕了頭，就去側屋往裡頭看。

一層層幃幔盡頭，鑲金嵌玉的拔步床上，一個老太太正躺在床上，只能看到她胸部以下及前額以上的頭髮，一個年輕小媳婦擋在她前面，低頭為她施著針。

從外院走到內院，鄭吉已經聽管事說了大長公主的病情，給她診病的是孟世子的媳婦江氏，孟大奶奶的醫術得愚和大師指點，還用了奇藥，如今大長公主的眼疾已經大好，能看到人了……

孟辭墨的媳婦，不就是江意惜嗎？她是明雅和江辰的閨女，她居然有那個本事！

看背影那身形，真的有些像多年前的明雅……

江意惜的耳朵異常靈敏，她已經聽到廳屋裡的動靜，知道鄭吉此時回來了。

她強忍著心裡的情緒，為大長公主施完了眼針，又施一般性的針灸，她一直沒有回頭，只是靜靜地望著大長公主。

當最後一根銀針取下來，鄭吉才走進臥房，一下跪在大長公主床前。「娘，兒子回來了。」

大長公主睜開眼睛，起身一把將鄭吉摟進懷裡哭起來。

屋裡的人都只注意著這一對母子，女人們跟著他們流淚，沒有人注意到江意惜默默退出臥房，帶著兩個丫頭走了。

江意惜沒多看鄭吉一眼，恍眼瞧著是一個身材高大的男子。

她來到垂花門外，抬頭望望天空，萬里晴空，冬陽明媚。

她扯著嘴角笑了笑，那間屋裡發生的一切與她沒有任何關係，世界這麼美好，為何要讓別人的事影響自己的心情呢？

雖然父母早逝，但她還有愛自己的丈夫、可愛的兒子、懂事的弟弟，又即將迎來一個孩子……

回到浮生居，吳嬤嬤笑道：「二爺回來了，主子們都在福安堂吃晌飯，現在還沒散呢。」

江意惜不想過去湊熱鬧，簡單吃了一點飯就上床歇息了。

她醒來時，看到孟辭墨正坐在床邊看著她。

江意惜以為自己在作夢，孟辭墨已經俯下身在她臉上親了一下。

江意惜驚喜不已，原來不是在作夢，他一定是聽說鄭吉今天回京，怕自己難過，特地回來陪自己。

她伸出雙臂環住他的脖子，明知故問道：「你怎麼回來了？」

孟辭墨的頭又埋去她的胸口，悶笑道：「想媳婦，就回來了。」

江意惜的手在他的臉頰、頭上摸索著，喃喃道：「我也想你，想得緊……」

兩人親熱了一會兒，江意惜才說道：「那個人回來了。」

「你們說話了嗎？」

「沒有。」

「不要多想，既然不想認，就只當他是我祖父的徒弟，我的上峰。」

「嗯。」

申時末，兩人去了福安堂。

除了上衙的二老爺和孟辭晏、孟辭羽，所有主子都在，連多日不見的二夫人和孟華也來了，孟照安倚在爹爹腳邊，抿著小嘴直樂。

江意惜招呼二夫人「二嬸」，二夫人只扯了扯嘴角，江意惜渾然不覺。

看到孟辭墨，老太太高興，但還是納悶道：「今兒怎麼回來了？」

孟辭墨道：「有事去了趟兵部。」

看到多日不見的爹爹，正躺在炕上啃腳丫的小存存一下翻過身，向炕邊爬來，孟辭墨過去把他抱進懷裡，對孟辭閱笑道：「三弟辛苦了。」

老爺子又大大誇讚了孟辭閱一番，說他能吃苦、有擔當，一切以家族為重。

孟華起身給孟辭閱屈膝道謝。「謝謝二哥。」

多日不見，孟華不止性格大變樣，似乎連模樣都有了變化，很瘦，顯得方臉更小，倒是多了兩分清秀。

老爺子非常滿意孟華的變化，識時務、勇敢，能夠直視所有不堪，知道為將來的生活謀劃和作準備。反而是作為男人的孟辭羽，到現在都沒有勇氣出現在人面前。

飯後，幾個男人又去外院議事。

宜昌大長公主府裡，眾人吃完接風宴又去陪大長公主說笑。

戌時，鄭老少保帶著自家人回府，連鄭婷婷都跟著回去了，屋裡只剩下大長公主、鄭老駙馬、鄭吉、何氏，氣氛立即尷尬起來。

鄭吉看看緊張得身子都有些發抖的何氏，目光轉去別處，又轉向她，和聲說道：「夜裡我要侍疾，妳回去歇著吧。」

大長公主很想說「我不用侍疾，你回去陪媳婦吧」，但到底沒敢說出口，她怕兒子像以前一樣住去外院，在家待不了幾天就逃走。

妻兒都強勢，之前鄭老駙馬做最多的就是在兩人之間當和事佬，大長公主都不敢讓兒子陪媳婦，駙馬更不敢說，只能對何氏說道：「妳身體不好，回去歇著吧，明兒再來。」

見丈夫終於看向自己，目光和聲音都如此溫柔，何氏的淚水湧上來。

這是之前沒有過的，她覺得或許丈夫終於想通了，想重歸這個家，想跟自己過好後半生，還好江氏那天沒有留下吃飯，是自己造次了……

她不想離開他，於是鼓足勇氣說道：「我也留在這裡服侍婆婆。」

鄭吉強扯出的笑沒了，目光也冷峻起來。

鄭老駙馬說道：「他們母子多年未見，想說說體己話，有些事，來日方長。」

鄭吉的變臉已經讓何氏無地自容，「來日方長」幾個字更是讓何氏惱羞不已。她覺得屋裡的所有人都在笑話她，連忙起身扭頭快步走了出去。

寒星閃爍，刺骨的寒風迎面襲來，一點也沒讓她臉上的熱度退去。

那個狐狸精有什麼好？都死了那麼多年，還死死壓著她這個正妻！

江意惜的面孔出現在那片星光中，越來越模糊，變成一個長滿青草的墳頭……

屋子裡，大長公主拉著鄭吉的手仔細看著。

印象中的兒子還是少年時候，戴著珠冠，穿著華服，白皙俊朗得如天上謫仙，高興時笑得燦爛，倔強時九頭牛都拉不回……

而眼前的兒子，皮膚呈麥色，眼角有了皺紋，唇角留著短鬚，目光沈沈，渾身散發著一股懾人氣息，令她這個母親都有些懼怕……

她的兒子，已經蓄鬚了！

大長公主緊緊握著兒子的手，不敢再把兒子往外推，央求道：「吉兒，留下吧！你不喜歡何氏，就各過各的，娘不會再強求了。」

看到老母親的頭髮已經大半灰白，眼裡含著淚，聲音透著懇求，不再有之前的強勢，鄭吉的心也軟了幾分。

他說道：「母親言重了，兒子不敢當。」頓了頓，又說道：「何氏沒有錯，都是我不好，這輩子注定我要辜負她，娘和爹對她好些，儘量讓她在家裡生活無憂，忠孝不能兩全，我年後還是要回去，那裡缺不了我。」

大長公主落下淚來，鄭老駙馬覺得兒子願意在家待這麼久，已是難得的進步，之前在家連五天都沒待滿過，不能再像原來那樣把他逼急，要徐徐圖之。

他笑道：「宜昌，兒子在家陪妳一個月，很好了。」

次日，鄭吉把禮物分派好就進宮面聖。

何氏託病沒去正堂侍疾，她再一次心死，之前在那裡還有自己的一席之地，可現在，自己礙眼了。

下人抬了一大箱子禮物進來，說是老爺送的。

何氏面無表情打開箱子，裡面琳琅滿目，有首飾、絲巾、擺件、絨毯、眉石，每一件都充滿了異域風情，特別是兩錦盒的波斯眉石，最得晉和朝女人喜歡，拿著銀子都沒處買。

鄭吉只要回家，送她的禮物都極其厚重。

想用錢彌補虧欠？偏不如他的願。

她的人生和臉面都沒了，拿著這些東西有何用！

何氏拿起一盒眉石摔在地上，接著又要拿首飾摔，被唐嬤嬤緊緊抱住，其他下人都嚇得退了出去。

唐嬤嬤流淚道：「夫人，妳這樣做會讓大長公主不高興的，這個府裡，若再討了她老人家的嫌，妳的日子就真不好過了。」

何氏哭道：「嬤嬤，我心裡苦啊……」

唐嬤嬤道：「老奴知道，老奴也心疼夫人，夫人哪！男人的心不在妳身上，就更要攏住公婆的心，不能再讓他們厭棄妳……」

下晌，孟老國公幾個老臣也被皇上宣進宮裡，同鄭吉共同商議西部局勢，商議至深夜，第二天早上鄭吉才回家。

這天鄭吉一直陪著大長公主，讓大長公主和鄭老駙馬極其滿意，大長公主一直是笑著的，除了吃飯、上淨房，就沒鬆開過兒子的手。

何氏沒來礙眼，正堂裡的三人相處融洽，似乎又回到二十年前。

傍晚，鄭璟從國子監回家。

面對父親，鄭璟心裡很矛盾，既陌生、新奇、崇拜、害怕，又替母親有所埋怨。

他給鄭吉磕了頭。「兒子見過父親。」

由於生疏，他連「爹」都不好意思叫。

一別八年，那個小小稚童已經長成翩翩佳公子，還中了秀才。鄭吉眼裡難得地盛滿笑意，說道：「起來吧。」

鄭璟站起身，俊雅、溫潤，又有一股英氣，非常像自己。

鄭吉又滿意地點點頭。「你母親把你教養得很好，要好好孝敬祖母、祖父，還有你母親。」

鄭璟躬身道：「是，兒子會的。」

亥時初，大長公主睡了，鄭老駙馬也去西屋歇息，鄭吉對鄭璟說道：「你回去歇著吧，我要在這裡陪你祖母。」

鄭環小聲央求道：「兒子在這裡陪祖母，父親去陪陪我娘吧！這麼多年了，我娘著實不容易。」

鄭吉沒想到兒子會提這個要求，愣了愣。

鄭環又說道：「父親，兒子隱約聽到一些傳言，不管如何，我娘沒做錯任何事，她是大長公主府三媒六聘，用八抬大轎抬進來的正妻，這麼多年來，我娘孝敬公婆，謹守禮儀，對兒子更是無微不至，兒子覺得，父親該給的顏面，還是要給她。」

鄭吉有些羞惱，又覺得兒子這樣護著母親也算有所擔當，他沈默片刻，說道：「是，你娘沒有錯，是我對不起她，但有些事勉強不了，這輩子就這麼過吧。不過，我只會有你娘一個妻子，名分上不會委屈她，大人的事你不要摻和，好好孝敬你娘，多開解開解她。」

鄭環明白了，父親和母親不可能和好，但母親的名分永遠在。

他知道，母親想要的恰恰是夫妻情分。但看父親的態度，還有他一貫的堅持，母親要的他永遠給不了。

鄭環替母親悲傷，卻不敢再多說——多說也無用，只得退下。

不知什麼時候又下起了雪，寒風挾著雪花吹在臉上割得臉生疼，鄭環去了母親的院子。

在這個寒冷的晚上，只有自己能給母親帶去溫暖了。其實，心在別人身上，這男人的情分不要也罷，母親為何就是想不開呢？

鄭璟輕輕一推，院門開了。

母親知道自己今天回府，一定還在等他。

幾間上房燈火如晝，母親果真在等他。鄭璟向上房走去。

——未完，待續，請看文創風1173《棄婦超搶手》5

2023年6月出版

金玉釀緣

文創風 1167～1168

前生在沙漠做奴隸，沒有機會以家傳酒譜開啟新生，
所以老天大發慈悲，讓她穿越到一座物產豐饒的寶島，
這裡的海產隨便撈，水果甚至還多到不值錢！
她靈機一動，發展釀酒，可不就把果物變黃金了？

家傳酒藝，醇情如意 ／元喵

南溪一睜眼，發現自己穿越成十五歲的小村女，
明明原身命苦，父母雙亡，弟弟又半身不遂需要醫藥費，
面對這款人生，她非但不覺得悲劇，反而還喜孜孜地留了下來。
在四季如春的瓊花島，有數不清的水果和海產、用不盡的水源，
眼下窮歸窮，但只要她自個兒手腳勤快點，也不至於活活餓死，
何況她還有家傳酒譜的前世記憶，打算以釀酒絕活來大顯身手，
正巧原身的娘親祖上也是製酒的，她對外展現這項天賦也順理成章。
孰料，她把自個兒日子過得越來越好，竟成了不少人眼中的香餑餑？
這廂她打著酒水事業的算盤，那廂則有人打起了她的主意；
先有一個欲納妾的路家少爺，後又來一個想説親的童生阿才哥，
縱使她瞧不上這些弱不禁風又敗絮其中的紈袴子和讀書人，
無奈只要她一日還名花無主，婚事就會遭人各種惦記，
看來看去還是能吃苦又強壯的鄰家大哥最合眼緣了，
只不過，她想速速斬斷爛桃花，他卻要攢夠聘禮再説親啊！
既然借他銀子的方法行不通，路不轉人轉，她拋下矜持道：
「我花十兩買你這個人，下半輩子都得賣給我！」

2023年5月出版

富貴閒中求

文創風 1163～1164

重生後的明秋意，只想甩開那些後宮爭鬥，
她躲到鄉下的莊子，圖個耳根清淨，
可那些貴女不放過她，連同父異母的妹妹都要踩她一腳，
唉！怎麼往上爬難，當個平凡人更難！

夫妻機智在線，強強聯手除惡 ／清圓

上輩子明秋意汲汲營營，機關算盡，坐穩皇后之位，
可到頭來皇帝不愛，女兒不親，最終含恨而死。
重生後，明秋意覺醒了，宮中愛恨如浮雲，
人生苦短，她何不及時享樂，躺平當鹹魚？
首先，她得先砸壞自己的名聲，才不會被選入皇宮！
上輩子她是人人誇的才女，這輩子她就當個人人嫌的剩女，
扮蠢、扮醜、裝病樣樣來，太子會看上她才怪呢！
太子不愛甜食，她偏要送去一份栗子糕惹他厭棄，
誰知她打好各種如意算盤，反倒被最不著調的三皇子穆淩寒惦記上，
這位三皇子說來也怪，每天吊兒郎當，卻能寫出一手好字，
眾人都說他是廢柴，可他的行事作風又似有一番條理，
更讓她摸不透的是，明明罵她醜還嫌她眼睛小，卻偏偏說要娶她，
莫不是三皇子跟她一樣，有什麼深藏不露的秘密？

2023年4月出版

起家靠長姊

文創風 1156～1158

一場變故讓她痛失父母，家裡只餘兩個弟弟及一對雙胞胎妹妹，
她身為長姊面對不明事理的祖父母、心狠奸險的叔叔嬸嬸，
即便還是個孩子，也得挺起身子拉拔弟妹，絕不教人看輕！

種地榨油開店搏翻身，
長姊攜弟養妹賺夫君／魯欣

從一個爹不親、娘不愛的家庭胎穿到何家，何貞本以為家裡雖苦了點，
但父親可靠、母親慈愛，兩個弟弟又聰明聽話，一家人好好過日子也不錯；
可一場變故讓他們父母雙亡，何家大房只留下三姊弟及早產的雙胞胎，
他們頓時成了二房不喜、三房不要的累贅，連祖父母也不上心……
看盡親人冷暖的她，在父母墳前立狠誓，定要把弟妹撫養成人！
幸好在叔叔、嬸嬸們的「幫襯」下，他們大房順勢分家自立，
只是自己也還是個孩子，大孩子養小孩子，要怎麼撐起一個家？

家有醫妻，春好月圓／六月梧桐

2023年5月出版

娘子有醫手

就算沒了頂梁柱，誰也別想欺負她家的人。
她的一手好醫術，定能替他們撐起一片天來！

文創風 1159 **1**

莊蕾傻了，她堂堂學貫中西的名醫居然穿書變成被爹娘賤賣的童養媳，
疼愛她的公爹與準未婚夫橫死，而婆婆養大的假小叔原是安南侯之子，
換回來的真小叔陳熹卻是藥罐，加上和離的小姑，說起來都是淚啊……
幸虧她的醫手好本領跟著穿來，還開廚藝外掛，治好陳熹和縣令夫人。
可娘家人再度將她賣入遂縣首富黃府當妾，對方竟是下不了蛋的弱雞，
當家老夫人亦頑疾纏身，若醫好他倆，豈不保住清白又得首富當靠山？

文創風 1160 **2**

成為遂縣首富和縣令夫人的救命恩人後，莊蕾的小腰桿終於可以挺直，
坐穩藥堂郎中的位置不說，還幫婆婆和小姑開了間主打藥膳的小鋪子，
獨門的瓦罐煨湯可是美味兼養生，路過看過絕不能沒嚐過呀～～
又有小叔陳熹在開店前畫圖監工，開店後跑堂打下手，堪稱得力隊友！
孰料新的難關又至，名將淮南王因兒子罹患腸癰命在旦夕，上門求醫，
剛製出的抗生素青橘飲派上用場，西醫前進古代的創舉就交給她吧——

文創風 1161 **3**

研發成藥的藥廠開業在即，莊蕾卻遇襲險些沒命，這才恍然大悟——
僅倚仗遂縣人脈無法護得全家平安，便和陳熹赴淮州向淮南王求庇護。
陳熹亦得淮南王青眼，連世子伴讀的位置都替他留好，又有王妃力挺，
讓她替豪門女眷治療婦科隱疾，未來建綜合醫院的第一桶金便有著落！
醫世大計漸上軌道，莊蕾為淮南王訓練軍醫，須生產更多藥品救人，
這對缺乏科學儀器的古代來說可是大難題，她該怎麼突破這道關卡呢？

文創風 1162 **4** 完

莊蕾前往杭城醫治受子宮病症所苦的布政使夫人，居然惹來一身腥，
幸虧淮南王的暗衛救下她免於受辱，可隨之而來的軍報令她錯愕——
淮南王遭敵軍射傷命危，她都還來不及喘口氣，便提著藥箱趕赴急救，
總算從閻王手裡搶回人命，而她也因禍得福，被淮南王夫妻收為義女。
陳熹高中案首，陳家歡喜喬遷，他還為她設計了秋千，讓她暖到心裡。
她本已為家人絕了再嫁的心思，若對象是陳熹，會不會是個好選擇呢？

文創風 1172

棄婦超搶手 4

國家圖書館出版品預行編目資料

棄婦超搶手 / 灩灩清泉著. --
初版. -- 臺北市 : 狗屋出版社有限公司, 2023.06
冊 ; 公分. --（文創風 ; 1169-1174）
ISBN 978-986-509-433-1（第4冊 : 平裝）. --

857.7　　112006627

著作者	灩灩清泉
編輯	黃淑珍　李佩倫
校對	吳帛奕
發行所	狗屋出版社有限公司
地址	台北市104中山區龍江路71巷15號1樓
電話	02-2776-5889～0
發行字號	局版台業字845號
法律顧問	蕭雄淋律師
總經銷	知遠文化事業有限公司
電話	02-2664-8800
初版	2023年6月
國際書碼	ISBN-13　978-986-509-433-1

本著作物由起點中文網（www.qidian.com）授權出版

定價280元

狗屋劃撥帳號：19001626

網址：love.doghouse.com.tw　E-mail：love@doghouse.com.tw